風雲時代

淘寶黃金手

第二輯 卷一 第一桶金

羅曉 著

目錄

淘寶黃金手 第二輯

《淘寶黃金手》前情提要

什麼樣的手能讓你點石成金？周宣原是一個平凡的鄉下小夥子，只因在深海潛游時意外得到一塊天外黃金石，讓他的左手從此擁有非凡的異能。靠著這個異能，使他行走江湖無往不利，不論是淘寶撿漏，幾乎每賭必贏，每戰必勝，因而迅速累積上億身家。

而他的異能不但能識人辨物，更能醫治各種疑難雜症，救人於生死邊緣之間，因為這手本領，讓他不僅結識了影響他一生的重要人物魏海洪，也與魏家成了生命共同體，更與魏家姐妹展開了一段斬不斷理還亂的感情糾葛。

在上一輯中，他歷經了天坑地底探險、天價賭局等等各種冒險，也找到了他的真命天女傅盈，準備踏入人生的另一個階段，在一切都看似無比順利幸福之際，沒想到卻是危機四伏的開始。因為不慎啓動了九龍鼎，竟讓他回到另一個時空！

這究竟是怎麼回事？他該怎樣回到原來的時間？

還是，這一切不過是他的幻想而已？……

第一章

空間移動

看了看這個環境，毫無疑問，這是在海邊，
可剛剛還在張景的鄉下房子中，
那裏與海邊可是隔了十萬八千里，怎麼一下子就到了海邊呢？
難道九龍鼎不僅僅是可以靜止時間，而且還可以瞬間空間移動嗎？

魏曉雨不管一切地緊緊摟住了周宣的腰，死都不鬆開。

而後，能量消散，白光消失，耳邊傳來陣陣波濤拍石的聲音。

周宣睜開眼，就看到馬樹一雙眼怪怪地盯著他，不禁嚇了一跳，他一耳光扇過去，只聽「啪」的一聲，卻見馬樹的頭就此飛起來，滾得遠遠的，就只有一顆頭！

周宣嚇得跳了起來，又發現魏曉雨從背後摟著他，一雙手還緊緊抱著他的腰，趕緊弄開她的手，然後把她拉到面前，心裏叨念著，可千萬別像馬樹那樣啊！

好在魏曉雨是完完整整的，連臉容都是她自己的，化的醜妝已經消失不見，漂亮的臉蛋就在面前，長長的睫毛閃動著。

「曉雨，曉雨，醒醒！」周宣把魏曉雨搖了搖，魏曉雨眼睛動了動，然後緩緩睜開，隨即坐了起來，瞧了瞧四周，驚道：「這是哪兒？」

周宣四下望了望，他們所處的地方是一處海邊的礁石，露出海面丈許高，有十來個平方寬，離岸邊還有五六米的海水隔著，而他跟魏曉雨就伏身在礁石上，馬樹的腦袋則擺在三米前的礁石上，但就只有一顆腦袋，身子卻不知去向。

到底是怎麼回事？

周宣慢慢回憶起來，剛剛還在張景的屋子中，馬樹運用冰氣侵襲他，而自己在危急中把九龍鼎借機發揮，自己的冰氣和馬樹的冰氣，再加上晶體的龐大能量，最後啓動了九龍鼎，最後九龍眼裏射出了白光，對了，就是白光，然後就是……

想到這裏，周宣就是全身一震，後來就是晶體爆炸，然後就是無盡的暈眩，醒過來時就到了這裏！

周宣又檢查了一下，他跟魏曉雨兩個人都沒什麼傷勢，就是那個馬樹，莫明其妙就只剩一顆人頭，身子不知道去哪兒了。

再看了看這個環境，毫無疑問，這是在海邊，可剛剛還在江北市張景的鄉下房子中，那裏與海邊可是隔了十萬八千里吧，怎麼一下子就到了海邊呢？

難道九龍鼎不僅僅是可以靜止時間，而且還可以瞬間空間移動嗎？

又想起九龍鼎，還好，它就在自己腳邊，趕緊撿了起來裝進背上的包裏，然後又對魏曉雨說道：「曉雨，我也糊塗了，你還記得剛剛是怎麼回事嗎？有沒有看清楚到底是什麼情況？」

魏曉雨也是一臉的糊塗，想了想又搖搖頭，然後說道：

「我也不清楚，我只看到你跟那個人好像隔空鬥氣，你叫我把九龍鼎拿出來，然後我就看到那個人身上飛出來一顆亮晶晶的東西，隨後就是白光閃來閃去，後來一聲響，好像鞭炮聲，又好像槍響，總之是爆炸了一般，接著我就暈倒了，直到現在！」

看來魏曉雨也不明白，周宣指指對面，說道：

「曉雨，我們也到岸上再說！」

魏曉雨指指馬樹的人頭道：「這個人怎麼辦？怎麼就只剩了個人頭呢？」

周宣運了運冰氣，想把馬樹的人頭轉化吞噬了，但冰氣無影無蹤，連左手腕裏那一點丹丸位置都沒了，驚詫之下，一腳把馬樹的人頭踢到海裏，惱道：

「就是這個人害我的，曉雨，知道嗎，他就是那個在山洞裏的鬼面具人，早知道我在香港的時候就讓他消失掉了，免得後來搞了這麼多事出來！看來做人啊，對好人要好，對壞人要狠，對壞人仁慈，那就是禍害社會，結果給自己也只能帶來傷害！」

到了岸上後，周宣看了看，覺得似乎有些眼熟，說道：

「這地方，倒是有點像以前我在南方打工時的沖口海邊遊樂場一帶，不過，我們剛剛在江北，是內陸，眨眼工夫就到了海邊，還真有些讓人想不通！」

周宣覺得想不通，魏曉雨就更想不通了。

在岸上看了看，周宣越看卻越是覺得這兒像沖口的海邊，這一帶因爲是懸崖，地勢危險，所以沒有被劃入遊樂園的範圍，以前他跟朋友來過兩次，所以有印象，只是想不通，他們怎麼會來到這麼遠的地方呢？

不過，不管是什麼原因，周宣都知道，這一切都跟手裏拿著的這個九龍鼎有關，說到底，還是九龍鼎救了他跟魏曉雨，否則他倆早已經給馬樹的冰氣吞噬掉了！

周宣儘管很納悶，卻想不出是什麼原因，本來是想借著九龍鼎發揮效用讓時間靜止，把馬樹凍結，他們好逃跑，卻沒想到時間沒凍結住，他們卻如坐火箭般來到了沖口的海邊！

但有一點，周宣是很解氣的，馬樹這個神秘人，這個自己最害怕的對手，終於被九龍鼎裏的晶體給炸死了！

而讓周宣覺得煩惱的是，冰氣的感應完全消失了，這一次可不像是昨天被九龍鼎吞噬的那一下，昨天他只是把冰氣用盡了，但冰氣的根本還在，而現在，冰氣丹丸都分明已經看不見了，就跟他第一次使用晶體一樣，冰氣連本因種子都被吸掉了！

這一年多來，周宣已經習慣了有冰氣在身上的感覺，現在沒了，心裏空蕩蕩的，就像丟了魂一樣，渾身不得勁。

在岸邊的一塊大石頭上坐了下來，魏曉雨也跟著坐了下來。

現在，兩人都是很搞笑的樣子，魏曉雨披頭散髮，但卻遮擋不住她驚人的美麗。周宣的樣子更古怪，一身衣服胸前爛了不少的洞，背後卻又是完好的，這是給馬樹的冰氣轉化吞噬掉的。

周宣知道魏曉雨有很多疑問，當即對她將九龍鼎的事說了出來，從晚上試驗的事一直說到今天跟馬樹的對敵。

魏曉雨聽得傻乎乎的，好半晌才問道：

「你……是說，我們是因這九龍鼎，才莫明其妙來到了這裏？會有這麼奇怪的事麼？」

周宣苦笑道：「我會冰氣異能的事奇怪不奇怪？想想我，我覺得這九龍鼎也不算奇怪了！」

「那也是！」魏曉雨點點頭，然後又問道，「這件事太突然了，也不知道張景、林士龍那一夥人怎麼樣了？要是死的人太多，還得善後，否則就有麻煩！」

周宣摸摸頭道：「現在哪有工夫管那個，還是先顧眼前再說吧！走，曉雨，這兒似乎還真是沖口，這邊我很熟，你就跟我走吧，過去看看再說！」

沿著岸邊往東走，一里路外就是沖口的遊樂場，到了遊樂場的東門邊，守門的居然還是以前的同事阿朋。

阿朋一見到周宣就直了眼，詫道：

「周宣，該上班了，你還在外面晃什麼晃？喲……哪裡帶了這麼漂亮的妞兒？」

阿朋詫異地問著，然後又嘿嘿笑起來，「周宣，你這服裝好新潮，哈哈！」

這話明顯就是諷刺了。

周宣怔了怔，他離開這裏一年多了，阿朋爲什麼還叫他上班？

「阿朋，你說什麼？我快上班了？」周宣不明白阿朋爲什麼這麼說，自己已經離開一年多的時間了，他怎麼會這麼說？

還有一點周宣也感覺到很奇怪，魏曉雨拉著他進了遊樂場裏面，這個阿朋也不攔住他們。

阿朋盯著周宣和魏曉雨的背影悻悻地嘀咕著：

「奶奶的，這鄉巴佬走狗屎運了，騙了個這麼漂亮的女人！」

魏曉雨把周宣拖到離遊樂場的防護線很遠了，然後才低聲對周宣說：

「周宣，你發覺沒有，我覺得好奇怪啊，現在應該才正月十幾啊，寒冬臘月的，怎麼會這麼熱？」

周宣仰頭瞧了瞧頭頂，一輪烈日當頭，烤得大地好像在冒煙一般，視線瞧出去，畫面似乎都有點飄浮！

太陽這個角度，還有這個溫度，那可是六月天才有的啊，難道那個九龍鼎不光是把他們瞬移了幾千里，而且還從冬天跑到了夏天？

兩人都是一頭霧水，又見到遊樂場的海灘邊一片紅綠，眼前晃動的全是白花花的大腿胸脯，淺海中的男女老幼，正尖叫折騰著，這正是一幅炎炎夏日的圖景啊！

周宣發了呆，好一會兒才清醒過來，旁邊的魏曉雨更是發著愣，這九龍鼎，威力也太強了吧。

抬頭看時，之前的同事張沖在太陽傘下坐著，戴著墨鏡盯著海灘邊。去年他離開遊樂場的前一天，張沖因爲他老爸死了，所以辭工回家辦喪事的，後來也沒見他再回來，怎麼現在又回來了？

張沖裸著上身，穿著一條海灘褲，眼睛一瞧到魏曉雨，頓時一呆，顯然被魏曉雨的麗色震住了，然後取了墨鏡再瞧了瞧，嘴巴都張成了半圓形。

周宣走上前拍了拍張沖的肩頭，問道：「張沖，你怎麼又回來了？」

張沖隨口道：「什麼回來不回來的？」

魏曉雨穿得不倫不類的，這麼熱的天還穿著冬天的衣服，實在熱得受不了，側過頭來對周宣說道：「周宣，我要游泳！」

張沖聽到魏曉雨對周宣說這話，頓時又驚訝的不得了，呆了呆才對周宣低聲說道：「周宣，你認識啊？」

周宣點點頭回答道：「認識！」然後又對張沖問道，「張沖，今天幾月初幾啊？」

「六月初十啊，幹嘛？」張沖脫口就回答出來，只是忽然又覺得奇怪，「周宣，你幾時有這麼漂亮的朋友啊？我們天天在一起都沒聽你說起過，你可真會藏啊！」

張沖說是這樣說，但話裏的意思很明顯，顯然認爲是周宣認識的朋友或者親戚吧，女朋友就肯定不是了。

魏曉雨實在太熱了，天氣本來就熱，又穿這麼厚，哪能不熱，擦了擦汗，便對周宣說道：

「周宣，我要游泳，你……去那邊給我買套泳衣！」

魏曉雨身上沒有錢，皮包也不見了，八成是周宣那九龍鼎發生異相時丟了，這個時候不好意思說出來，乾脆叫周宣幫她去買。

遊樂場有專門賣這些游泳用品的地方，周宣應了一聲，然後到銷售店去買，店在沙灘邊一百多米的地方。

店裏還是那個他認識的胖胖的林大姐，一見到周宣就笑問道：

「小周，離上班還有半小時，怎麼現在就出來了？這可真難得一見啊，以前都是準點才出現的！」

周宣嘿嘿一笑，指了指女裝的游泳衣道：

「大姐，把那綠色的女泳衣給我拿一套，要多少？」

「兩百七十六，怎麼，你要女泳衣幹什麼？」林大姐一邊取一邊問道，周宣是個大男人，來買女泳衣幹什麼？

「是給一個朋友買的，大姐……」

周宣剛說著，忽然瞧見牆壁上，電子鐘上面的紅色電子顯示數字為：

「二〇〇九年七月三十一日，農曆六月十日，十四時〇一分」，不由得大吃一驚！時鐘上的時間顯然錯了，一定是的！

「大姐，你們這時鐘上的時間錯了，怎麼也不調回來？」周宣愣了愣才問道。

林大姐咯咯笑道：「小周，你可真會開玩笑，好好的怎麼錯了，我可記得很清楚啊，我兒子三十號報名考試，就昨天嘛，我看你是想事情想多了吧。來，泳衣，兩百七十六塊！」說著把泳衣遞給他。

周宣接過泳衣，腦子裏猶在發愣，然後往身上一掏，卻又呆了呆，身上的錢包都沒了，哪裡還有錢付？只好說道：

「大姐，先記著，等會兒給行不行？我身上沒帶錢！」

「行，都一個公司的，大姐又不怕你賴賬，先記著了！」林大姐擺擺手，隨即不理他，因為來買東西的遊客太多。

周宣拿著泳衣，呆呆往海灘邊上走去。

那邊，張沖在周宣走後就問魏曉雨：

「小姐，你跟周宣是什麼關係啊？」

魏曉雨在平時哪會理張沖這種色色的男子，但因為心情好，跟著周宣，性格也改變了很多，溫柔得多了，張沖又跟周宣認識，自然不會對他動粗。

「周宣是我男朋友！」魏曉雨側過頭，望著去給她買泳衣的周宣，微笑著說道。

「……」張沖幾乎不敢相信自己的耳朵，呆了半天才瞪著眼睛問道：「你說真的？小姐，你是不是真的認識周宣啊，他可是鄉下小子，沒錢的，可別上當了啊！」

魏曉雨哼了哼，表情一下子冷淡了起來，看來這個人也不是周宣的朋友，要是朋友的話，哪會說這樣的話？當即冷冷地道：

「鄉下人又怎麼了？你這樣說，好像你很有錢的樣子，有錢還來這裏當救生員啊！」

張沖當即被魏曉雨的話嗆得說不出來，訕訕地不大好意思。魏曉雨的話也是實話，張沖同樣是個鄉下來的土包子，跟周宣比的話，好不到哪裡去。

這時，其他的救生員和潛水部那邊的教練都過來了，聽到是周宣的女朋友，而且還是魏曉雨自己說的，那可比從周宣嘴裏說出來還令他們震驚得多，再加上魏曉雨實在是太漂亮了，讓他們都止不住的眼紅嫉妒，圍過來，一是看魏曉雨的美麗，二是想從魏曉雨的嘴裏套出點秘密，要是能把她搶走，那可就不客氣了。

尤其是潛水部的，他們一個月的薪水比周宣他們這些作救生員的多好幾倍，要是講條件，周宣可算得上他們所有人之中倒數的。

正圍著魏曉雨套口風時，周宣趕過來了，把泳衣遞給魏曉雨，然後指著一邊的房子道：

「那邊是更衣沖浴處！」

魏曉雨接過泳衣，然後對周宣甜甜一笑，柔聲道：「那我過去了！」

魏曉雨的笑容幾乎可以讓人中魔，這一大片的男人都暈乎乎的，直到魏曉雨的背影消失在沖浴處後，這些人的眼光才收回來。

一時間，眾人都七嘴八舌地問起來。

「周宣，真有你的啊，這麼漂亮的女朋友，你是在哪找到的？」

「周宣……你是不是冒充什麼大老闆騙到手的啊？」

「我瞧這個女孩子也不像是一般人，跟鄉下的漂亮女孩子大不相同，她身上的氣質真好……」

當然好了，人家是什麼家庭裏長大的？再說，魏曉雨現在的級別可是團級軍官，現在的性格也好多了，要是換在以前，像這些傢伙這個樣子圍著她說三道四的，只怕她三拳兩腳就給打翻了一大片！

但周宣現在對這些都不在意，他只想弄清楚現在的時間，是否真如在林大姐那兒看到的那樣，九龍鼎把他們移動到這兒來，這讓他和魏曉雨都糊塗了！

張沖上來拉著周宣到邊上，嘿嘿笑著道：

「周宣，打個商量，今天我上連班，跟你換一下，你明天上我的班，好不好？」

周宣很是詫異，這個傢伙一向是小肚雞腸，怎麼會說這樣的話？不過周宣沒計較這個，向他問了自己想要知道的事。

「張沖，這個沒問題，我問你一下，今天是幾月初幾啊？」

張沖一聽周宣答應了，笑呵呵地回答道：「今天是六月初十啊，三十一號！」

張沖之所以換班，其實是見到魏曉雨著實太漂亮了，所以想跟周宣換了班，然後在這兒打混。

周宣呆了呆，真的是六月初十！他仍不死心，又問道：

「今年是哪一年？」

「你真是有個漂亮女朋友，腦袋就燒糊塗啦，二〇〇九年啊！」張沖嘿嘿笑著道：「不過也難怪，換了我有這麼漂亮的女朋友，肯定也是覺也睡不著，日子就更記不住了，哎……周宣，我就搞不懂，我比你帥，比你家庭好，憑什麼你會有這麼漂亮的女朋友，而我沒有？」

周宣腦子裏如炸雷一般，腦子裏一場糊塗，呆呆地什麼也想不到了，張沖在說什麼，他根本就沒聽到耳朵裏去！

如果他跟魏曉雨回到了二〇〇九年，回到了一年多前，那時，他還沒得到冰氣異能，還沒有認識傅盈，那該怎麼辦？他的盈盈如果不認識他了，他可怎麼辦？

周宣呆怔了半天，魏曉雨換了泳衣過來，甜甜地笑著說：

「我游泳去了，你換了衣服也來吧，這麼熱，真讓人受不了！」

魏曉雨說完，笑吟吟往海水中走去，明知道周宣有這麼多疑問，還是不管不顧的，這太不正常了。

周宣呆了呆，眼瞧著這一大群同事嘩啦一下都散開了往海裏撲去，乾脆不想了，這些人要是惹惱了魏曉雨，就算有得苦頭吃，也用不著他來做護花使者。

周宣想了想，趕緊一陣小跑，回到以前的宿舍。進了房間，那個鐵床還在原來的位置，而且自己的行李箱、床上的床單被子，包括自己用的一切用具，都跟記憶中的一樣，沒有改變，難道他真是回到了一年前？無法想像！

周宣趕緊把包包裏的九龍鼎放進行李箱裏鎖好，這個東西最緊要，現在搞不明白，等空下來再仔細想，但現在，這東西可千萬不能給人偷走！

再想回到原來的世界，估計只能靠這個東西了！

第二章

回到過去

周宣知道，最初冰氣激發九龍鼎時，
可能是因為冰氣的能量不夠，所以只能激發九龍鼎龍眼射出紅光，
而且由於時間短，紅光只能靜止凍結時間，
而白光的作用就是穿越時間回到過去！

周宣當然知道，催發九龍鼎的是冰氣和晶體裏的龐大能量。最初冰氣激發九龍鼎時，可能是因爲冰氣的能量不夠，所以只能激發九龍鼎龍眼射出紅光，而且由於時間短，紅光只能靜止凍結時間，而白光的作用就是穿越時間回到過去！

只是，啓動白光所需要的能量顯然要很龐大，才能催動九龍鼎射出光來。

想想當時，他可是跟馬樹兩個人的能量再加上晶體裏的能量，才能催動九龍鼎，最後晶體的能量用盡了，而且被炸掉了。如果要再催動九龍鼎進行時間穿梭，又哪裡能得到如此龐大的能量呢？

再說，自己現在身上可是連冰氣異能都沒有了，連最基本的能量都沒有了，又談何其他？

周宣呆了呆，忽然又想起一年多以前，自己不就是在這個時間，在海底得到了那個黃金石的嗎？

一想到這裏，周宣哪還能忍得住，急急換了上班穿的泳褲，再加了條海灘褲，又拿了把匕首插在腰間，然後赤著上身就往海灘邊跑。

海邊上，魏曉雨游得很遠。本來人太多，一下子也認不出來，但周宣看到海水裏面有好多穿著遊樂場制服的救生員和潛水教練，這些男人都離魏曉雨不遠。

現在，周宣顧不得她，趁著沒有人注意衝入海裏，往以前那個海域處拼命游去，一直到百多米外，才深深吸了一口氣，接著下潛。

找到了熟悉的地方，一直潛到海底。

這一帶已經沒有遊客和潛水夫會過來，周宣雖然身上沒有冰氣異能了，但潛水的功底仍然在，而且有了後來的那麼多經驗，比起一年前，潛水的能力肯定也是不同的。

周宣一邊潛著水，一邊在想著還想不通的事，他跟魏曉雨因爲九龍鼎神奇的力量，回到了二〇〇九年，但以前的他又到哪裡去了？

周宣對以前的自己是瞭若指掌的，他從來不遲到、不蹺班，在上班之前的半小時，肯定都是在宿舍中的……難道他跟魏曉雨穿過時光回到過去，只是腦子和思維回去了，身體卻還是以前的自己？又或者是身體一回到過去，就跟過去的身體合二爲一了？

一切都讓他想不透，周宣也解釋不出，但他唯一能想到的，就是趕緊把黃金石找到，以便讓自己再度擁有冰氣異能。

潛到海底，再沿著以前去過的路左轉向前，再幾十米，就到了那個小小的海底洞口處。周宣靜了一下，心裏念叨著，希望那塊黃金石還在！然後才伏到那個洞口。

洞裏面沒有海龜，光線暗淡中，也看不到有沒有石頭，於是又伸手進去一摸，倒是摸到了一塊石頭，拿出來一看，心裏大喜，真是那塊黃金石！

周宣又伸手到裏面，把那枚英格蘭的古金幣再摸了出來，放到海灘褲裏，左手握著黃金石，右手把腰間的匕首取了出來，沿著來的方向游回去。

因爲沒有見到那隻吸取了一些黃金石能量的海龜，所以周宣游得很慢。這隻海龜就是後來留下的禍根，讓馬樹找到了冰氣異能的仲介物質，否則就算他偷了晶體，也沒辦法得到冰氣能力。

這一帶的海水深數十米，周宣沒有冰氣異能，停留了兩三分鐘，覺得有些氣悶，決定游回去再說。只要得到了黃金石裏面的能量，再下水就能潛得久了，到時再來把那隻海龜抓到。

只是剛往水上面一游動時，就見到數米外一隻黑黑的身影游過來，周宣趕緊停下來，等那黑影一近，瞧清楚果然是那隻海龜，當即握緊了匕首，等到那海龜游近了，便一腳踩住牠的龜殼。

那海龜雖然大，但也不是人的對手，加上又不如別的物類，被人踩住背殼後，就只能把頭腳都縮進龜殼裏，以龜殼作爲抵擋。

幸好周宣拿了把匕首出來，如果是空手，還真搞不定這海龜，當即用匕首從海龜頭頸裏插進去，一陣攪動，鮮血流了出來，龜頭被匕首攪得粉碎，死得透了，這才住手，然後扔了匕首。

水下氣悶得很，周宣不敢多待，趕緊往海面上游去，到海面上時，一顆心都憋得慌，「嘩啦」一聲躥出水面，一陣急促地呼吸喘氣。

歇了一陣，呼吸平息後，周宣才往岸邊游去。

魏曉雨在海水裏泡了一陣子，好得多了，見到周宣從海面游到岸邊，也跟著游回去。

周宣見她身後又跟著一大群男人，皺著眉頭道：

「曉雨，走吧，先找到地方住下來，我有話跟你說。」

魏曉雨見周宣臉色凝重，笑笑著點頭道：

「好，你等我一下，我到沖浴處換了衣服就走。」

魏曉雨一走，周宣的同事就都圍了過來，尤其是張沖，嘿嘿笑道：

「周宣，你這個女朋友，我越瞧越難受啊，實在是想不通……」

「你想不通的事多得很，不在乎多這一件。」周宣隨口答道。

「周宣，你幹嘛呀，怕我們把你女朋友搶走啊，拿塊石頭好像要打人的樣子。」

張沖又笑著說道，這話立即引得其他人哄然大笑。

周宣看到魏曉雨從沖浴處出來，也不理這些同事，直接走了過去。

潛水部的一個領班瞧著周宣的背影說道：

「這個周宣，今天怎麼好像變了一個人一樣，說話挺衝的，不像以前軟趴趴的，他哪敢對我們這麼沒禮貌？」

但事實上，周宣真就是這麼沒禮貌地走了，半點也不理他們。

魏曉雨換了衣服出來後，周宣拉了她就往外走，然後讓她在遊樂場的大門外等，他回到宿舍裏換了一身衣服，拿了錢包銀行卡，把箱子裏的九龍鼎取出來，與黃金石和那枚金幣一起裝到背包裏，然後背了背包出去。

魏曉雨的衣服還是太熱，周宣就帶著她到沖口外面的地攤上，給她買了一套衣服，總共才花了兩百多塊。

魏曉雨咯咯笑道：「周宣，你怎麼這麼小氣？」

周宣哼了哼道：「曉雨，你知不知道我們目前的處境？我們沒錢了，又回到了一年多前，回不回得去還是個未知數，難道你一點都不愁？」

「愁什麼愁？愁還不得過日子啊？」魏曉雨笑吟吟地道，「我知道回到了一年多以前，我問你，是不是你這個時候還沒認識傅盈？」

周宣一怔，瞧著魏曉雨笑得如燦爛的春花，美得不可方物，怔了怔，立即明白了魏曉雨的念頭。

魏曉雨當然知道他們兩個回到了一年多前，也知道要再回去有多麼難，也許永生都不能再回到他們認識的時候，只能以現在的思維再生活下去；但她問了周宣那句話後，周宣就明白了，這個時候他還沒認識傅盈，周宣與傅盈也沒有婚事一說，她如何能不心喜？

以前做夢都想有這麼一天，希望在周宣跟傅盈還不認識的時候就認識周宣，現在，這個日的居然奇蹟般達到了，真的跟做夢一樣！

此外，她也一直覺得對不起妹妹曉晴，但曉晴這個時候也不認識周宣，只要自己把握住這個機會，好好珍惜周宣，再阻止他跟傅盈和曉晴發展感情，那她一個人的好事不就成了？

不知道是不是老天爺開眼了，看到她如此苦苦相思周宣，所以才讓她跟周宣一同回到一年多以前，一切都從頭重新開始了。

周宣心裏明白了魏曉雨的想法念頭後，心裏一陣苦澀。

雖然想念傅盈，但他心裏也明白，從用九龍鼎的能力回到了一年多前，他的命運似乎就改變了，他不再能按照以前那個方向照舊行走，也沒有半點把握能再催動九龍鼎回到原來的位置，如果重新來過，盈盈還會再像以前一樣來找他嗎？

千不該萬不該，就是不該用九龍鼎！要是知道九龍鼎會穿梭時空，而不是靜止凍結時間，他還會這樣做嗎？可是要不是這樣做，那他們都會被馬樹轉化吞噬掉，如果真讓他重新來一次，他會怎樣選擇？

周宣帶著魏曉雨到沖口的賓館開了一間雙人房，在遊樂場的宿舍中，他的現金只有三百多塊，銀行卡裏只有五千塊不到，所以一切都只能從簡，不能揮霍，否則只能流落到街頭。

魏曉雨笑面如花，高高興興到浴室中洗浴。現在，她得把握住機會。

人與人的感情都是培養出來的，並不是天生的，而傅盈和曉晴這時候根本就不認識周宣，想也沒有用。

再說，自己又不是傻瓜，又不是木偶，也不會任由他跟傅盈和曉晴再發展。以前，周宣是先認識她們兩個，自己在後，但現在不同了，自己變成是最早與周宣認識的人了，而且兩個人這段時間也有了一些感情，不說是男女之情，但至少周宣不再認爲她是個脾氣壞、只知道驕傲耍橫的千金小姐，心裏並不反感她這個人，那就夠了。

從現在開始，就是她跟周宣的嶄新日子了。

以前她這樣做這樣想，會覺得對不起傅盈和妹妹，但現在卻是心安理得。

周宣聽到魏曉雨在浴室裏還在哼著歌，嘆了口氣，不再想這些煩心的事，從背包裏把黃金石取了出來，然後再拿了水果刀，在左手食指尖割了一條小口子，鮮血湧出來時，趕緊觸到黃金石上面。

以前那一次是在睡夢中，不知道到底是怎麼樣得到冰氣異能的，而這次他卻是明白得很，又有經驗，人也是清醒的，就是要瞧個清清楚楚。

鮮血湧出後，流在黃金石的表面，霎時間就滲入石頭裏面，好像被海綿吸進去一樣，接著，黃金石就亮起一縷極淡的藍光，藍光包裹住那塊黃金石，周宣左手立時感覺到微弱的電流在電他一樣，有淡淡的麻手感覺。

接著，一縷有點淡但很熟悉的冰氣，從黃金石上面流出來進入到他左手裏，然後停留在手腕中，手上的肌膚也比原來略黃了一些，而左手接觸的那塊黃金石這時候也變成漆黑，黃金石裏面的能量已經轉入到了周宣的左手腕裏。

大功告成，周宣這才放下心，抬起頭，卻看見魏曉雨盯著他，過了一陣才問道：

「你的特異能力就是這樣來的？」

「是。」周宣也不瞞她，一五一十地把原來的經過都告訴了她，最後又說道：「我只能想辦法再得到冰氣異能，然後再找機會加強，看看能不能再得到那顆晶體，得到晶體後，或許就有可能回到原來的時間。」

「我不想回到原來的時間，現在不也挺好嗎，我們還是原來的我們，親人也還是那些親人，不缺什麼也不多什麼，有什麼不好？」

魏曉雨當即搖著頭，肯定地說著，然後想了想，倒是又問起了另外一件事：

「周宣，你跟傅盈是怎麼認識的？」

周宣一想到傅盈，心裏就湧起了無限的柔情，神思嚮往，嘴裏悠悠然地說出與傅盈見面的情景。

「我記得那一天，跟盈盈見面的那一天，是八月一號，我在海邊上班，盈盈跟她的助手王玨也到我上班的遊樂場游泳，我那時在海底得到這塊黃金石後，就在海中與她相遇。我給盈盈的第一印象是潛水能力很強，她需要找潛水高手，到美國的天坑洞底去尋找她的大祖祖遺骨。」

周宣說起傅盈的時候，那臉上的柔情，話裏無盡的思念，一切都讓魏曉雨又酸又羨，靜了一陣，問道：

「今天是七月三十一號吧？」

周宣隨口道：「是啊，七月三十一號，農曆六月初十，這個日子，我沒辦法忘記。」

是啊，像這樣的日子，又有誰能夠忘得了呢？魏曉雨咬了咬唇，臉色陰沉了下來。

明天，就是明天，傅盈就要跟周宣見面了！明天一定要想方設法阻止他們見面！

只要傅盈不會愛上周宣，那周宣也回天無力，以傅盈那麼驕傲的女子，只要自己出面稍稍搗一下亂，比如在傅盈出現的時候，自己跟周宣親密一點，或者自己偷偷向傅盈表示自己是周宣的女朋友之類的，傅盈就絕不會再對周宣動情意了。

而且她也聽周宣說了，傅盈對周宣動情是在美國天坑洞底的時候，那時周宣捨命救她，現在，只要自己不讓周宣跟傅盈到美國去，那他們之間就不會發生感情，也就不會有後來的事情。

如果沒有傅盈，曉晴這時候也不認識周宣，魏曉雨相信周宣一定會愛上她。

周宣知道魏曉雨不想回到原來的時間的念頭，但不知道她現在的想法，這時也沒別的話說，自己的思念卻是她不喜歡的話題，嘆了嘆，便到浴室中洗澡，洗完澡出來就關燈睡覺了。

兩張床，魏曉雨似乎睡不著覺，輾轉反側的。周宣卻是沒有一丁點響動，呼吸平穩，魏曉雨以爲他睡著了。

其實周宣並沒有睡，而是在練冰氣，把冰氣與自己的內氣結合。有了以前的經驗，他不用再盲目摸索，很容易就把冰氣與內家元氣結合，轉化成新的丹丸冰氣。雖然微小，但這種新的進化異能總算練成了，趕緊儲存在左手腕中。

到底是經驗純熟，這一晚的練習，比以前剛得到冰氣異能時練一個月都強，那時候不懂，甚至不知道是怎麼回事，很多能力都是長久摸索後才得出來的。現在，他需要的只是如何加強冰氣能量。

最初，周宣只能測到三米遠的地方，而且用一次就會疲勞，現在，雖然也同樣是剛剛得到冰氣異能，但是以純熟的經驗練成，並結合新的丹丸冰氣，探測的距離已能達到六七米，只是冰氣還是太弱，不能轉化吞噬，要想到達那一步，估計還得加強冰氣再鍛煉才行。

今天開了這間房，花了三百多塊，加上買泳衣和吃飯，一共花了七百多塊，卡裏的五千塊錢也只剩四千多了，得省著點用，總不能把魏曉雨扔開，雖然她並不擔心自己扔掉她，不過在這個時候，周宣也不可能做出這樣的事來。

天亮後，周宣早早起了床，因爲知道今天是跟傅盈相見的那一天，所以心裏很激動，根本睡不著，重新擁有冰氣對他來說，倒是沒有太大的激動。

洗臉涮洗後，周宣坐在床邊，拿起他的舊手機打電話。首先撥的是京城家裏的電話，電話裏傳來的是電腦語音：

「對不起，您撥的電話是空號……」

然後又撥了傅盈的手機號碼、周濤的手機號碼、周瑩的手機號碼，得到的回答都是空號，想了想，再撥了李爲的手機號碼，這一下卻是通了。

「喂，誰？」很囂張的聲音，一聽就是李爲的，估計看到他的來電號碼也不認識，所以語氣頗爲不善。

「李爲，是我，周宣，記得嗎？」周宣儘量把話意簡單明瞭化，讓李爲一下子就能聽懂。

「周宣?不認識，我記得你個頭，少打這些騷擾電話，否則老子整死你！」接著，手機裏就傳來嘟嘟嘟的斷線聲，顯然是李爲掛斷了電話。

魏曉雨捧著自己的臉蛋，淡淡地道：「你還是省省吧，一年前，李爲哪裡認識你?他可是胡作非爲的花花公子，這會兒，只怕是在花天酒地吧。」說完又伸了手道：「把手機給我，我要打電話。」

周宣只好悶悶地把手機遞了給她。

魏曉雨想了想，先給家裏打了個電話，然後按了免持聽筒鍵，故意讓周宣聽見，電話裏傳來的是她媽媽的聲音：

「喂，你好，哪位?」

「媽，是我。」

「曉雨?你……你跑到哪裡去了?你爸也找不到你，不是有什麼危險的任務吧?」

「不是，你放心，我在南方，還有點事要辦，過兩天就回來了!不過，媽，你跟爸說一聲，我要給你們帶一個人回來，你們要有心理準備啊!」

「帶一個人?……什麼人?」

魏曉雨媽媽的聲音有點詫異，因爲魏曉雨向來是自視甚高、極度驕傲的，從沒往家裏帶過人去，而別人給魏曉雨介紹的對象，她也從來瞧不中，久而久之，誰都不提那個事了。

魏曉雨曾說過，得她自己瞧中滿意的人，才會帶回家給她和老爸看，否則就算一輩子不嫁，她也不會隨便找一個，今天卻說要帶個人回家，不由得心裏好生好奇！

魏曉雨嗔道：「媽，你問那麼多幹嘛，反正我告訴你們，不准嫌人家身分什麼的，我帶回來後，你們要是給人家臉色看，我就不回家了！」

「你……曉雨，你……真的有男朋友了？」

魏曉雨的媽媽不僅沒生氣，反而激動起來。她就兩個女兒，兩個女兒都是一樣姿態很高，而且小女兒曉晴還遠走紐約，一年都沒給家裏打過電話，正心痛得很；這個大女兒曉雨，她跟魏海峰夫妻倆都不敢跟她硬來，魏曉雨從小自立自強，個性比男孩子還要強，什麼事都要拿第一，這樣長大的女兒，哪裡敢跟她對著幹？

魏曉雨笑嘻嘻地道：「媽，你就別問了，反正到時就知道了，我掛了！」

說完，魏曉雨就按掉了手機，然後一雙俏眼緊盯著周宣，這意思很明顯，已經給家裏發了通知了，看你怎麼辦？

周宣皺著眉頭道：「曉雨，你怎麼這樣？……我不會去你們家的。」

魏曉雨氣呼呼的，嘟著嘴，生了好一陣悶氣，然後才道：

「你還想著傅盈？別忘了，她這個時候根本不認識你，你們根本沒有感情！」

周宣淡淡道：「我今天要跟盈盈見面，我會沿著以前的路子再走一遍，我會刨除掉壞的事情，只跟著好的事走下去。我不會再給馬樹任何機會了，只有這個人是我最大的敵人，重新來過，他就沒有任何機會贏我，還有……」

說著，周宣又盯著魏曉雨，一字一句的道：

「你又怎麼知道我們不能回到以前的時間呢？」

魏曉雨冷冷地道：

「九龍鼎我是弄不懂，但你不是說過嗎，那得需要極強大的能量才能催動，你現在行嗎？退一萬步說，就算你弄到了那麼強的能量，也會是很久以後的事。時間在走，世界在變化，那時，你就能確定我們還能回到我們來的那個時間？說不定你會回到更遠的年代，也說不定去到遙遠的未來，能回到原點的機率，恐怕是萬分之一都沒有。」

第三章

命運安排

看著傅盈頭也不回地往海邊走去，周宣如墜冰窟一般呆站著。
魏曉雨挽著周宣的手，
輕輕說道：「周宣，這一切都是命運的安排，
老天爺注定的，是怎麼樣就是怎麼樣，強求不來的。」

周宣面色蒼白起來，魏曉雨不是隨便亂說的，他心裏也明白，或許他們這一生根本就不可能再回到未來，那個九龍鼎，他完全弄不懂，也沒辦法掌控，第一次是時間凍結，可第二次，竟然穿梭一年多的時間，回到了過去。

這樣的事，他能猜到嗎？誰能猜到呢？

周宣呆怔了半晌，然後默默穿好衣服，背著背包。

「你要去哪裡？」魏曉雨顫著聲音問他，卻是明知故問，她怎會不知道周宣要去哪裡呢。

周宣站起身道：「你知道的，我今天要跟盈盈見面，就算回不到原來的時間，我也要把盈盈找回來。」

魏曉雨呆了呆，忽然氣道：「你只會碰得頭破血流的，你還沒發現嗎，我們回來，已經改變了歷史的方向，永遠都不會按照以前的方式走下去了，我……我……」

說到這裏，魏曉雨再也忍不住淚如雨下，哽咽著道：

「我就那麼不討你喜歡嗎？」

周宣嘆了一聲，默然無語。

呆了一陣後，周宣掏出昨天取出來的五千塊錢，從中分開，隨便拿了一半塞到魏曉雨的手上，說道：「曉雨，我們本就是兩個世界的人，你回京城去吧，以後我們都不要再見面了！」說完，就毅然決然背了背包出門。

背後傳來魏曉雨低低的抽泣聲。周宣硬起了心腸，不再回頭。

昨天，張沖跟周宣換了班，所以今天周宣得值兩連班，又因爲傅盈的事，周宣不敢延誤時間，怕就此再也見不到傅盈。

但從早上九點一直到中午十二點，傅盈都沒有出現。不過在記憶中，一年多前，傅盈是中午過後才出現的，現在時間還沒到，所以周宣也只是有些緊張而已。

十二點吃了午餐，看看時間也差不多了，傅盈還是沒有出現在遊樂場中，周宣有點急了，會不會一切都已經改變了呢？

遊樂場的遊客比昨天更多更熱鬧，一來是因爲天氣太熱，超過了三十八度，二來因爲今天是星期六，很多來的遊客，都是一家大小來避暑的。

由於遊客太多，公司今天特地多安排了六個人上班，加上周宣這些正常時間上班的，一共有十八個救生員。對於這個工作，周宣是根本不會幹下去的，只要把傅盈的事一解決，他立馬就會離開這個地方。

雖然現在他又變回了沒有身家的窮光蛋，但他還有一枚金幣，記得那枚金幣可是賣了一千多萬，所以他並不愁錢的事，而且，他已經重新擁有了冰氣異能，弱是弱了一點，但要用這個賺錢，還是輕而易舉的。

一切都有之前的經驗作後盾，周宣已經不是一年多前剛剛得到冰氣異能時的毛頭小夥子，再次重新來過，對他來說，錢已經不是擺在第一位的，最重要的是盈盈。

周宣的領班王老大，這個曾經在一年多前把他逼走的人，依然是不懷好意，不過，這就是他一貫的作風，換了別的人，王老大也是一樣的。

昨天見到魏曉雨那麼漂亮的女孩子自己承認是周宣的女朋友，王老大就更是不爽快，所以今天一直想找周宣的麻煩。

「周宣，天這麼熱，過去買兩罐飲料過來！」王老大揮手擺了擺，叫周宣去買冷飲。在平時，王老大總是叫他們買飲料買菸的，作威作福，占小便宜。

周宣算是這裏面最弱勢的幾個人之一，王老大的話，他從來就沒有違抗過，按照以往的慣例，只要王老大開了口，他就會去買了。但今天的周宣卻不是以往的周宣了，除了一直在盼著傅盈外，對王老大的話恍若未聞。

王老大見周宣根本不理會他，一下子就火了，這是公然挑釁他的權威啊。不過，當王老大正要找藉口對周宣發火時，忽然眼睛都直了——

在周宣身後，出現了一個讓王老大不能自已的漂亮女孩，正是昨天見到的那個自稱是周宣女朋友的那個女孩。

周宣一轉身，看著魏曉雨直皺眉頭，問道：

「你……怎麼又來了？」

魏曉雨哼了哼，說道：「遊樂場又不是你家的，我給錢就進來了，有什麼好奇怪？」說完，又轉了一個圈，笑吟吟地道：「你看這衣服好看不？」

魏曉雨這一身衣服很合身，加上她本來就長得漂亮，就是不好看的衣服穿在她身上都會好看，更別說她自己專門挑的合身衣服了。

魏曉雨見周宣盯著她身上的衣服看，笑嘻嘻地道：

「我自己挑的，當然好看了，才兩千三，不算貴。」

「才兩千三？」周宣一聽就惱了，氣呼呼地道：「你把錢都用光了，怎麼回京城去？」

魏曉雨拍了拍手，淡淡道：「就是啊，沒錢了，回不去了，所以才回來找你啊。」

周宣做聲不得，魏曉雨根本就是故意的，算了，還是不理她，其實在哪裡她也能回去，哪裡能難得倒她？

王老大笑呵呵地道：「不回去好啊，在這邊多好，大哥幫你找工作，吃住都不用擔心，我王老大在這兒還是有點分量的。」

王老大胡亂地吹噓，周宣也不理他，因爲他發現傅盈了！

傅盈穿著泳衣過來，苗條動人的身材，清純到極點的相貌，引得無數人的眼光都盯在她身上！

跟她站在一起的助手王玨，也是一個美女，但跟傅盈在一起，就像星星配月亮了，在皎潔明亮的月光下，那一點點微弱的星光自然就等於無了。

萬千矚目中，傅盈的眼光卻是直直地跟魏曉雨對碰上了。像有無形的火花一般，兩個人就面對面互相打量著。

王老大和他的同事們都呆住了，一個魏曉雨已經夠讓他們驚豔了，卻沒想到又冒出來一個同樣級別的美女。兩個人都是漂亮到極點的女孩子，但卻是不同的相貌，各有各的美！

女人見到女人，通常都會像仇人一樣，因爲誰都見不得比自己更漂亮的。

但傅盈見到魏曉雨時，眼光中卻是驚豔；只是魏曉雨看傅盈的眼光卻是很複雜，眼神中儘是嫉妒羨慕。

傅盈與魏曉雨相互對視了幾秒鐘，傅盈淡淡說道：

「小姐，我們……認識嗎？」

「不認識。」魏曉雨毫不猶豫地回答道，然後走上前一步，伸手挽住周宣的胳膊，親暱地說道：「周宣，走吧，我想吃冰淇淋，我要你給我買。」

周宣臉上緊張得滲出汗水來，傅盈眼光一轉，在周宣臉上掃過，卻是半分也沒有停留，側過頭對王玨說道：「走吧，我們到海裏去。」

周宣急了，一下子脫口而出：「盈盈，你別走。」

傅盈一怔，轉頭瞧了瞧周宣，見周宣盯著她又是情急又是焦急的表情，怔了怔後，隨即淡淡笑了笑，又回身走了。

在她心裏，還以爲周宣只不過是無意中叫了一個跟她相同的名字而已。

看著傅盈頭也不回地往海邊走去，周宣如墜冰窟一般，呆呆地站著，傅盈在這個時候根本就不認得他，說什麼都沒有用。

魏曉雨挽著周宣的手，輕輕說道：「周宣，這一切都是命運的安排，老天爺注定的，是怎麼樣就是怎麼樣，強求不來的。」

周宣臉脹得通紅，呼呼喘了幾口粗氣，然後一甩她的手，朝傅盈的方向追去，一邊走一邊說道：「我就不信這個邪！」

「周宣，周宣，你不好好待在工作崗位上，往哪裡跑？」

王老大見周宣尾隨著傅盈追過去，頓時火冒三丈，他都沒那樣做，周宣一個最底層的救生員竟然如此放肆，他哪裡忍得住，衝著周宣直罵：

「回來，你要是不回來，老子就炒了你！」

周宣哪裡會理他，徑直跟著傅盈追過去。

傅盈和王玨到了海邊，王玨卻不下海，就只傅盈一個人往海裏游去。周宣毫不猶豫地跳進海裏，跟著游過去。

傅盈游泳技術好得很，一直游到離海邊兩三百米遠。這個距離，一般的遊客是不敢游這麼遠的，還有幾個潛水教練和救生員跟著游了過去，但似乎游泳技術不如傅盈，所以離她越來越遠了。

周宣的游技自然也不如傅盈，但潛水功夫就比她高得多了，一口氣潛在水中奮力游去，漸漸把其他的救生員和潛水夫甩在了後面。

周宣心裏有些著急，一年前與傅盈見面是在海底中，但今天傅盈並沒有到潛水部租用潛水衣，歷史已經跟原來不一樣了，不知道會是什麼結果。

或許是因為魏曉雨的忽然出現吧，多了個魏曉雨出來，歷史就不可能再跟原來一樣走下去了。可是周宣不信這個邪，他就是要把所有的一切都還原回去。

周宣從水中抬起頭，瞧準了傅盈的方向後，潛水游去，再抬起頭來時，忽然發覺傅盈並沒有再往前游，而是停在了水中。周宣趕緊游了過去，在離傅盈兩米遠的地方停了下來。

傅盈一雙俏眼緊盯著他，冷冷道：

「你追來幹什麼？我警告你，最好別靠近我，否則你只會吃虧的。」

「盈盈，你聽我說……」周宣心裏激動起來，實在忍受不住傅盈不認識他，對他還這麼冷淡，「我是……我是……」

說到這裏，他突然想起，不管他說自己是誰，傅盈都不會認識……想到傷心處，周宣的眼睛頓時紅了。

傅盈很奇怪，這個人瞧著她的眼光裏，不像別的男人那般色色的眼神，卻是無盡的思念和哀傷。

傅盈想了想，口氣倒是緩和了些，然後道：「我不知道你是什麼意思，但我想你肯定是認錯人了，我也不是你說的那個盈盈，還有……」說著，往周宣身後的方向指了指，又道：「你那個漂亮的女朋友游過來了，有這麼漂亮的女朋友，應該懂得要珍惜。」

周宣哽咽起來，顫抖著聲音道：

「盈盈，我……我是你的未婚夫，我們快結婚了，我也知道這一切都很難說明白，但我還是要跟你說，我……我愛你……我捨不得你。」

傅盈皺起了眉頭，哼了哼說道：

「我不知道你在說些什麼，莫明其妙的，我再說一次，我不是你說的那個盈盈。」

周宣情急得無法形容，現在，無論他怎麼對傅盈解釋，傅盈都不會那麼簡單就相信的。但周宣又不甘心，怎麼能就這麼與傅盈擦肩而過呢。

「盈盈，你聽我解釋，我知道你叫傅盈，岸上你那個同伴叫王玨，你們是從紐約來的，你來是想找潛水高手回去，到一個神秘的天坑洞底找尋你的大祖祖的下落……」

傅盈一怔，詫道：「你……你怎麼知道的？」

她心裏不僅僅是詫異，而且是吃驚，她大祖祖的事，那可是機密，外人根本就不可能知道，就算打聽到她的名字、助手的名字，她們來國內是爲了找潛水高手，但她大祖祖的事卻無論如何不可能被外人知道，這個人，他又是怎麼知道的？

傅盈現在唯一可以確定的是，這個人，她絕對不認識。

周宣急急又道：「盈盈，你給我半個小時，我跟你把一切都解釋清楚好不好？你只要給我半個小時，我一定向你說個明白。」

傅盈怔了怔，最終還是微微搖頭，指了指周宣身邊游過來的魏曉雨，淡淡道：

「你說得很離譜，對不起，我沒有時間做那些閒事，還是好好珍惜你身邊的人吧。」

周宣急得滿臉通紅，魏曉雨卻是已經抓住了他的手臂，淚如雨下，顫著聲音道：

「周宣，你不要丟下我好不好？我不能沒有你，要是沒有了你，我寧願去死。」

「你……你你……」

周宣惱得不行，魏曉雨的個性就算轉變得再快，也不會說這樣的話，這話其實都是說給傅盈聽的。

果然，傅盈微微一笑，對周宣道：「你這人真的很奇怪，要是別的男人這樣，我早不客氣了，不過瞧在你這位漂亮的女朋友面上，我就不計較了，對不起，我去游泳了。」

周宣看著傅盈如一條美人魚般靈巧地游到遠處，又瞧瞧緊拉著他手臂的魏曉雨，不禁惱道：「曉雨，你這是幹什麼？我真的很生氣！」

魏曉雨蒼白著臉，呆了呆才說道：

「周宣，你知道嗎，我剛才說的並不是氣話，而是真心話。以前，我知道你對傅盈情深義重，也不會背叛她，但現在不同了，你跟傅盈已經不是以前的關係，而且也回不到那樣的關係中去了，你……就不能對我好一些嗎？」

周宣看著魏曉雨淚眼朦朧的樣子，又瞧著遠處傅盈的身影，一時心痛難擋，忍不住把頭埋在海水中，任憑那眼淚滾滾而出。

魏曉雨看見周宣頭埋在海水中，肩頭微聳，也不禁淚如泉湧，將臉輕輕貼在周宣頭上，喃喃道：「周宣，你知道嗎，爲了你，我可以付出我的一切，包括生命。」

傅盈繞了一圈後再游回岸上，也不作多停留，與王玨兩個人離開了遊樂場。

周宣跟著游回到海邊，瞧著傅盈離去的背影，紅著眼發呆。魏曉雨寸步不離跟著他。

王老大把發著呆的周宣一把揪住，惡狠狠地道：

「周宣，老子吩咐的事你不辦，處處跟我作對，老子今天罰你兩百塊。」

周宣怒從心頭起，一腳就踹在王老大的襠部，王老大啊喲一聲，當即鬆了手，捂著褲襠痛呼起來。周宣更不遲疑，揪著他的頭髮狠狠痛揍了他一頓。

這個念頭他一年前便有，只不過換了那個時候的他，這種念頭也只是想一想，永遠不會去實現。但現在，高官巨富他見得多了，心態也不是那時的心態了，王老大一個屁都算不上的遊樂場領班，竟然也想騎在他脖子上撒尿，這就讓他再也忍不住了。

不過，王老大身材肥胖，比周宣高大幾分，要說憑實力動手，周宣還真不是他對手，而且現在，他的冰氣還沒有轉化吞噬傷人的本領，為了不吃虧，他必須先下狠手為強，所以先一腳把王老大的命根子廢了，然後再猛揍。

本來周宣就因為傅盈的事而極不痛快，偏偏王老大還要在這個節骨眼來挑釁，也就該他王老大倒楣了。

不過王老大做領班，與手下的關係那肯定是要好過周宣了，其他人一見周宣竟然敢動手打王老大，都是呆了。

王老大痛得直冒汗，卻沒有力氣反抗，命根子被傷到是最要命的，只是拼命叫道：

「吳秦，你們快過來把這狗日的拖開，給我狠狠打！」

像這樣的事，其他的同事都明白，周宣肯定是要被炒魷魚了，討好王老大的事還是要做的，王老大一喊，大家趕緊都撲了過來。

人多打一個肯定是不會吃虧的，再說，也不用擔心得罪周宣。不過，這些人剛跑到近前，魏曉雨就不客氣地拳打腳踢，把這十來個男子全擊倒在地。

魏曉雨可不是周宣，對這些人，只要不打死打殘，打傷了屁事沒有，而且她下手也不輕，這十來個人躺在地上只是呼痛，爬都爬不起來。

這些救生員也是普通的人，平時打架鬧事仗著人多還行，要說跟魏曉雨這樣的人動手，那還真是怎麼死的都不會明白。

魏曉雨輕輕鬆鬆就把這些人打倒，然後拍了拍手，冷冷哼了哼，也沒說話，周宣更是把王老大打得滿地找牙，把心裏的一股子怒氣全撒在了他身上。

海灘上遊客眾多，出了這樣的事，圍滿了人觀看。遊樂場這邊早有人上報了，管理處和保安部來了一大群人。

因爲傷的人太多，管理處的主管早報了警，出了這樣的事，他們鐵了心要懲治一下周宣。

保安部的人過來，見到十幾個救生員躺了一地，哀嚎不已，不禁大爲吃驚。早有幾個沒受傷的人跑到他們身邊彙報了情況。

魏曉雨下手不輕，只是留了一手沒將這些人打殘打死，分筋錯骨的自然免不了，肯定得躺個十天半個月的。

保安部的人一聽是魏曉雨這個嬌滴滴的漂亮女孩子打的，不禁都大感奇怪，一個女孩子竟有這般能耐？不過不相信也不行，事實已擺在眼前了。

保安部的主管當即吩咐道：「把人看住，等派出所的人過來處理！打傷了這麼多人，這事可不能算了。」

魏曉雨冷冷道：「你們還想怎麼樣？」然後把周宣拉住了說道：「周宣，我們走！」

那主管把路一攔，喝道：

「你們哪裡也不能去，事情沒處理好之前，你們別想走！」

魏曉雨嘿嘿冷笑道：「我們想走，你們誰攔得了？嘿嘿，告訴你們，周宣的工資一分不少結算前，就是想我們走也不可能，不過，現在我們沒空跟你們閒扯，明天再來算賬。」

那保安主管哈哈一笑，笑道：

「一個女人家說這樣的話，也不怕閃了舌頭，要不是看你長得這麼漂亮，我有憐香惜玉的心，否則就有你好看了。哈哈，周宣嗎，派出所那邊我們是有關係的，傷了我們這麼多人，不關半年也要關三個月，就等著賠錢坐牢吧。」

「懶得理你們！」魏曉雨冷哼著，然後拉了周宣就走。

那保安主管一擺手，喝道：「那我就不客氣了，把人逮起來。」

周宣紅著一雙眼，吼道：「誰過來跟我過不去，老子就打斷他的狗腿。」

第四章

擒賊擒王

這些人沒底子，平時耀武揚威的只是占著人多，十足的欺善怕惡。魏曉雨雖然打倒了二十來個，但對方的人還是很多，而且後面還源源不斷趕過來，擒賊先擒王，得給對方一個威懾。

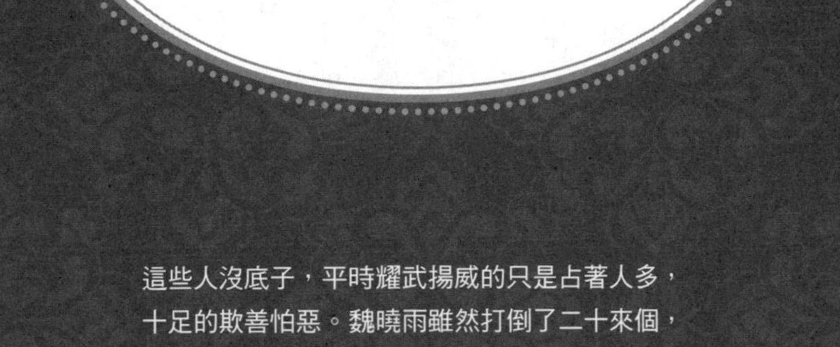

如果不是給傅盈的事刺激到受不了，不管是以前還是現在的周宣，他都不會口出這樣的狂言，這會兒他實在氣得昏了頭，就是天塌下來，他也不顧了，何況是這樣一群在他眼裏根本是小人物的傢伙！

周宣的狂妄讓保安主管也壓制不住怒火，要是不把周宣狠治一頓，那他跟這間公司的臉面都不知道往哪擱了，當即揮手叫道：

「打，給我狠狠打，有事我負責！」

保安主管一聲令下，那可比王老大的話管用多了。保安部和管理處來的至少有三十個人，而且保安部的人全都是拿著鋼管塑膠棍等武器，人多打人少的事，他們幹得多了。公司老闆有錢，跟地方上的官員關係好得很，很多事大家都是明白人，用不著想就知道該怎麼做。

魏曉雨一見到這個場景，當即沉住氣，把周宣拉到身後擋住。這麼多人拿著武器，如果只是她一個人，她一點都不擔心，但還有周宣，她就得分心了，她知道周宣現在的能力是不足以自保的。

因爲保安部的那些人根本沒親眼見到魏曉雨動手打倒王老大一夥人的實景，所以並不怎麼相信，瞧著魏曉雨嬌滴滴，美到骨子裏的樣子，更是一湧上前，想先摟到懷裏佔佔便宜再說。

魏曉雨更不容情，伸手奪過一條鋼管，接著揮動鋼管，閃電般出擊，幾個進出，地上便躺了一二十個人，個個不是手斷就是腳斷，哀呼痛嚎。

保安主管可是個養尊處優的人，忽然間見到形勢轉變，自己一方的人轉眼間就倒下了一大半，看樣子，自己這一方變成了弱勢一方！

對方那個漂亮女人太兇狠了，這時才知道她不是普通人，八成是練過武功的，否則不可能這麼輕鬆地就打倒幾十個人。

其實魏曉雨再厲害，要這麼輕鬆打倒幾十個人，並不是很容易，主要是這些人沒底子，平時耀武揚威的只是占著人多，而且，他們也沒碰到過硬主子，沒吃過虧，一碰到硬的狠的就軟了，十足的欺善怕惡。

魏曉雨雖然打倒了二十來個，但對方的人還是很多，而且後面還源源不斷趕過來，擒賊先擒王，得給對方一個威懾。

保安主管一邊大叫著：「快快……攔住她！」一邊又拿著對講機叫人過來，不過話還沒說出來，手指劇痛，原來給魏曉雨一鋼管打在手上，幾根手指骨當即給打斷，對講機也給打碎裂成幾塊，掉落在沙灘上。

魏曉雨再一棍打在他腿上，保安主管慘叫一聲，一下子滾倒下去，魏曉雨一腳踩在他背上，把鋼管頂在他頭上，冷冷道：

「叫他們都退開，否則我要你好看！」

魏曉雨手上是用了力的，那保安主管背上劇痛，再加上手指斷了，腳上也挨了一下狠的，怕是腳也斷了，就算沒斷，也會有十天半個月難受的，魏曉雨冷冷地帶著殺氣的聲音，讓他一下子嚇傻了，趕緊叫道：

「都退開都退開，趕緊退開去！」

那些動手的保安又哪裡遇見過魏曉雨這麼兇狠的人？像這樣的人，他們只在電影中見到過，可那都是假的，一旦遇見真有那麼狠的，早就嚇破了膽，哪敢上前跟魏曉雨狠拼。公司給他們的薪水也就一兩千一個月，撈點好處是可以，但要為老闆拼命，那肯定是不幹的，保安主管一叫嚷，當即退得遠遠的。

其實保安主管就是不叫，他們也會退開去，因為看得很清楚，他們就是再上前拼命，也一樣會倒在魏曉雨的棍下，她分明就是練過武並且很高手的那一種，怎麼鬥？

魏曉雨見基本上控制住了場面，周宣沒有危險後，這才鬆了一口氣。

不過，就在這個時候，五六個員警從遊樂場管理部大樓那邊衝過來，一邊跑一邊叫道：

「放下武器，站住別動！」

有警察來了，魏曉雨也就不再著急，把鋼管扔掉了，拍拍手，然後盯著他們冷哼著。

警察過來，見雙方只是械鬥而沒有槍枝，倒也鬆了口氣。不過，又見遊樂場這邊地上躺了這麼多傷者，對方只有兩個人，一個男的一個女的，都不敢相信。

就是市刑警大隊的那些刑警，哪怕是天天練打的，也沒有這種能耐，一個人空手能打翻打傷二十多個壯年男人？

其中一個員警上前，用手銬將魏曉雨和周宣銬在了一起，那保安主管見魏曉雨和周宣被銬住了，幾個員警又是他認識的，當即強忍著痛爬起身，提起一根棍子就往魏曉雨身上打去。

那幾個員警裝作沒看見，背轉身詢問傷者，而保安主管也是明白人，掄著鋼管就往魏曉雨和周宣腿上打去。

這是很明顯的，員警們就是要保安主管出夠了氣，才會攔住他，只要不出人命，什麼都好說。畢竟魏曉雨和周宣打傷了遊樂場那麼多人，傷人在先。

魏曉雨又豈能任由保安主管動她？想也不想，提腳便把保安主管踢飛到三米外，這一下差點沒把他踢背過氣去，再也沒力氣起身動手。

其實，就算爬得起來，只要魏曉雨手腳能動，他也不敢再動手了，魏曉雨的厲害他可是徹底嘗夠了，在員警面前她也一點不收斂。

那幾個員警也沒想到魏曉雨這麼個漂亮女孩子竟然如此兇悍，趕緊過來喝道：「幹什麼幹什麼？老實點！」

周宣一肚子氣沒消，又見到這幾個員警也是一副包庇的樣子，火氣更加大了，傅盈及九龍鼎的事，讓他心裏又煩悶又痛苦，這都是他無能爲力的事，現在一顆心幾乎快要爆炸了，這時他恨不得就是世界末日，又哪能忍受被人欺負？

他彎腰撿了一根鋼管走上前，把那保安主管又狠狠揍了幾下。

幾個員警頓時發起火來，在他們眼皮底下，周宣和魏曉雨兩個人居然還敢行兇打人，是根本不把他們放在眼裏了。當即竄上來兩個員警，掏出電擊棍叫道：

「放下棍子，蹲下，給我蹲下！」

魏曉雨見到警察來後，本來不打算鬧得太難堪，在這兒跟員警鬧開的話，畢竟有這麼多遊客看著，俗話說家醜不可外揚嘛。但魏曉雨卻不能忍受他們對周宣動手。

兩個員警拿著電擊棍正要頂到周宣身上，魏曉雨想也不想，就用極快的分筋手法，把那兩名員警的手給扭脫臼了，接著兩腳就把他們踢開。

兩名員警倒地後，才「啊喲」一聲叫喚出來，這一下把另兩名員警也嚇到了，趕緊把槍掏了出來。

「蹲下，給我蹲下！」另兩名員警把手槍對著魏曉雨和周宣兩個人，眼睛都不敢眨一下。

魏曉雨淡淡道：「別來那一套，你們車在哪兒？我們到派出所再說！」

這時，另兩名員警才爬起身來，又氣又惱，但還是不敢再上前對魏曉雨和周宣動手了，魏曉雨的身手實在是太恐怖了。

四個人拿著槍，押著魏曉雨和周宣兩個人往遊樂場外走，留下了一個員警安排車輛，送這些傷者到醫院治療。

魏曉雨這時自然不會再動手了，牽著周宣的手跟著員警往外走，在遊樂場外上了警車，安靜地不再說話吵鬧。

四個員警分乘了兩部車，在車上也是拿著手槍對著魏曉雨，不敢有一點大意。

到派出所只不過十來分鐘，幾個人卻像如臨大敵般，把魏曉雨和周宣押了進去。

看著兩個民警齜牙咧嘴，拿著槍緊緊地對著魏曉雨的樣子，其他同事都是驚詫不已。只見魏曉雨如此漂亮，一副柔弱嬌滴滴的模樣，實在是想不通，就算是逮到了重刑犯，在手無寸鐵的情況下到了他們的地盤，那也不必這樣小心對待吧？

兩名手臂脫臼的民警當即給主管做了彙報，其他人把魏曉雨和周宣帶到了審訊室等候。

所長經驗豐富得多，聽著受傷的民警氣憤地說著魏曉雨跟周宣的囂張事情，又說起打傷了那麼多遊樂場員工的事，皺著眉頭尋思了一陣，並沒有像那彙報民警所想像的那樣暴跳如雷，而是低沉地問道：

「你說，是那個漂亮的女孩子，一個人打倒這麼多人？」

「是，一開始我們也不信，但我和李義兩個人拿著電擊棍上前準備制服那個男的時，那個女子就對我們動手了，楊所長……」

那個民警左手捧著右手腕咬牙切齒地道：

「楊所長，我想狠狠揍她一頓再來審訊，之前，遊樂場方面已經給我暗示了，說這次可以給我們一些好處……我想……」

楊所長長冷冷地一擺手，說道：

「別你想他想的，沒聽說過嗎，藝高人膽大，這個女的一看就不是普通人，能公然打你們，襲警的罪名可不輕，說重了，進去關幾年很容易，可她擔心嗎？年輕人，好好想一想，別魯莽做事，你們跟遊樂場關係好，我不是不知道，在這個地頭上，有些事我也是睜隻眼閉隻眼，但是如果你們幹了出格的事，到了我都頂不住的時候，那就是你們要倒楣的時候了！」

楊所長的話把那民警說得一愣一愣的，不知所措。

楊所長話頭一轉，又道：「不過，你們也別考慮得太多，我也只是這樣一個想法，什麼事都不能太過，有點防備心理總是好的。先審問吧，看看他們是什麼來頭再說，如果是普通人，那就照你們的方式。就這樣吧。」

楊所長對這事還是不太放心，安排了劉副所長和所裏最有經驗的民警老周來審訊，事前又交代了一下。

劉副所長和老周來到審訊室，門口守著兩個民警，如臨大敵的樣子。

劉副所長吩咐道：「開門。」

等民警拿鑰匙把門打開後，劉副所長和老周走了進去。

審訊室中，魏曉雨和周宣正坐在審訊台前面的兩張椅子上，面色如常，沒有半分的慌亂和害怕。

劉副所長先沉了沉聲，輕咳了一下，然後盯著魏曉雨說道：

「知道是什麼事嗎？」

魏曉雨淡淡道：「你不用跟我來這一套，我簡單跟你說兩點，第一，你的級別不夠，換一個至少是廳局級的主管來，我的一切資料都是屬於國家機密；第二，讓遊樂場方面，好好把周宣的薪水支付完，這樣了結的話，我就不追究了。」

劉副所和老周都是一怔，這個魏曉雨的話確實太衝了，不過，看她的表情又不像胡亂說的，眼裏頓時疑惑起來。

劉副所長怔了怔後，隨即冷哼一聲，喝道：

「拿個國家機密就把我嚇倒了嗎，我告訴你，一切的投機取巧都沒有用，老老實實坦白，把事情說清楚。」

「沒什麼好說的，一切原因都是因爲遊樂場方面逞強凌弱，故意欺壓引起，還不想付周宣薪水。」魏曉雨淡淡地說道，「當然，我得承認我把他們打傷了，但你們想一想，換了另一個人，一個普通人，今天也許就是周宣和他的朋友被打傷打殘了，如果是那樣，再報了警，我相信你們就會不了了之，最多是讓遊樂場方面施捨一點醫療費吧，嘿嘿，今天……只能怪他們運氣不好，碰到我了。」

魏曉雨毫不掩飾地承認，是她打傷遊樂場的人，不過，她說的道理倒確實是那樣，劉副所長和老周都明白，假如換了個普通人，這件事的確會如她所說的，但現在的事，不就是這樣嗎？

地方上就是靠那些商家生存，沒有他們，又哪裡有地方單位的舒服日子呢，這樣的事又不是這個地方才有，全天下哪裡不是同樣的情況？

但有一點讓劉副所長和老周顧慮起來，那就是魏曉雨很明白地告訴他們，她的來歷不簡單，這也讓劉副所長和老周越發不敢輕舉妄動。楊所長可是鄭重交代了，沒摸清情況前，一切都要小心行事，如果對方確實是極有來頭，那他們就推到上面去，不得罪人就行了，反正現在他們還來得及收尾。

老周經驗最豐富，楊所長囑咐他的時候，他就明白，到審訊室裏，見到魏曉雨和周宣雖然年輕，但無形中自有一股子威凜氣勢，加上魏曉雨說的話，心裏就有些猜到了，到了他們所裏來，還能有這樣咄咄逼人的氣勢，如果沒有幾斤幾兩，是不敢這樣放肆的，所以老周十分肯定魏曉雨是有來歷的，搞不好來頭還很大。

「兩位，不管是什麼原因，咱們都要走一道正常程序吧，我們是基層單位，也有必需的辦公程序，所以，請二位諒解。」

老周伸手在台下輕輕扯了扯劉副所長的衣服，然後對魏曉雨說道，「請二位先說一下名字，年齡，居住地址，工作單位。」

劉副所長到底年輕一些，雖然得了楊所長的交代和吩咐，但魏曉雨的口氣實在太傲了，一個年輕漂亮的女孩子在他面前用這種高高在上的語氣，讓他著實心裏不好受，但老周暗中扯了扯他的衣服，也就靜了下來。

老周的職位雖然比他低，但老周是所裏最有經驗，資格最老的人，所裏的大事基本上最後都是他在處理的，所以老周說一句話，實際上比他這個副所長還管用一點。

魏曉雨見老周這樣說，也就客氣了些，便淡淡一笑，說道：

「那好，既然你都這麼說了，我也不難爲你，拿電話來吧，我打個電話，讓你們的上級來處理。」

老周和劉副所長又是一怔。魏曉雨的話讓他們吃驚不已，而且話語裏還是那種傲慢的語氣，似乎他們這兒沒有人能做得了主，處理不了她的事。

老周想了想，揮揮手，對門外的民警說道：「小李，拿部電話過來。」然後對魏曉雨說道：

「我可以滿足你的要求，但也請你能配合我們的規則，像這樣的案子，一般來說，我們在立案之前是不允許打電話的，所以你現在打電話的內容、對象是誰，我們都要做記錄的，但有一點，我們絕對會保密。這個，可以嗎？」

魏曉雨沉吟了一下，然後點了點頭，說道：

「行，我想這個電話留下來，你們也不敢打過去的。」

民警取來一部電話後，接到牆上的插孔，然後把電話放到審訊室中的臺子上。

老周拿著筆和記錄本說道：「你現在說吧，什麼號碼，什麼名字。」

魏曉雨想了想，然後說道：

「我要打兩個電話，第一個電話是……」

老周把魏曉雨說的電話號碼記下來後，然後在電話上撥了出去。接通的時候按下免持聽筒鍵，對方是一個年輕的女子聲音。

「你好，海軍司令總政機要秘書處，請問您是哪一位？」

電話中的聲音傳出來，審訊室裏的幾個人都聽得一清二楚，老周和劉副所長頓時嚇了一跳，不知道這個海軍司令總政機要秘書處是真的還是假的。

老周呆了呆。對方又問了一聲：

「你好，請問是哪一位？」

老周趕緊答應了一聲：「您好，我這裡是南方沖口市海灘派出所，是……」說著，趕緊瞧了瞧魏曉雨。

魏曉雨淡淡道：「你說我是魏曉雨。」

老周趕緊說道：「我們這邊有一個叫魏曉雨的女孩子……」

老周的話還沒說完，那邊就大聲說了起來：

「魏曉雨？魏司令員……她爸爸正找她呢，趕緊讓她接電話！」

老周一哆嗦，趕緊站起身把電話拿到魏曉雨面前，魏曉雨立刻說道：

「你是嚴晶吧？我是曉雨，我爸那兒你先別說，我還有一點事要辦，我現在手機丟了，電話號碼也記不住，你幫我查一個電話號碼。」

「哦……好的，你要查什麼號碼？」

魏曉雨道：「你幫我查一下南方省委書記劉漢良的電話，我馬上要！還有，我的事你裝不知道，不要告訴我爸，過兩天我就回來了。」

對方那個叫嚴晶的女子頓時猶豫起來：

「這個……我……」

魏曉雨咯咯一笑，說道：「算了算了，隨便你，不難爲你了，你要報告就報告吧。不過，趕緊把劉書記的號碼給我，我找他有點小事，辦完就回去。」

那邊馬上傳來一陣手指敲打鍵盤的聲音，接著又傳來嚴晶的聲音：

「劉漢良第一專線，……你記下來沒有？」

老周顫抖著手，把電話號碼記下來，一邊的劉副所長臉上也滲出了汗珠，只是不知道魏曉雨說的是真還是假，要是真的，那想都不用想，這是他們根本就不能伸手的事情，連問都不必問了。

老周和劉副所長對於本地的電話號碼和車牌都有很深的認識，尤其是一些特殊身分人士的電話號碼和車牌，有些是他們根本不能碰的。魏曉雨說的第一個號碼不屬於南方，所以他們不清楚真假，但第二個是書記劉漢良的專線，這可就讓他們心裏打鼓了。

劉副所長想了想，低聲對老周道：「老周，你在這兒，我出去一下。」

老周點點頭，知道劉副所長是要去查證一下這兩個電話號碼的來歷。

劉副所長拿著寫著號碼的紙條急急走了出去，直接到了楊所長的辦公室，把紙條放到楊所長的桌子上，說道：

「楊所長，請您查一下這兩個號碼，我不知道那個女的說的是真還是假，剛剛可是嚇得我出了一身的冷汗。」

楊所長嘿嘿一笑，也沒問他，把警政系統的內部資料庫調出來，輸入了第一個號碼，是京城的，查不出來；輸入第二個號碼一查詢，頓時嚇了一大跳，臉色都白了，站起來就問道：「你……這是什麼號碼？誰給的？」

劉副所長是親耳聽到老周打電話，對方那個女子說出來的，也清楚聽到魏曉雨說得明白，是他們南方最高上級劉漢良劉書記的專線，而楊所長電腦上面顯示的是：

「此號碼屬機密專線，你無權查詢。」

如果說，魏曉雨說話，劉副所長和老周還是半信半疑的；那麼楊所長電腦裏查詢的是警政系統的內部資料，這可不是假的，也不可能有假了。

楊所長當即問道：「劉副所長，你馬上給我說清楚，那兩個人是怎麼回事，怎麼說的？」

劉副所長頓時汗如雨下，結結巴巴把魏曉雨說的話和條件說了出來，楊所長呆了呆，隨即馬上急道：

「走，馬上過去，到審訊室，阻止她打這個電話。」

第五章

家族權勢

周宣的工資加獎金一共才一千八百元，
遊樂場方面的說法是，補六月份的工資和獎金八千塊，
再有個莫明其妙的兩萬塊精神損失費，
他又有哪門子的精神損失費？
說到底，還是魏曉雨恐怖的家族權勢在作怪。

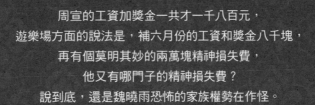

劉副所長馬上在前面半跑著出門，楊所長的意思，他一下子就明白了，如果是真的，那魏曉雨這個電話一打到劉漢良那兒，那麼就是他這裏的責任，他就會有麻煩了，要是在這之前把事情阻止了，還能得到魏曉雨這邊的人情。

不過劉副所長跑了幾步，又回頭對楊所長道：

「楊所長，這個女的會不會是騙子？從別的地方打聽到上面的電話號碼，然後設的陷阱？」

楊所長眼一瞪，怒道：「還陷阱，你豬腦子啊？趕緊阻止她打電話，要是這個電話一打出去，你我都有大麻煩了！」

不過，當他們兩個人急急走到審訊室時，卻見到老周已經撥了號，電話剛通，仍是用免持聽筒，電話裏傳來了低沉的男子聲音：

「我是劉漢良，哪位？」

楊所長頓時急得手足無措，直對魏曉雨拱手作揖。

魏曉雨瞧了瞧楊所長，停了停才道：

「劉叔叔，是我，曉雨，魏曉雨。」

「哦？是你啊，這丫頭，知道這是專線嗎？沒重要的事，我就到你爺爺那兒告你的狀去！」

魏曉雨咯咯笑道：「劉叔叔，對你來說不是什麼重要事，可對我來說那就是重要事了！我手機和錢包都丟了，流落街頭，這裡可是劉叔叔的地盤啊，找你要兩張機票回京城，這算不算重要事啊？」

「你……這個丫頭啊，好好好，我讓秘書給你準備。嗯，你現在哪兒？我讓劉秘書過來接你，剛好劉娟放假回來，讓她陪你玩幾天！省得你回京城後，說到劉叔這兒來，飯都不給你吃一頓！你爸一臉軍人相，屁股上有槍，我這個書生跟他那個當兵的談不到一塊兒！你二叔馬上又上任市委書記了，看我老劉的時候，眼睛都是朝天上的。哎，你們老魏家呀，我瞧就你小叔最好！」

魏曉雨咯咯笑了起來，說道：「劉叔，看你，說得我們家好像欠你的錢一樣，好，我回去就跟爸爸說，說劉叔說的，只有小叔好！」

「你這丫頭，又犯渾了吧，好好好，我認錯，我道歉，省委書記都給你這個團級幹部道歉，你面子夠大了！」

魏曉雨哼哼道：「劉叔，你可別得罪我，我對付不了你，我還對付不了劉娟嗎？那丫頭，我把她治狠了，回頭她還不找你這個爸出氣啊？」

劉漢良當即敗退：「行行行，你劉叔能管省長，能管市長，能管一大批人，就是管不了你們這幾個丫頭，我不服輸都不行啊。」

魏曉雨氣呼呼地道：「不跟你說了，就這樣吧，我要機票的時候來拿，你也別接我了，我還有點事，辦完了再來。」

劉漢良似乎在苦笑，沉吟了一下道：

「好好好，大小姐，這樣吧，我給你另外一個號碼，可別再打這條第一專線了，搞得我嚇一跳，還以爲出什麼事了呢！」

說完，劉漢良又說了一個手機號碼，老周在一旁顫抖著手把電話號碼寫下了。

掛了電話後，楊所長對魏曉雨簡直就是畢恭畢敬了！電話裏已經證實了魏曉雨的來頭，她家裏其他人是幹什麼的不知道，但就她爸爸跟二叔兩個人的地位，就足夠讓楊所長這裏的人發傻了，更別說魏曉雨找的人，是他們地頭的最高長官劉漢良！

楊所長渾身都給冷汗濕透了，跟著，劉副所長就趕過來，卻還是沒能阻止這個電話撥出去，好在最終魏曉雨看到他的手勢，沒有把真實情況說出去。

今天這事要是說出去，毫無疑問，魏曉雨跟周宣的事就成了大事件了，雖然她跟周宣也有過錯，但拿到現在來說，她的事肯定不是事，而遊樂場方面的舉動就會被無限放大了。

魏曉雨向老周伸了伸手，說道：「把電話號碼給我。」

老周趕緊把寫著劉漢良手機號碼的紙遞給了魏曉雨。

楊所長見到魏曉雨和周宣一左一右的，手還銬在一起，頓時又慌了神，急急地叫道：

「還……還不快把手銬打開？」

劉副所長這才醒悟過來，急急忙忙拿了鑰匙來開手銬。

楊所長三個人都嚇慌了神，急忙又把魏曉雨和周宣請到辦公室坐下來。又因爲魏曉雨的身分不能洩露，所以又嚴令別人都不能到辦公室去，知道這件事真相的，就僅限於楊所長、劉副所長和老周三個人。

剛親自泡了茶端進去的劉副所長手機響了，一見是遊樂場的經理打過來的，趕緊到辦公室外面接了，惱道：

「李經理，得把你的手下好好管一管了，今天這事差點就把我們也給搭進去了。」

「劉哥，你說什麼呢？呵呵，我剛從醫院回來，二十四個人的手術醫療費用是六千多，再算上之後休息耽擱的時間，以及我們公司的誤工損失，還有你們所裏兩個兄弟的醫療費，加上你們的茶飯錢，我估計起碼也得要那個女的和周宣拿個十來萬吧！」

「我拿你媽！」劉副所長氣不打一處來，當即破口大罵，「要不是看在我們關係不錯的份上，老子真想不理你，你們今天惹的禍事大了，你知道那女的是什麼來頭嗎？她……她……」

說到這兒，又想到魏曉雨的身分是不能亂說的，只得又咽了回去。

李經理愣了愣，劉副所長跟他是鐵哥們，以前不管什麼事也沒有用這種口氣跟他說過話啊，愣了愣後才問道：

「劉哥，有什麼事你就直說吧，我們哥倆你還來這一套？」

劉副所長左右瞧了瞧，看到沒人，才低聲說道：

「我跟你說，那女的……來頭太大了，超乎你的想像！不過，我不能說她的底細，反正你一個人明白就得了，什麼醫療費的，你就別提那個話了，現在是人家不找你們麻煩，你就得謝天謝地了，你還敢要錢？說實話，就因爲你我是鐵哥們，親兄弟也一樣，要是在我這兒，我真想給你一個大嘴巴！還好，人家在我們這兒也放了我們一條生路！記住，現在是人家不追究我們，而不是我們要找人家麻煩！」

李經理顯然呆了，好半晌才問道：

「劉哥，她……她到底是什麼來頭？肯定嗎？」

劉副所長把聲音放得極低極低：

「我就告訴你，記住了，你要是洩露出去，有麻煩那可就是你的事了，知道嗎，誰也保不住你，你們就準備關門走人吧……她……是京城高層核心家族中的人，剛剛在我們這裏打電話找的人，是南方省委書記劉漢良，電話是我們撥的，號碼也查證過，千真萬確！你要是還想好好過日子，就趕緊把那個周宣的薪水一分不少地付給人家，別再提什麼醫藥費了！」

李經理這一下可不是嚇呆的問題了，簡直全身冷汗都流了出來！

他們跟劉副所長這些地方單位平時關係很好，對普通人來說，他們很有權勢，但對魏曉雨這種人，那是碰都不敢去碰的。別看劉副所長剛剛說什麼他們是親兄弟一樣，其實是因爲之前從他手裏吃喝拿得太多，如果翻出來，他一樣倒楣，所以現在也只能讓他不出事，否則哪有這麼好說？

不過李經理也明白，劉副所長在這件事情上也不會暗中給他使絆子，估計魏曉雨的事是真的，看來得趕緊跟公司的老闆彙報請示，這二十多個人受傷的事，老闆是知道的，就是老闆讓他趕緊催派出所這邊把事定了的，如今這事變成這個樣子，他也不敢隱瞞，事情已經超出他能承受的範圍了。

劉副所長又說道：「不說了，我還得跟楊所長商量善後的事，你趕緊把人家的薪水算好，然後再給我個話，我讓他們過去拿，掛了。」

李經理掛了電話後，又搖頭又懷疑，但又不敢再打電話問劉副所長，想到以周宣那麼差的生活環境，人也不怎麼樣，怎麼會有這麼大來頭的女朋友？無論怎麼想，都覺得這件事是假的。

算了，還是趕緊彙報給老闆，讓老闆出面去查證吧。

劉副所長回到辦公室裏，楊所長和老周都堆著笑臉陪著魏曉雨和周宣。

魏曉雨坐了這一陣，估計楊所長幾個人也都搞清楚了事實，便淡淡說道：

「現在可以讓我們走了嗎？如果沒別的事，我想回酒店了。」

「可以可以，當然可以。」楊所長趕緊陪著笑臉說，「我馬上派人送二位到酒店，還有周先生的薪水問題，這個也由我們來協調，保證給周先生一個滿意的答覆。」

魏曉雨淡淡一笑，不再多說。

周宣卻是說道：「還要不要作筆錄，還要不要商討一下醫療費問題？」

楊所長趕緊搖著雙手，說道：

「不做不做，不用做筆錄，不留案底，還有，他們打傷周先生了嗎？周先生哪裡傷了？我來跟他們協商，補貼你們醫療費，這個好說，好說……」

楊所長是故意裝糊塗，周宣問的是遊樂場那邊的傷者要不要醫療費，他卻裝不知道一樣，反而問周宣是不是對方打傷了他，只要周宣說一句話，他還能幫他要到醫療費。但事實上，周宣和魏曉雨兩個人身上半點傷都沒有。

楊所長爲了不讓其他人也知道這件事，就派了老周送魏曉雨和周宣到沖口酒店。之後，老周恭恭敬敬告退，直到周宣和魏曉雨兩個人走進酒店大廳裏後，他才轉身上車。坐在駕駛座上總算鬆了一口氣，發現自己渾身都被冷汗濕透了。

周宣和魏曉雨在櫃臺又補交了兩天的房錢，然後回到房間裏。

周宣坐下來面對魏曉雨的時候，忽然覺得不妥，遲疑了一下又說道：

「曉雨，我還是再開一間房吧，這樣不好，你是個女孩子，傳出去，對你的名聲可不好。」

魏曉雨哼了哼道：「算了吧，我們現在缺錢，你說對我的名聲不好，昨晚可不見你這麼說，要名聲，昨天我就沒了，要是真有什麼事，以後就由你負責了。」

周宣正要反駁，想起來昨天開房的就是他自己，爲了省錢，這才只開了一間房的，沒想到魏曉雨這時卻將全部責任都堆到他頭上。要是魏曉雨說，以後如果嫁不掉全賴他，他還真沒話說。

當然，以魏曉雨的相貌和條件，嫁不出去是不可能的事，但關鍵是魏曉雨硬要賴他的話，他也沒有任何辦法。

魏曉雨看到周宣的表情，還真怕他一急之下就要開另一間房，趕緊又說道：

「行了，就這樣，這裏也沒有人認識我們。再說，我們身上又沒錢，要是把僅剩的一點錢都用光了，那就只能到大街上要飯了。你也知道，我並不是真的想到劉叔叔那兒去啊。」

周宣只得苦笑著住口了，要跟她說是說不過她的，乾脆道：

「曉雨，我先洗澡睡覺了，明天的事明天再說吧，我現在頭昏昏的，什麼事也不願意想。」

洗了澡出來，周宣也不再跟魏曉雨說什麼，兩人單獨相處了這麼久，倒也不會覺得不自在，魏曉雨也很自然地到浴室中洗澡去了。

周宣默默地又把九龍鼎取了出來，先練了幾遍冰氣異能，感覺到稍有進展後，又探測了一下九龍鼎，結果當然是沒有半分感應。

冰氣異能雖然稍有進展，但又如何能和以前相比？就算是以前的千分之一，可能都比不上。

以前的冰氣可是吸收了美國天坑洞底裏的那塊超級龐大的大黃金石裏的能量，然後又從晶體裏得到了十分龐大的能量，達到了經脈容量的最大化，幾乎不可能再增加了，而現在的冰氣，只能靠練習來增強，那是無論如何也達不到以前的程度的。沒達到那個純度，冰氣異能也分化不出其他的能力來。

周宣又倒了兩杯清水在九龍鼎裏，然後運起冰氣傳到那珠子中。這一次卻不知道是什麼原因，九龍鼎居然沒半點反應。情形有點像小孩推大石磨一般，力氣太小，根本就推不動。

周宣明白，這其實是他的冰氣能量太微弱的原故。

對這個九龍鼎，周宣瞭解得很少很少，第一次是無意中觸動到的，而第二次使用是基於第一種能力的經驗，但周宣也就是以爲九龍鼎只有時間靜止的功能，所以才上了當。

當然，當時也是環境所逼，在馬樹狠逼的生死危險環境中，周宣也沒得選擇，但確實又不知道九龍鼎會有穿越時間的能力，要是早知道的話，那周宣也就會再慎重考慮一下了。

周宣凝思這一陣的時候，魏曉雨已經洗好了澡，裹著浴巾出來，濕漉漉的髮絲和裸露著大半的雙腿，讓周宣臉一熱，趕緊把九龍鼎放下，背轉身躺下，蓋起了被子。

周宣躺著一動也不敢動，旁邊就是誘惑力十足的絕頂美女，要是一個不好，禁不起誘惑而失足，那就永遠也不能回頭了。對於這一點，周宣是很清楚的。

魏曉雨瞧著周宣的背影，哼了哼，心裏罵了一聲「膽小鬼」。

周宣伸手把燈關掉，房間裏頓時陷入黑暗中，周宣一聲不響默默練著冰氣，而魏曉雨卻是輾轉反側，思緒難寧。

早上，周宣是被手機鈴聲吵醒的。

不過，因爲冰氣很有進展，睡的時間雖然不多，但也還是神清氣爽的，而魏曉雨醒後坐起身，一臉憔悴。

電話是派出所的楊所長打過來的。

「喂您好，是周先生嗎？我是派出所的楊鐵森。」

「你好你好！」周宣還是很禮貌地問候著，不論怎麼樣，他都不能伸手打笑臉人。

「經過我們向遊樂場方面的宣導教育，遊樂場的管理階層們都充分認識到自身的錯誤，已經從嚴處理了犯錯的職員，並且，遊樂場方面已經提出補償周先生六月份薪水及獎金八千元，精神損失費用兩萬元，一共是兩萬八千元，這個數字，不知道周先生滿意嗎？」

楊所長小心地問著周宣，傻子都想得到是他在中間起了作用，不過，如果是遊樂場的人知道魏曉雨的來歷後，那他說不說，出不出力，其實是一樣的結果。他這樣說，無非只是想在周宣和魏曉雨面前表功，讓魏曉雨再也不好意思拿他們開刀。

其實魏曉雨也早沒了要拿他們出氣的意思，否則昨天就不會在劉漢良打電話的時候住口不說了。這樣的事，適可而止，只要對方不再過分緊逼，魏曉雨也懶得跟他們計較。

對楊所長的說法，周宣笑了笑道：「楊所長，你的好意我明白了，這個錢，是要到遊樂場那邊領吧？」

「不用不用，等一下我讓老周和遊樂場那邊的會計，把錢給你送到酒店來，你簽個字就行了。」楊所長趕緊解釋了一下，還特地說了會讓老周陪著遊樂場的會計過來，這更顯示了他的討好意圖。

周宣笑笑道：「那就多謝楊所長了，我們正準備出去辦點事，既然楊所長這樣安排了，那我們就多等一下。」

「沒事沒事，沒問題沒問題。」楊所長反而像是感謝的一方，忙不迭地說著，激動地掛了電話。

周宣掛了電話，對魏曉雨雙手一攤，說道：

「遊樂場方面決定補償我兩萬八千塊，曉雨，你的權勢滔天呢。」

周宣的工資加獎金一共才一千八百元，遊樂場方面的說法是，補六月份的工資和獎金八千塊，再有個莫明其妙的兩萬塊精神損失費，他又有哪門子的精神損失費？說到底，還是魏曉雨恐怖的家族權勢在作怪。

看著周宣一臉寂寞黯然的表情，魏曉雨心裏忽然一驚，知道昨天的事觸到了周宣的心事，一個大男人，凡事都靠她這個女人來解決，其實就算不是她，換了李爲，或者是魏海洪等任何一個人，周宣都不會高興。

這也就是周宣要把傅遠山扶持爲自己親信的原因。雖然他不在體制內，但卻需要讓自己擁有足夠的人脈關係。

魏曉雨趕緊對周宣說道：

「周宣，對不起，我們不要他們這個錢了吧，現在就回京城，你依然做你的事業，把事業做起來，我再跟你回去，把家裏人接到京城去，好嗎？」

魏曉雨說這話的時候，臉上滿是期盼，而且很擔心。她當然是擔心周宣不同意，她這樣說，無疑就是要周宣放棄傅盈，完全從頭來過。

事情可以按照原來的情節重來，只是女主角換成了她魏曉雨而已。

周宣黯然嘆了口氣，半晌沒說話，魏曉雨的心思他不是不明白，一個驕傲無比、冰山一樣的大家千金，能對他如此的鍾情，能爲他完全改變自己，周宣不能不感動，只是，他又怎麼能夠捨棄傅盈呢？

第六章
紈褲子弟

「東西？什麼東西？」陳三眼當即抬頭問道。
看來周宣也就是一個紈褲子弟而已，
不知道從家裏偷了什麼東西出來換錢，
從他身邊的那個漂亮到極點的女伴來看，
應該也是個極有錢有勢的家庭出身。

老周是知道周宣的酒店和房號的，在楊所長打電話後不到半小時，他就跟遊樂場的會計羅琳趕到了。

羅琳是某個主管的親戚，平時眼睛是長在額頭上的，尤其是對周宣這種人，不過今天來，可是公司老闆都緊緊囑咐過了，一切要小心，無論周宣是什麼意思，統統都答應下來，所以羅琳很是心驚，渾然沒有了平時的囂張氣焰，說話都有些遲疑。

周宣自然不會再說什麼歪理條件，人家怎麼說就怎麼算，趕緊把這事了結了是回事。

老周是最明白底細的，羅琳不知道，也不會告訴她。

「周先生……呵呵，到現在才想起我跟周先生一個姓，呵呵……」老周笑呵呵地道，「一筆寫不出兩個周字來嘛，以後還得請周先生多多提點了，另外就是，楊所長說已經跟周先生說過了的……」

周宣不等他說完，點點頭微笑示意道：

「是的，說過了，既然是你們的好意，那我就心領了。」

周宣不是體制內的人，遊樂場這些人也不是什麼好鳥，要給他，不要白不要，再說，補貼對普通打工者來說不少了，但對現在的周宣來說，當然是什麼都不算。

周宣這麼好說話，老周是歡喜不盡，又見魏曉雨在一邊一個字不說，當然不是臉色陰沉，那個表情明顯就是要依著周宣的，看來周宣怎麼說就怎麼辦了。

老周是幹刑警的，觀察力非凡，看魏曉雨兩眼紅紅的，一副憔悴樣子，好像是一夜沒睡好，一對年輕男女在一起，那還能幹什麼別的事？八成是徹夜春宵，累了。

老周很是豔羨，但可不敢表露在臉上，不過心裏奇怪的是，周宣是個極平凡的鄉下人，而魏曉雨不僅僅身分驚人，相貌更是驚人的美貌，這樣一個天之驕女，又怎麼會喜歡上一個普通到極點的人？

不過，只要周宣沒反對的意思，老周就趕緊給羅琳遞眼色，羅琳正在發愣，看到老周的眼神，立即醒悟過來，趕緊把皮包打開，取出了兩萬八的現金，恭敬地放到周宣的面前，然後又拿了一張收據讓周宣簽字。

這個遊樂場老闆很奸猾，也很會做事，收據上只寫著工資薪水補貼，而不是什麼所謂的精神損失費，周宣簽了字，他們也不會有什麼麻煩。

周宣看了看內容，沒有問題，拿起筆就簽了自己的名字。

老周見事情圓滿完成，也不敢多待，魏曉雨雖然沒說一句話，但給他的壓力是無比的巨大，趕緊起身與羅琳告辭。

羅琳名字聽來很好聽，但其實人長得又矮又胖，對魏曉雨的美麗，打從心底裏的羨慕嫉妒，不過自然不敢表露，周宣一簽完字，趕緊就跟著老周離開了。

周宣看著桌上的幾疊錢，想了想，隨手拿了一萬塊，對魏曉雨說道：

「曉雨，這事情既然已經了結，你我就此分手吧，你回去過你的日子，我先回老家，然後再想辦法，不管成與不成，我都會繼續想辦法。」

「周宣……」魏曉雨一聽周宣的話，立即氣得眼紅淚流，哽咽著道，「你要過你原來的日子，我不會攔你，但我也是受害者，是你把我拉到這兒來的，如今你就想甩手不理，撒手不管了？」

周宣頓時呆怔了，確實也是，這事情的責任完全在他身上，要不是他擅自動用九龍鼎，自然也不會穿梭時空，到一年多前來，雖然說當時是為了救命，在危險之極的情況下，但說到底，他並沒有徵求她的意見，沒有詢問魏曉雨願不願意，有些事，即使是死，也會有人不願意選擇走這種路。

就算是周宣自己，如果知道會是這樣的結果，他也不一定會做這個選擇。

魏曉雨悲悲戚戚又道：

「周宣，我不怪你，但我也沒有其他的選擇了，我只能跟著你，我願意等你到能接受我的那一天，我知道你現在還在等傅盈回頭，可是你能不能答應我，如果你最終不能挽回和傅盈的感情，又不能回到原來的時間，請你答應我好不好？」

魏曉雨的款款深情和現實的無奈，都讓周宣茫然若失，手足無措。這也越發讓周宣升起了對傅盈的想念，這一生，他是否還能有機會回到原來的那個時間？

如果真的回不去了，傅盈也不可能再喜歡上他，那要怎麼辦？真要是那種情況，對魏曉雨的愛，他是不是要接受呢？

周宣忽然心裏一下猛烈抽搐，心就像裂開一樣的疼。

當他想到永遠不能跟傅盈在一起，永遠不能再見到傅盈的時候，心裏就是這種感覺。

周宣甩了甩頭，努力讓自己清醒了些，然後說道：

「曉雨，什麼都別說了，我給不了你任何承諾，不過我會向你保證，我一定會盡一切力量讓你回到原來的時間。我會努力去尋找晶體和黃金石，盡力找到能催動九龍鼎的能量，我相信，並不只有冰氣異能可以催發九龍鼎的神秘力量，一定還有其他的方法。」

魏曉雨哀傷欲絕地望著周宣，一句話也說不出來。

無論她怎樣努力，無論她如何去愛周宣，周宣都不肯接受她，即使傅盈永遠都不可能再和他在一起，他也不能回到從前的樣子，周宣仍不肯給她一個機會，這讓魏曉雨不禁潸然淚下。

魏曉雨低著頭，淚水模糊了雙眼，好一陣子才擦了擦淚水，然後低聲說道：

「好了，走吧，你不是還有別的事要做嗎？」

周宣伸了伸手，準備幫魏曉雨擦掉淚水，但手伸到一半，遲疑了一下又縮了回來。這個時候對魏曉雨要是心軟，那就是對傅盈的狠心。

「那好，我要去市裡的古玩店賣一樣東西。現在最要緊的，是得準備大量的現金在身上，以備買黃金石或者晶體，或者其他有能量的東西，只要能夠催動九龍鼎的東西，我都會買下來，無論花多少錢。」

周宣把兩萬八的現金裝進背包裏，來到酒店大門外，攔了輛計程車後，魏曉雨也不知道周宣要到哪裡去，只是默默無語地跟著。

周宣這時只想儘快弄一大筆現金在身上，以防萬一。一文錢難倒英雄漢的事多如牛毛，要是自己真碰上什麼有能量的東西，身上卻沒有錢，那問題可就大了。

雖說現在又如願弄到了冰氣異能，但冰氣異能太微弱，很多能力不能施展，限制了他做許多事。二來，如果仍是按著之前的發展過程，要一年後他才能成爲億萬富豪，之前的幾個月中，也只能賺小錢一筆一筆的存。現在，他可沒有時間再等那麼久，必須儘可能讓賺大錢的事儘快發生。

不過，周宣同樣也有些擔心，因爲很多事都已經改變了，所以會不會所有的事仍如以前那般發生，這都是一個未知數。

這也是周宣最擔心的問題。如果歷史的軌跡改變了，那他的早知道也沒有任何用處，這一年多的歷史就是白過了，一切還得都從頭來。

到了市區古玩店的附近，他在路口就下了車。魏曉雨瞧了瞧前邊一長條的古玩街道，問道：

「周宣，你是想賣什麼東西嗎？可我們來到這裏後什麼東西都沒了，你還能賣什麼？是不是要去古玩店裏買翡翠來製作微雕？」

對於微雕的價錢，魏曉雨是真正見識過了，一件微雕就能賣到上億的價錢，而周宣似乎是能無限制地製造，如果要用那個來賺錢的話，世界上的任何富豪在周宣面前都會黯然失色。

周宣搖搖頭說道：「不是，我現在的冰氣異能很微弱，還不能轉化物質和吞噬黃金，只能夠探測物體的物質成分和來歷年份，我來古玩店是想賣一件東西，有錢在身上才行，否則就算我遇到晶體什麼的，也不敢肯定就能輕鬆到手，所以錢是必須要準備的。」

魏曉雨把頭轉向了另一邊，這個周宣，固執的死脾氣，她還是別想一步登天了，慢慢來吧。只要功夫深，鐵棒也能磨成針！人心畢竟都是肉長的，周宣是個重感情的人，這很好，要是那麼容易變心，那以後對她還不是一樣？

在莫蔭山洞底生死關頭的時候，周宣不顧自己生命都要維護她的安危，能說周宣無情麼？要是換了別人，一個對周宣無關緊要的女人，他會這麼做麼？

魏曉雨幽幽地走在前邊，周宣忽然說道：「曉雨，就在這兒。」

這間店門上寫著「靜石齋」三個大字。周宣帶魏曉雨來的地方是陳三眼的店，這個讓他第一次踏足古玩收藏界的店。

周宣站在門邊靜了一陣，不禁感慨起來，一年後和一年前，人事已經截然不同了，如今以未來人的身分再來一次，感覺更是不同。

再次進入到「靜石齋」後，店裏有三個人在，都是男的。櫃檯裏是掌眼劉叔，坐在茶几邊紅木板椅上的，是陳三眼本人，還有一個正在忙碌的店員。

一看到周宣和魏曉雨進來，劉叔抬眼瞧了瞧，招呼了一下：

「二位，請問有什麼需要嗎？」

在陳三眼看來，周宣和魏曉雨都太年輕了，魏曉雨又太漂亮，不大可能懂古董什麼的，多半是逛逛街。一般到陳三眼這兒的常客，或者是真心要買的，多半是年紀大些的，而且大多數是賣，少數是買。

周宣又向裡間的方向瞧了瞧，卻始終沒瞧到方大誠，於是問道：

「方經理不在嗎？」

劉叔詫道：「方經理？哪個方經理？我們這兒只有陳經理。」

周宣怔了怔：「陳經理？那方大誠方經理呢？」

周宣問方大誠，並不是想要找他，而是沒見到他，又聽劉叔說這兒沒有什麼方經理，更是感到奇怪，猛然間心裏又是一驚：要是方大誠都沒了，那這個歷史就真是改變了，那該怎麼辦？

坐在茶几邊的陳三眼一聽到周宣的話，就沒好氣地道：

「找方大誠就到江南去，狐朋狗友的，還追到我這兒來了？」

陳三眼這話的意思很明顯，就是趕人了。

方大誠是他小舅子，成天鬼混，沒幹一件好事，方家只有他一個單傳，老婆不知道偷偷給方大誠多少錢都打水漂了，讓陳三眼一直惱火得很。

這次，老婆還提議讓方大誠到他這兒來，在他這間分店裏做個經理。陳三眼自然不願意，方大誠除了玩女人和花錢外，賺錢的事幾乎就不會幹。

眼見進店來的兩個年輕男女雖然氣質不凡，不像是胡亂混的，但一說話卻又提到方大誠，所以陳三眼就沒有好言相向了。

陳三眼這樣說，周宣並不生氣，反而感到徬徨，連方大誠的事都改變了，那這個歷史到底變成了什麼樣？

「老闆，我想你誤會了，我並不是要找方大誠，只是聽別人說過，他在這兒做經理，我才過來的。」周宣皺著眉頭說著，「我只是有一件東西想要轉手，他在不在都無所謂。」

「東西？什麼東西？」陳三眼當即抬頭問道。看來周宣也就是一個紈褲子弟而已，不知道從家裏偷了什麼東西出來換錢，從他身邊的那個漂亮到極點的女伴來看，應該也是個極有錢有勢的家庭出身。

不過，他們古玩店是開門做生意的，只要有人賣東西，東西有價值，他們就會要。

周宣也不多話，把背包打開，取出那枚以科恩沃爾夫命名的古金幣來，然後遞到櫃檯上。劉叔是掌眼，坐鎮櫃檯，當即把這枚金幣拿起來，拿著放大鏡瞧了起來。

在茶几邊的陳三眼見周宣還真拿了個東西出來，雖然小，但金閃閃的，以他的眼力，馬上就知道這是純金的，而且是舊金，有年頭了，跟新鑄的金幣不同，只是隔得有幾米遠，看不清楚上面是什麼花紋。

陳三眼立即站起身來，走到劉叔身邊，瞧著劉叔檢測。

這枚金幣一面是個人頭像，一面是英文，陳三眼和劉叔對英文都不懂，這枚金幣並不屬於國內的古董類，劉叔和陳三眼都對國外的古玩不太熟悉，顯得有些猶豫。

但金子肯定是真的，古舊的顏色也不像是做假的，陳三眼與劉叔兩個人都沉吟起來，這個東西肯定是有價值，如果是舊金幣，查到金幣的鑄造因由底細，那價值才會明顯；如果是做舊的，就沒有文物價值了，但是純金的，多少也還值一些錢。

劉叔是個老經驗，雖然瞧不出來歷真假，但這行的做法他卻是老油條，想了想，就抬眼瞧著周宣問道：

「小老弟，你這錢幣呢，是國外的，我們對國外的東西並不熟悉，所以也鑑定不出來真假，但我們做這行生意嘛，自然是有生意就做。你要多少錢，如果合適，我們也可以收下來。」

周宣清楚得很，按劉叔的這個說法，連一萬塊都不會超過，當然，這也不能說劉叔過分，這一行，任何一間店都是同樣的做法，值大錢的能給你說成只值幾個錢，值幾個錢的，就說成一錢不值，給你個零花茶錢就能買下古董來。

周宣淡淡笑了笑，說道：

「老闆，我拿的這枚金幣，當然是知道來歷底細的，這是英格蘭一千二百年前的古金幣，是當時的一個國王科恩沃爾夫鑄造的，金幣的表面，一面是科恩沃爾夫國王的頭像，一面是科恩沃爾夫的英文名字，當今僅有兩枚存世，所以價值極高，如今這兩枚，一枚在英國大英博物館，另一枚就在我這兒了。」

劉叔和陳三眼頓時給周宣的話愣住了，周宣說得一點兒也不像瞎扯，十分認真的樣子，說得也是合情合理，聽他說話的口氣，一點也不像是方大誠那般輕浮淺薄的樣子。

周宣又笑笑道：

「這枚金幣的價錢呢，我這樣跟你們說吧，其中那枚保存在大英博物館中的，是大英博物館當國寶一樣血拼拍回來的，花了三十五萬英鎊才買到，折合人民幣四百萬元，我想二位如果想要的話，應該先請一位懂國外古文化的專家來瞧瞧。」

周宣說得不急不緩，陳三眼二人倒是越發怔了起來。周宣並不是急於脫手，而是讓他們請專家來鑑定，然後再說價，倒也不像是騙子。

不過，這樣的話，想要當白菜一樣把金幣撿回來，那又不可能了。

陳三眼是老闆，底氣足一些，聽了先沉住了氣，然後又問道：

「那照你這麼說，你自己心裏是有數的吧？你想要多少錢？」

周宣自己都說了，其中一枚就賣了三十五萬英鎊，那這枚同樣的，自然也要值一樣的價錢了，四百萬，對他們雙方來說，這絕不是一個小數目。

周宣又笑笑道：「我說個中間價，三百萬，你們再賣出去，最少有一百萬人民幣的利潤，當然，最好是通過香港的拍賣公司，如果在國內也可以，只是最好多邀請一些港商或者英國商人，這樣才能達到最大的效果，英國人把這東西視爲國寶，你就是價錢出得再高一些，他們一樣會要。」

陳三眼這才真是呆了呆，周宣這話說出來，可不像一個菜鳥，而是比他還要老奸巨猾的高手。他說的這些方法，都是業界內經常做這些事的精英才想得出來，只是不知他這枚金幣究竟是真還是假？

「不用懷疑了，」周宣淡淡道，「你想要，就趕緊找個你熟悉的專家高手來鑑定，而我因為需要現金，沒別的想法，就這麼簡單。」

陳三眼盯著周宣看了半晌，從周宣的眼睛裏，他看不出來什麼，這個年輕人的眼神就如同一汪碧綠幽深的潭水，除了深不可測還是深不可測。陳三眼無論如何也看不出周宣跟他小舅子方大誠有什麼相同處，兩個根本就不是同一類型的人，真是想不透，他怎麼會跟自己那不成器的小舅子混在一起了？

周宣看陳三眼有些猶豫的樣子，淡淡道：

「如果老闆不想要這個東西，那就算了，我到別家問問。」

陳三眼怔了怔，醒悟了過來，趕緊說道：

「對不起對不起，我不是那個意思，我只是對先生你很好奇，……請稍等片刻，我馬上讓店員去請個朋友過來檢測一下。」

說完，就把店裏的一個員工叫了過來，吩咐道：

「阿廣，去把楊先生請過來。」

這個員工阿廣，周宣也認識，他最初在靜石齋的時候，只有兩名學徒，一個叫阿昌，另一個就是阿廣了，不過這兩個人都是跟著方大誠混的人，對周宣沒有留下什麼好印象。

阿廣一走，陳三眼就趕緊把周宣和魏曉雨請到茶几邊坐下來，如果周宣說得確實屬實，那他至少會有一百萬的利潤，這對他來說，算是一筆大生意了。

不過他又不大相信，陳三眼在古玩這一行也是老人了，打滾了幾十年，無論是眼力，技術，還是經驗，那都不是尋常人能比，周宣說得這麼直白，他簡直無法相信。

現在這個社會，人跟人都是只講利益，親兄弟都要明算賬，更何況是素不相識的人呢。周宣說的這些，讓他想來，倒像是一個陷阱，把物品說得越高價，陷阱就越深。

只是陳三眼也很佩服周宣，沒有誇誇其談，就幾句話，卻把他說動心了。若說周宣真把他套進陷阱裏了，他還真不得不服氣，周宣是把騙術練到了最巔峰，簡簡單單卻最容易成真。

陳廣請的人大約過了六七分鐘才過來，進了「靜石齋」的店門後，周宣一眼就認出來了，這個人他也認識。

陳三眼請的人還真不是外行，以前周宣第一次認識魏海洪的時候，在魏海洪的別墅中，他把那枚金幣拿出來，就是這個人首先站起來看的。

這個人姓楊，五十來歲，專門從事國際市場文物的買賣，對中外的古玩文物都有極深的造詣，少年時是在國內做古玩的，二十多歲後，跟親戚到倫敦定居，從事古玩拍賣。

陳三眼在楊先生來到後，趕緊起身迎接，這個楊先生前一年回國，在南方和香港來回奔走，專門做古玩買賣。

楊先生一坐下就問道：

「聽說你這兒有東西要我來看，那就不要再藏私了，沒事就吃吃喝喝，有好東西，我可沒有心情再吃喝玩樂了，呵呵。」

陳三眼笑呵呵把那枚金幣遞給他，楊先生接過去，拿在手上仔細地兩面翻看，看了一陣，眼神頓時激動起來，再仔細瞧了一會兒，有了肯定的答案。

「老陳，你這金幣是哪裡找到的？我來這麼久，說實話，還真沒見到一件真正有價值的東西，沒想到在你這兒遇見了。」

第七章

九龍傳說

我只能說，這個鼎是一個傳說。
我不知道它會真正出現在這個世界上。
而且，要買下來的人，其實並不是我，我只是受人之託。
我接受這個委託三十年了，從來沒找到過九龍鼎，
甚至連一點線索都沒有……

陳三眼和劉叔都是身子一顫，難道周宣說的是真的？這年頭還真有這麼誠實的人？再說，既然知道真正價值是四百萬的話，為什麼他又只要三百萬元？

這些都是不得不令人生疑的地方啊，再說了，現在的人哪個不是爾虞我詐的？

陳三眼遲疑了一下，問道：

「楊先生，這金幣是真金的，這不容說，舊色也是真舊，這個我倒認得出，只是這國外的東西，中西文化不同，我不是很瞭解，這個東西……」

楊先生不等他說完，擺擺手道：

「我知道你的意思，這樣跟你說吧，這東西肯定是真的，這是英格蘭中世紀時期，七國之一的國王科恩沃爾夫鑄造的，當時的發行量極小，金幣的正面是科恩沃爾夫的頭像，反面是科恩沃爾夫的英文名。據我所知，這種金幣現存於世的僅僅只有一枚，是來自倫敦交易所的，所以那枚金幣上又刻上了倫敦交易所的字樣，後來被大英博物館以三十五萬英鎊的天價買了回去，英格蘭存世的這一類文物本就很少，大英博物館可是把它當國寶的……」

說完，又瞧了瞧陳三眼，說道：

「你這枚金幣肯定不是倫敦博物館那一枚，因為沒有來自倫敦交易所的字樣，所以它是一枚新發現的金幣，而且肯定是科恩沃爾夫金幣，這毋庸置疑。」

陳三眼呆了呆，瞧了瞧周宣，然後又問：

「那……這枚金幣價值？」

楊先生偏著頭想了想，然後對陳三眼道：

「老陳，我們也是相識多年的老交情了，說實話，這枚金幣最高的真正價值不會超過五百萬，正常的交易價是在四百萬至五百萬之間，不過在國內的話可能會低一點。如果在英國，這枚金幣拍賣也許會超過五百萬，老陳，你可有意把它賣給我？」

楊先生很期待地盯著陳三眼，伸了根手指頭表示道：

「我給你五百萬，是最高價錢，如果我帶到英國炒作一下，會多賺一點。不過我不想賣出大英博物館視爲國寶的東西，我私人擁有一件，那是一件很自豪的事情。五百萬對我來說也不算困難。老陳，你意下如何？」

陳三眼瞧了瞧周宣，半張了嘴沒說話，這個年輕人竟然說得都是真的，可他卻不相信。想了想，猶豫了一下，才苦笑道：

「楊老哥，我也實話跟你說吧，這金幣不是我的，而是這位……」

陳三眼指著周宣道：「金幣是這位先生的，我甚至還不知道他的姓名，如果楊老哥有興趣，就直接跟他談吧，我就不插這一腳了。」

周宣深深地瞧了一眼陳三眼，這個老陳雖然奸商，但耿直的地方倒卻是很耿直，難得自己以前沒交錯這個朋友。

想都沒想，周宣就說道：「楊先生，我自我介紹一下吧，我姓周名宣，鄉下人一個，你們也不用問我其他來歷什麼的，我也直說了，這枚金幣，我跟陳老闆說過，以三百萬的價格賣給他，如果楊先生想要，不論你給多少錢，就請跟陳老闆協商吧。」

周宣這一說，倒是讓陳三眼和楊先生都愣了。

周宣明明是來賣這枚金幣的，照理說，他要的是錢，可現在明明可以多拿兩百萬，賣到五百萬的高價，周宣爲什麼還要硬塞給他陳三眼兩百萬？

實在是想不通！陳三眼詫異莫明，哪有買主出高價都不要的？再說了，這可不是兩百塊，而是整整兩百萬啦，普通人，那可是一輩子都賺不到的數字，爲什麼不要？

陳三眼再想起剛剛周宣跟他說的話，原來這個年輕人是真誠實！連楊先生都覺得，周宣很有趣，很特別。

「這個……我想還是周先生自己跟老楊談吧，我就真不插手了。」陳三眼努力制止了自己的念頭，再次勸周宣跟楊先生交易。

周宣笑笑道：「陳老闆，我很喜歡跟你交朋友，如果你當我是朋友，就當我們這次是合作了一回吧。」

陳三眼摸摸下巴，發現自己開始喜歡起這個叫周宣的年輕人來，不是因爲他硬要塞給他這一筆錢，而是喜歡周宣的執著和直爽，更喜歡他的誠實。

楊先生笑笑道：「算了，我做個主，這樣吧，周宣雖然年輕，但是很有個性，很穩重，我這個五百萬的價呢，就照舊，老陳您這兒就收一百萬吧，算是拿一點介紹費，周先生覺得如何？」

周宣呵呵一笑，說道：「陳老闆，楊先生的意見如何？」

陳三眼見周宣不是做假，很實在，苦笑道：

「小周先生，說實話，像你這樣的年輕人，我還真沒遇見過，做生意的人，又有哪一個不喜歡錢呢，呵呵，既然周先生這麼執著，那我就恭敬不如從命了！」

「那好，我就來個趁熱打鐵！」楊先生笑呵呵地說道，「這筆生意成交了！」說完，就從衣袋裏取了支票簿出來，簽了一張四百萬的和一張一百萬的，分別把支票推到陳三眼和周宣面前。

接著，楊先生又說道：「支票驗兌的時間是二十四小時，所以，這枚金幣我把它先存放在老陳這兒，等到明天支票兌現過後，我再取走它，周先生，這樣可以嗎？」

周宣笑笑道：「不必，楊先生盡可以拿走金幣，我絕對相信楊先生。」

在上一次的經歷中，周宣知道，楊先生是跟魏海洪認識的朋友，在生意場上，他或許會壓價打價，但絕不會開空頭支票來壞自己的名聲。現在的周宣，再也不是以前那個沒見過世面的鄉下小子了。

看到楊先生的笑意，周宣忽然心中一動，想起了一件事情，不過又有些猶豫，想了想，遲疑地問道：「楊先生，我知道你在收藏業內經驗很豐富，而且對各國的古玩文化都極其瞭解，見識很多，所以……我想請教你一件事情，不知道……」

楊先生當即笑呵呵地道：「周先生，你雖然比我年紀小得多，但我絕對沒把你當成小朋友，有什麼問題，你就說吧，只要我能回答，並且我知道的，都能告訴你。」

周宣又瞧了瞧在身邊的魏曉雨，然後才把背包打開，取出了九龍鼎。

這個東西太奇怪了，如果說黃金石是天外來物，還能理解，但這個九龍鼎卻絕對不是天外來物，或者是地球上的高科技那麼簡單。這個東西，無論如何都不會是自動生成的，肯定是被製造出來的，但他的冰氣又探測不出它的底細來，而且也不清楚它還有什麼別的功能。

周宣把九龍鼎放到茶几上，咬了咬唇，然後才說道：

「我想請幾位幫我看一下這個東西，這個九龍小鼎是什麼來歷，大家認不認識？」

劉叔首先拿到手中瞧了瞧，上上下下翻過來瞧了一遍，沉吟道：

「這個鼎……樣式很古怪，跟其他任何形狀的鼎外形都不太一樣，而且這花紋和工藝，應該不可能是古物，質料也很奇怪，不像任何金屬，卻又不是塑膠和木質的，真是很奇怪。說是金屬吧，卻又沒有金屬的重量，不過我估計可能是現代的一個工藝品吧。」

陳三眼對古董的鑑別技術比劉叔倒是稍勝一籌，但也只是在某一方面有經驗，比如青銅器方面。他把九龍鼎仔細瞧了一遍，又從重量花紋上來鑑定了一番，最後依然是搖了搖頭，沉吟著道：「劉叔說過了，這東西像是現代工藝品，但我又覺得奇怪，到底是什麼狀況，我也說不出來。說實話，這東西我還真是鑑定不出來。」說完，就把九龍鼎遞給了楊先生，一邊給還一邊搖著頭。

楊先生早在陳三眼和劉叔看的時候，就已經在注意了，這時候拿到自己手上時，臉上表情更加沉重了些，一邊看一邊皺著眉頭，但越瞧卻越是驚訝，到最後，卻是連一雙手都顫抖了起來。

又驚又疑了好半晌，才問周宣：

「小周先生，你這個……這個小鼎是怎麼……怎麼得到的？」

楊先生在問這個話時，臉色極不正常，聲音也是顫抖著。

楊先生這個表情，陳三眼和劉叔都覺得十分奇怪，而周宣和魏曉雨心裏卻是更驚訝，難道楊先生竟然認得這個九龍鼎？

周宣忍不住喘了幾口氣，然後才回答道：「這個九龍小鼎，是我在江北市的一個收藏者那裏買下來的，楊先生……你……你認識嗎？」

周宣無比激動地問著楊先生，從楊先生的表情上看來，楊先生至少是知道一些九龍鼎的秘密，不管是九龍鼎的來歷，或者是九龍鼎的功能，都是周宣需要瞭解的。

楊先生臉上神色變幻莫定，怔了好一會兒，才醒悟到周宣在問他，想了想，又遲疑著回答道：「這個……」

楊先生猶豫了一下，忽然又轉了話頭，說道：

「周先生，你這個鼎，可以轉手嗎？」

周宣一怔，想要的問題沒有答案，楊先生反而提出另外一個問題來。

在一邊的陳三眼和劉叔卻又是一驚，難道他們認不出來的這個東西，竟會是什麼值錢的物事了？

周宣在楊先生的緊盯之下，緩緩地搖了搖頭，淡淡道：

「對不起，楊先生，這個是不賣的。」

楊先生努力擠出一絲笑容來，說道：

「小周先生，你先別急著拒絕我，這個鼎，我給你一億人民幣，你考慮能不能賣？」

陳三眼和劉叔都呆了起來，尤其是陳三眼，楊先生忽然開口說出給一億的價錢，把他可是嚇到了，他這幾年雖然也賺了不少的錢，但還不是億萬富翁，一下子要出個三幾千萬的，都會要他的命，動則過億，那已經不是他能辦得到的範圍了。

不過呆雖然呆，陳三眼卻是明白到，這個九龍鼎一定是個值大價錢的寶貝了。

周宣淡淡道：「對不起，楊先生，我說過了，這個鼎是不賣的。」

周宣說話時，對楊先生說的一億的價錢半點也不動容，十分冷淡地拒絕，似乎楊先生說的不是一億，而是一百塊一般。

不過，周宣拒絕後，楊先生卻在第一時間就說道：

「十億，周先生可以賣嗎？」

周宣倒是怔了怔，不過不是動心，而是驚訝楊先生出的價錢漲幅之大！一億周宣不會出手，當然十億他也不會，只是很奇怪楊先生爲什麼不是一億一億的加，而是忽然就加到了十億。

陳三眼和劉叔都跳了起來，這一下他們可是真的嚇到了。十億，就算不是普通人，包括超級富豪在內，應該也不會不動心的。絕大多數人無論怎麼樣努力怎麼樣拼命，這一輩子也不可能賺得到這麼多錢。

本來楊先生出一億，就已經讓周宣和劉叔吃驚不已，哪想得到楊先生猛然加價到十億，這已經超出了他們能想像的地步。

在陳三眼和劉叔的見聞中，還沒有任何一件拍賣過的古董文物價值超過十億的，面對這個收購價，如果還有不動心的，那肯定就不是人，而是神了。

周宣當然不是神，他是個人，但這個價錢依然打動不了他的心。其實，別說十億，就是百億千億萬億，甚至是無限多，他都不會出售這個九龍鼎。錢，或許對以前那個鄉下周宣是有誘惑力的，但現在的周宣，只想要利用這個九龍鼎回到原來的時間，這才是他想要的。

只是怔了一下，周宣就堅決搖了搖頭，說道：「楊先生，這個鼎是不賣的，我只是想瞭解一下，它究竟是什麼東西，從哪來的而已。」

楊先生喘了口氣，一開始他就覺得周宣不同於一般人，這時感覺更強烈了，不由得脹紅了臉，伸出兩根手指頭道：

「二十億，二十億！」

周宣搖了搖頭，淡淡笑道：「楊先生，我說過了，這個是不賣的，我想你是誤會了。」

陳三眼這時才醒悟到，周宣並不是拿了家裏的東西出來賣的，也絕不會是缺錢換錢的，如果只是要錢，他手上這個奇怪的鼎，立馬就能換到二十億的現金，可周宣就是不答應，看來，這個周宣並不是他想像中的那種人。

二十億啊，換是他陳三眼，就是要他出賣兄弟親人來換取，說不定他都會猶豫一下，絕不敢肯定自己一定不答應！二十億的誘惑啊，只有神才能抵擋！

不要說陳三眼，劉叔更是驚訝不已，就是楊先生也覺得周宣很奇怪，不知道他究竟是個什麼樣的人，二十億的現金居然打不動他的心，實在是有點不可思議。

楊先生想了想，又說道：

「小周先生，如果是價錢的事，我覺得還可以商量……」

「不是價錢的問題，」周宣斷然搖頭，說道：「楊先生，這件東西關係到我自己的一個大問題，錢多錢少我都不會賣的。」

陳三眼和劉叔的驚駭簡直無法形容了。楊先生的意思是二十億的價都還可以往上加，以他漲價的幅度，要再加，至少也是以千萬和億爲單位來計算的。

只是無論多麼誘惑，周宣都毫不動容，淡淡地就拒絕了，這讓陳三眼和楊先生都更加看不透他。但有一點大家都瞭解了，周宣把九龍鼎拿出來並不是爲了錢，如果只是因爲錢的關係，那這個鼎就絕對會賣出了，有了二十億，還有什麼事情不能辦？

楊先生臉上頓時滿是失望的表情，嘴唇動了動，但瞧到周宣那極爲淡然的神態，最終還是嘆了口氣，沒有再說了。

周宣沉吟了一下，然後才向楊先生問道：

「楊先生，想必你肯定知道這個九龍鼎的一些秘密，能不能告訴我？」

楊先生眼神飄浮了一下，搖了搖頭，說道：

「對不起，這個問題，恐怕我是不能告訴你的。我只能說，你這個鼎是一個傳說。我都不知道它會真正出現在這個世界上。而且，要買下來的人，其實並不是我，我只是受人之託。我接受這個委託三十年了，從來沒找到過九龍鼎，而且連一丁半點的線索都沒有，甚至連假消息、贗品都沒能出現一個。」

說到這裏，楊先生又盯著周宣再勸道：

「小周先生，如果你願意，我的那個委託人有足夠的資金，我不再說實際的金額，你只要開出一個數字來，我可以向我的委託人轉告，儘量去滿足你的要求，可以嗎？」

楊先生再次勸說周宣的話，對於任何人來說，那都是無比巨大的誘惑，但周宣不是他想像中的人，他的話對周宣沒有半點的誘惑力。

其實楊先生的話已經很明顯，剛剛給周宣的價錢是二十億，如果周宣願意，他可以抬到的數字肯定在二十億之上了，甚至三十億、四十億、五十億，只要周宣開出個數字來，對方就有可能會答應。

明白楊先生話意的陳三眼和劉叔已經驚得呆了，沒想到今天這個看起來如此普通的年輕人，竟然帶給他們如此巨大的驚喜。

這個轉變僅僅就只在半小時之間發生，尤其讓陳三眼驚詫。

但周宣依然搖了搖頭，深深嘆著氣，說道：「如果楊先生覺得不能說，那就算了，我也不能強人所難，嗯，就這樣吧。」說完，轉頭對魏曉雨道：「曉雨，我們走吧。」

不過，從楊先生開出的這二十億的價錢來看，想必這個九龍鼎是值這個價錢的。以周宣的想像，如果對方是個有財力的人，又知道九龍鼎能穿越時間的話，那說出這個驚人的價錢，也就不怎麼奇怪了。

對於那一些人，穿越時間或許就可以享受更久的美妙人生，賺取更多的財富，就算不是為了財富，能穿越時間的機器，對任何金字塔頂端的人來說，都是一件無價之寶。

楊先生和周宣這兩個人，一個硬是出高價要買，一個是無論多高的價錢橫豎都不賣。

從周宣的表情上觀察，楊先生猜想周宣不答應的原因，應該不是知道九龍鼎的秘密，要不然周宣也不會向他詢問，真正知道九龍鼎秘密的，這個世界上可能就只有兩個人，他是其中一個，另一個就是委託他的那個人。

但楊先生自己絕不會吐露這個秘密，而委託他的那個人，也絕對不會說出這個秘密來，所以他敢肯定，周宣並不知道這個秘密，而且，九龍鼎就算暴露，也沒有人能拿九龍鼎做什麼用，九龍鼎在別人手上，就跟一件無用的東西沒兩樣。

楊先生不肯說，周宣同樣不會賣，而科恩沃爾夫的金幣又賣掉了，周宣身上擁有了四百萬元人民幣的支票，暫時行走所需的現金是足夠了。所以周宣拉了魏曉雨告辭，在這兒，他們已經沒有必要再待下去。

跟楊先生和陳三眼、劉叔三個人告辭後，周宣就跟魏曉雨離開了靜石齋。楊先生眼中那迫切的渴望神色一直尾隨著周宣，直到他離開。

周宣和魏曉雨離開後，從古玩街一直走到步行街。在地攤邊，周宣遲疑了一下，想起之前自己最早得到的一件古蹟，隨園主人的手稿，就是在這條步行街的地攤上得到的，現在這個時間還在他得到手稿之前，按理說，那手稿應該還在。

周宣一想到這裏，馬上就朝著那個賣書、租書的地攤走去，還是那個人，書販子老張認識周宣，周宣經常在他那兒租書看。

周宣朝老張示意了一下，算是打了個招呼，然後笑了笑蹲下去找書。

老張對周宣沒有太多的話語，只是周宣忽然帶了一個漂亮得不敢想像的女孩子來到他這樣的一個小地攤，就有些莫明其妙了。

周宣走到記憶中的位置，在那一堆破爛的書冊中翻找起來，不過幾分鐘過後，卻是一無所獲，又找遍了整個書攤，仍然沒有找到那件「簡齋補遺」手冊。

看來歷史的年輪已經改變了，一些事件似是而非，有些事相同，有些事卻又完全不同了。

找不到那件手稿，周宣嘆息了一聲，站起身來，拉了魏曉雨離開書攤。

根本就不能指望著與之前的際遇來做路標，幾乎已是完全不同的路程了。唯一相同的是，周宣從海底得到了黃金石而重新獲得了異能，除了這一點，其他的事就沒有一件是相同的。

第八章

來者不善

他擔心的是，如果楊先生這一夥人硬搶了他的九龍鼎，
然後再來個殺人毀屍，那他就麻煩了。
傅盈則是很迷惑，不知道這些人究竟是為什麼來的，
但顯然是來者不善，否則不會這麼多人對一個。

走到步行街要出頭的地方，周宣心裏一動，想了想，轉身對魏曉雨說道：

「曉雨，我要去一個老朋友家，你先回酒店，我過後就回來。」

魏曉雨有些不情願，但見周宣是真的不想讓她跟著一起去的樣子，想了想，還是柔順地點了點頭，叮囑道：「那你要早點回來。」

「嗯，我知道。」周宣點點頭。魏曉雨變得跟以前是真的不一樣了，雖然心裏不願意，卻能耐住性子，以前的魏曉雨，那可是一片鋼，寧碎不折。

等魏曉雨離開後，周宣才倏地一轉身，向另一個方趕緊跑過去。

幾十米之外，一個靚麗的身影陡然出現在眼前。這個身影是傅盈的，剛才周宣就是忽然感應到了傅盈，所以才支開了魏曉雨，然後再跟了過來。

傅盈正在逛街，而且是一個人，王玨沒有跟在身邊。

周宣離她有二十多米的距離，在行人中躲躲閃閃跟著，不過到了百貨大樓的門前，傅盈忽然停了下來，然後轉身對周宣的方向說道：

「出來吧。」

周宣怔了怔，原來傅盈已經發現他了。

周宣笑了笑，從行人後面走出來，走到傅盈面前，訕訕地不好意思說道：「盈盈。」

傅盈皺了皺眉頭，然後說道：「我說過了，我不是你說的那個盈盈，你也別再跟著我了，否則我會不客氣了。」

周宣心裏一痛，怔了怔才道：

「我沒弄錯，盈盈，你給我一點時間，我給你解釋好不好？」

傅盈哼了哼，靜了片刻後，忽然指了指對面的一間咖啡廳，說道：

「去那兒，我給你五分鐘，你給我你的合理解釋，不過我可說好了，五分鐘，多一秒鐘我就走。」

周宣欣喜地點點頭，緊跟著傅盈來到那間咖啡廳。

穿著綠色套裝的女服務生迎著他們到裏邊的雅座，坐下後躬身問道：「兩位，要點什麼？」

「給我們來一份阿薩姆奶茶，要熱的，不加糖。」

沒等傅盈說話，周宣就趕緊說了出來。

傅盈一怔，問道：「你怎麼知道我喜歡喝這種奶茶？」

傅盈心裏很是奇怪，周宣說的不僅僅是她喜歡喝的這種奶茶，而且連熱的、不加糖的習慣也知道，怔了怔後才冷冷地說道：

「你可是下了不少的工夫啊，連我的生活習性都瞭解得清清楚楚，哼哼……可惜你想錯了，算了……從現在開始計時，五分鐘，我給你五分鐘，開始吧。」

周宣摸了摸下巴，想想該從哪裡開始，接下來才說道：

「盈盈，我不知道該怎麼說，也不知道應該從哪裡說起，不過我想，我還是把真話告訴你吧，我叫周宣，我是從二〇一一年正月二十五那天來到二〇〇九年農曆六月初十的，也就是昨天。」

傅盈「撲哧」一聲笑了出來，然後又是薄怒上臉，想說什麼，但是瞧了瞧手上的表，還是努力忍了下去，既然來了這兒，那還是給足這個讓她好奇的男人五分鐘吧。

「盈盈，我跟你已經定在了二〇一一年的二月十八結婚了，我知道你現在無法相信這個事實，但我絕不能放棄你，你聽我好好說，我們第一次相遇，也就是在昨天，那是個中午的時候，我在海底……」

接下來，周宣把遇見傅盈的事，一五一十完完整整地說了出來，之間女服務生把奶茶端了上來，傅盈聽得忘了時間，直到周宣把最後通過九龍鼎穿梭的事說出來後，才算說完了這整件事的前因後果。

傅盈有些發怔，然後抬頭瞧了瞧周宣，周宣的眼裏是那種深愛又關憐的神情。

傅盈醒悟過來，瞧了瞧腕表，時間差不多過了一個小時，又哪裡只有五分鐘？只是周宣說的事情雖然離譜並且不可思議，但卻偏偏那麼美，像一個傳說那麼美好，而傅盈同時又覺得，周宣並不是浮華無實的那種人，雖然這件事讓她無法相信。

怔了怔後，傅盈問道：

「你說的那件事……你跟我，和我表哥請的潛水高手到天坑洞底的事，我覺得很奇怪，你怎麼知道這件事的？」

傅盈真的很納悶，如果說打聽到她的生活習慣還不奇怪，但準備到天坑洞底尋找她大祖祖遺骨的事，卻是個秘密，沒有任何外人知道，而周宣知道這件事，就不太對勁了。

只是，她真的跟這個男人發生過那麼刻骨銘心的愛戀嗎？

周宣苦惱地道：「盈盈，我真的是穿越時空回來的，那這件事就是絕對真實的。」

傅盈呆了呆，然後又問道：「那我先不說你穿越時空的可笑事情，你說你會異能，那你表演給我看看？」

咖啡廳很幽靜，雅座人很少，再加上現在的時間並不是高峰期，客人不多，根本沒人注意他們，周宣左右瞧了瞧，這才說道：

「盈盈，我是重新回來後，再一次得到異能的，這時候的能力還很弱，只能探測物件的年份真假，並且，我探測的距離也只能達到六七米，其他如我剛剛跟你說過的，將物質分子轉化為黃金再吞噬掉的能力，現在還沒辦法。你也知道，我達到那個階段的能力，是因為在美國天坑洞底裏吸收了那個龐大的黃金石裏的能量後才進化的，而現在，我只能探測，我……」

說著又偏頭探測了一下，然後又說道：

「你身上的提包裏，有一盒小紙巾，有一支手機，錢包是紅色的，錢包裏有兩張銀行卡，有兩千四百美金，人民幣有三千元的整鈔，六十七元的零鈔，零鈔是一張五十元的，一張十元，一張五元，兩張一元的，你看看是不是？」

傅盈給周宣說得直發呆，她當然不相信了，不過，她也不太清楚自己錢包裏有多少錢，只是，周宣怎麼可能知道？除非他真有如他所說那種探測物體的異能。

懷疑是懷疑，傅盈還是當即就把皮包裏的錢包拿出來，打開數了數，卻是呆住了！錢數跟周宣所說的一模一樣！

如果說剛剛周宣所說的九龍鼎的事太過詭異，不可相信外，但現在的事又怎麼說？這可是現場親眼所見的事，該怎麼解釋？

兩千四百美金是原來就有的，但三千元的人民幣卻是在銀行裏換的，換的時間是昨天，當時與她同行的只有王玨，不可能別的人會知道這麼詳細吧？

「你會玩魔術吧？你是個神棍？」傅盈咬著唇，還是不相信地說著。

周宣有些無可奈何，想了想又說道：

「盈盈，你別把錢拿出來，這樣吧，我再用我的能力探測錢幣上的號碼，首先來測你人民幣從前往後數的第二張，發行年份是二〇〇五年，另一面的號碼是HK1478047……」

傅盈是把手指伸在錢包裏的，錢沒有取出來，用指頭扒開第二張，鈔票上面的號碼跟周宣說的一樣，越想越是驚訝，然後周宣又說另一張，接下來說了四五張鈔票上的號碼，果然是一模一樣。

這不由得傅盈不吃驚了，要說錢包裏有幾張鈔票一般人還能記住的話，那錢上的號碼，這個有誰會記住呢？可眼前的周宣卻可以說得一字不差，難道周宣真的有什麼特異功能？

傅盈一雙俏眼盯著周宣，又驚又疑。

說實話，她能答應周宣給他五分鐘來到這兒，只是因爲周宣的眼神。

周宣眼中那種無法讓她忘懷的痛楚和深深的思念，這一切，都讓傅盈莫明其妙地感到心靈抽搐，她這麼多年來，還從來沒對哪個男人動心過，也從不讓男人接近，而周宣，這個比追求她的那些男人要普通得多的陌生傢伙，卻似乎有著一種莫名其妙的吸引力。

本來，傅盈並不願意周宣接近她，而剛剛周宣的故事雖然很不可思議，但卻是深深感動了她，當然，故事歸故事，卻不能把它當成事實。

想想也好笑，如果有一個男人出現在你面前，說是從未來回來的，還與你發生過刻骨銘心的生死相戀，但你腦子裏卻沒有半點熟悉的感覺，你怎麼會相信，這就是與你即將要結婚的人呢？

傅盈怔了片刻，忽然從錢包裏取出兩百元放在桌子上，然後對周宣冷冷道：

「無論你怎麼說，我都不會再跟你聊了。我告訴你，別讓那些討厭的人再繼續跟蹤我，否則我不客氣了。」

傅盈說完，提著包包走了。周宣直發愣，自己什麼時候派人跟蹤她了？

眼光一瞟，倒是瞧到前方六七米距離外的座位上，有兩個二十來歲的男人似乎在注意他們，不過傅盈走後，這兩人並沒有注意她，又似乎不像是跟蹤她的。

這兩個人在他們來之前是沒有的，這個周宣很肯定，是不是跟蹤傅盈的，他就不能肯定了。周宣對這個一向不太注意，因爲他本身很少有人注意和跟蹤的，所以一般不會太注意這些事。

咖啡錢，傅盈已經留下了。

周宣苦惱地抓了抓頭，努力找到了與傅盈相處說話的機會，也似乎讓傅盈有些相信他話的真實性，但最終卻還是弄砸了，難道他就真不能沿著歷史的軌跡走下去了嗎？心裏還真是痛苦。

周宣站起身，往咖啡廳門口走去。不過，經過那兩個人座位的時候，周宣運起了冰氣才發現，自己出了門口後，那兩個人果真也站起身跟了出來。

這時，周宣相信這兩個人果然是跟蹤他們的。

到了街上，又轉了兩條街，那兩個人始終不遠不近跟著他。周宣這才知道，這兩個人不是跟蹤傅盈，而是跟蹤他的。

有什麼人會跟蹤他呢？是遊樂場方面的人還是派出所的人？在知道了魏曉雨的身分後，這兩方面的人應該都不可能會再做這樣的事情了，給個天膽他們都不敢！再說，那件事自己也沒再追究，遊樂場方面只花了兩萬多塊錢就解決了恩怨，這可是很輕鬆的結果了，不會是他們。

難道是……周宣呆了呆，忽然恍然大悟起來！

應該是楊先生的人吧！在這個世界上，有錢是能使鬼推磨的。

二十億以上的價值，他周宣不動心，不表示別的人不動心，要是放出話去，想把他抓住燒成灰都會大有人在。楊先生能出二十億以上的價錢來買九龍鼎，當然也可能出高價請人來跟蹤，或者是搶劫走，甚至是殺人越貨。

而周宣身上的那個九龍鼎，對別的人來說是沒有任何用處的。如果沒有像他擁有的冰氣異能來催動九龍鼎，那就不可能知道九龍鼎的秘密，不知道九龍鼎的秘密，那這個九龍鼎就沒有任何價值，因爲對於收藏愛好者來說，這明顯不是一件古董。

所以說，這些人如果是爲了九龍鼎而來，又是跟蹤他的，那就只可能是楊先生了。

周宣這個時候就不得不考慮這兩個人會不會搶他的背包了，如果對方要用強力，那他該怎麼辦？

現在的冰氣能力只能探測和恢復傷病等等，還不能轉化吞噬，所以他就沒有防身的能力，如果這兩個人要搶他，那還得特別注意。

不能往人少或者偏僻的地方去，周宣沒有回頭瞧那兩個人，以免引起他們的注意，不過冰氣探測著，也不會不知道這兩個人的行事。

前面就是超市大門，周宣停下來，然後慢慢轉身，眼光瞄過去，七八米外的距離，那兩個男人也停住了身，只是把臉瞧著別處。

周宣裝作要進超市裡去，然後卻忽然攔下一輛計程車，然後拉開車門趕緊叫道：「司機，開車！」

後面那兩個人發現不好，急忙抬腿追了過來。

周宣急得只是叫著「開車」，但可恨的是，前面的幾輛計程車都在載客，堵著去路，那司機自然不知道周宣急什麼，遲一下再開車也不會死人，所以就停下來等著。

那兩個人幾個快步就奔了上來，一左一右打開車門擠了上來。

那司機回頭道：「對不起兩位，我車上有客人啊。」

坐周宣左邊的男子微笑道：「開車就好，我們是一起的。」說著，手底下在周宣腰間一頂，很尖銳的東西，周宣估計是匕首，當即沉默不語。

那司機見周宣沒有說話，也以爲他們是一起的，也就不再問，只是等前邊的車開走。

周宣正考慮著要怎麼辦時，忽然左邊的車門一下子就被人拉開，左邊那個男人一怔，側頭瞧出去，卻發現是一張極漂亮的臉蛋。

但同時，這個有著極漂亮臉蛋的女孩子伸手就將他衣領處一扯，這個男人居然一下子就給她扯出車外，隨即那男人悶哼一聲，就沒了動靜。

然後，這個女孩子又迅速伸手把周宣拉出了車外，另一個男人也搶著鑽出來，伸手就要抓周宣。那女孩子又是一腳，正踢到這男人腰間，又是一聲痛呼，這個男人就躺到地下。

見兩個人都倒地，女孩子拉著周宣拼命往前跑。

瞧著這女孩子在風中飄動的長髮，漂亮到極點的側臉，周宣不由得有些癡了，等到停下來後，那女孩子一張俏臉含嗔盯著他，這時，周宣才動情地說了聲：「盈盈！」

這個救了他的女孩子就是傅盈。

周宣瞧著傅盈柔美的臉蛋，手裏握著傅盈柔軟的小手，這個讓他牽腸掛肚的女孩子終於又跟他貼得這麼近了！這讓他一時恍惚起來。

來到這個時空，會不會又只是一場夢呢？

「看什麼看？難怪給人搶了，跟個呆瓜一樣，人家不搶你才怪呢！」傅盈嗔道，然後把手一摔，甩脫了與周宣握著的手。

但也就在這個時候，從後面開上來四五輛黑色轎車，前後左右將傅盈和周宣夾在了中間，接著，車門分別打開，幾支黑洞洞的槍口對著他們兩個，其中有一個人低聲說道：

「上車，否則就開槍了。」

傅盈身手再好，也不可能快得過子彈，而周宣這個時候的冰氣異能還沒有轉化吞噬的能力，子彈對他的威脅自然跟普通人一樣的大。

周宣心裏一沉，很自然就擋在了傅盈身前，只是左右前後都是這些人的車圍著，如果人家真的要開槍，他是怎麼也擋不了的。

沒得說，周宣只好拉著傅盈乖乖上了一輛車，然後前後的車夾著這輛車往前開，而路邊的人是沒有看到這一幕的，因為車身擋著，而那些持槍的人也都隱藏在車裏面，外面的人根本就看不到。

上了車後，傅盈跟周宣自然是都不言語的，這個時候慌亂也沒有用，這些人肯定是有目的，赤手空拳的又怎麼能對付得了人家十幾支槍？

不過雙方也都有顧慮，這些人沒有隨便開槍，否則會引起路人的發覺，如果報警那就麻煩了，在內地，黑社會和幫派是沒有太大的生存空間的。

而周宣這一邊，如果對方狠下心開槍，他哪裡敢拿傅盈的生命來跟這些人賭？再說，現在還沒搞清楚對方是什麼來路，到底是爲了什麼原因來挾持他們。當然，周宣心裏最懷疑的是楊先生，這事多半可能與自己的九龍鼎有關。

周宣瞧了瞧，他跟傅盈上的這輛車，後排是空的，前面坐了兩個不認識的男子，其他車裏隱隱約約見到坐了不少人，五輛車中至少有十五六個人。

也不知道這些人要帶他們到哪裡。周宣注意了一下，自己這輛車上，開車的和坐副駕座的兩個人身上都有手槍，但卻絕不是員警，在他們身上，周宣沒有探測到警方的證件。

傅盈也是驚疑不定，一開始在咖啡廳就發覺有人跟蹤，當時還很氣，以爲是周宣做的手段，但後來離開後，發覺那些人並沒有跟蹤她，這才猜想到這些人可能不是跟蹤她的，而是跟蹤周宣的。

傅盈又想起周宣剛剛跟她說的那個天方夜譚般的故事，雖然難以相信，但卻讓她有些心動，忍不住又倒回來跟蹤周宣，結果發現那兩個人一邊打著電話，一邊跟蹤周宣。當周宣要逃跑的時候，這兩個人就衝上前抓他了。

也是事有湊巧，剛好那一下前面又有車子堵住去路，周宣沒逃脫掉，便立刻衝上前出手了，卻沒想到，他們的後備人員也瞬間開車趕了上來，手槍對空手，他們自然是沒辦法反抗的了。

在車上，傅盈怔怔地尋思著，剛剛周宣挺身擋在她身前的那一刻，她絕對能感覺到周宣對她深深的愛意，如果這不是對自己真心愛護的人，普通人絕對做不出這動作來，難道周宣真如他所說的那般，是從二〇一一年回到現在的？難道自己跟他真是生死相守的愛人？

五輛車前前後後往郊區開去，對這邊的地形交通，周宣十分熟悉。這些人開去的方向是西面的郊區，那邊是山區，很荒涼，離城比較近的是幾間農莊，周宣跟朋友來過一次，去爬過城西郊的火龍山。

火龍山並不是傳說中的龍啊火啊什麼的，只是一座很普通的山，山下種植有大量的火龍果，所以被稱爲火龍山。

車開到一片大平地邊停了下來，車上的人相繼從車上下來。周宣和傅盈也下了車，十幾個男子將他倆不遠不近圍在中間。

然後，一輛車的後車門打開，緩緩走出兩個五十歲左右的男人，其中一個，周宣很清楚看到，就是楊先生。

果然是他！

周宣瞇起了雙眼，半晌才道：

「楊先生，那個東西，我已經說過了，我不賣！」

不過，說是這樣說，心裏卻是有些著急，這些人要是硬搶，那他也沒辦法。而且，他更擔心的是，如果楊先生這一夥人硬搶了他的九龍鼎，然後再來個殺人毀屍，那他就麻煩了。

傅盈則是很迷惑，她不知道這些人究竟是爲什麼來的，但顯然是來者不善，否則不會這麼多人對一個。

楊先生微笑著對周宣說道：

「小周，實在不好意思，用這種方法跟你見面。我來給你介紹一下，這位……」說著，指著他身邊的那個男子說道，「這位就是我跟你提起過的那位，委託我買下你的九龍鼎的安國清安先生。」

周宣瞧了瞧這個安國清，五十歲左右的年紀，國字臉，很有些威嚴的氣勢，一看就知道是那種萬人之上的大人物。不過，周宣不願意鳥他，人家不願意賣九龍鼎，他就帶了這麼多人挾持，無論是什麼意思，都很令人討厭。

楊先生又微笑道：「呵呵，小周，還沒介紹我自己呢，我的名字叫懷遠，楊懷遠，今天的事，我只能請周先生諒解一下，真的很抱歉。」

周宣淡淡道：「我還是那句話，這個九龍鼎，非賣品，要是還是爲了這件事的話，我請你們就不必再開口了。」

「年輕人，話別說得那麼絕對嘛。」安國清在一旁沉聲說道，「我想，你還是沒弄清楚你是在跟誰說話吧。」

周宣哼了哼，鄙夷地道：

「你不用說你是誰，我也沒有興趣瞭解你是哪一個，如果你是想用強的話，那我也請你們考慮好後果。我的九龍鼎關係到我跟另一個女孩子的切身問題，楊先生你也認識，她的名字叫魏曉雨。我可以給你們介紹一下，她的父親名叫魏海峰，二叔叫魏海河，小叔是魏海洪，我想，楊先生應該不陌生吧？」

第九章

圖窮匕現

這個安國清恐怕沒那麼容易就跟他合作，
說不定還有什麼陰謀詭計，只是周宣目前也只能跟他合作。
雖然兩個人都發了誓，但那只不過是表面，
等尋到剩下的八顆珠子後，也許就是眾人圖窮匕現的時候了。

楊懷遠果真怔了怔，沒料到周宣的來頭還真的超出他的想像之外，原來並不是個普通人。而魏曉雨昨天的表情，那是瞎子都看得出來，她跟周宣的關係非同尋常。如果真如周宣所說的話，那這件事就難辦了，魏家這樣的家庭，可不是財雄勢大就能得罪的。

想了想，楊懷遠低聲對安國清說了幾句話，然後，安國清的臉色就難看了些。

周宣知道，這是魏曉雨的身分起了作用。楊懷遠肯定是認識魏海洪的，這個他在以前與魏海洪第一次見面的時候就瞭解了，楊懷遠那次是在魏海洪主持別墅拍賣現場的。

周宣其實並不喜歡借助魏曉雨的身分來解決這件事，尤其是在傅盈面前，但現在卻沒有別的辦法，最主要的是，自己的冰氣異能還沒能達到以前的那個級別，不能轉化吞噬，根本就沒有防身自衛的能力。

安國清皺著眉，沉著臉，好一陣子才說道：

「周先生，我想我們還是好好談一談，只要你願意，在價錢上，我還可以給你更大的空間，讓你擁有幾輩子都花不完的金錢。事情也如你所說，我並不想用其他強硬的手段，我也跟你明說，你那個九龍鼎，我想你並不瞭解它真正的用途，這個東西對你來說，並沒有用處，而它對我卻非常重要。我非常需要它！而且我想跟你說明白，這件九龍鼎，除了我之外，任何人拿了它都沒有用處，也不值半分錢，你明白嗎？」

周宣盯著安國清，淡淡笑了笑，嘲道：

「安先生，我想你也太果斷了些，你又怎麼知道九龍鼎對我沒有用處？或許它對我的重要之處比你還要大呢？」

安國清呆了呆，又瞧了瞧左右那些手下，然後揮了揮手，說道：「你們都到公路邊上等候，沒有我的吩咐，誰都不許過來。」

安國清把手下全部趕到三四十米外的公路邊上，又拉開車門，請周宣和傅盈上車：

「兩位，請到車上再說吧，我想，我們得好好談一談了。」

說完，安國清和楊懷遠坐到前排的位置，然後關上車門。在車裏說話，別人是無論如何也不可能聽到了。

安國清這時才沉沉地說道：「周先生，我想我們可以靜下來細細詳談一下，只要談得好，我相信沒有什麼是不能解決的。聽你剛才的話，我想問一下，你說這九龍鼎對你們也很重要，可以跟我說說是什麼原因嗎？」

本來安國清是想套他的口風，周宣明白，自己剛剛說的話讓安國清懷疑了，懷疑他是不是知道九龍鼎的一些秘密。

「安先生，我對九龍鼎並不熟悉，但我跟我的朋友在它身上發生了一些很奇特的事，說出來，也許天底下沒幾個人能相信，不過……」

周宣盯著安國清，然後慢慢地說出來：

「不過我相信，安先生可能會相信我的遭遇吧，從我得到九龍鼎後，就只有安先生會想要，也覺得九龍鼎是個不尋常的東西，所以我覺得，安先生應該對九龍鼎的秘密比我知道的多得多，是吧？」

安國清和楊懷遠互相對視了一下，臉上都是驚疑不定，似乎不相信周宣的話，但周宣的表情卻又不像是一點都不知道九龍鼎的秘密的樣子，否則他怎麼會給了天價的價錢還一直不動心呢？

「你……小周先生，你跟你朋友發生過什麼樣的奇特事？」

安國清忍不住問了出來，他想瞭解周宣對九龍鼎的認識，究竟到了什麼樣的程度，然後才能做出決定。

周宣想了想，瞧了瞧傅盈，傅盈顯然是莫明其妙的，但周宣既然跟她把事情都前前後後地說了一次，如果牽扯到那些事上面，她肯定是聽得明白的。

沉吟了一下，周宣才說道：

「安先生，楊先生，你們也不用套我的話，我只能這樣說吧，我跟我朋友的遭遇，無法形容，這個九龍鼎，是不可能賣出去的……我們……」

周宣側了側頭，然後又道：「如果我說，我並不是這個時空的人，你們信嗎？」

周宣說這個話的時候，臉上是淡淡的嘲弄，又有幾分無奈的神色。

但周宣這樣一說，安國清和楊懷遠卻是都變了臉色。

安國清呆了呆後，甚至是很激動地說道：

「你說什麼……不可能，絕對不可能。」

周宣頓時明白了，安國清和楊先生肯定是知道九龍鼎秘密的人，只是不知道他們到底知道多少，這兩個人又會不會先說出九龍鼎的秘密來。

「我知道，你們不想說出九龍鼎的秘密，不過我們可以交換一下，這樣吧，我們可不可以交換一下秘密？」

周宣想了想，提出了交換條件。自從得到九龍鼎之後，自己是通過冰氣催動，然後才知道了一點秘密，但周宣十分肯定，自己知道的秘密只是極少一部分，如果讓他猜，他相信安國清和楊懷遠要比他知道的多得多。

「九龍鼎有靜止時間，凍結時間，並能穿越到過去的能力，你們覺得我在吹牛還是說真的？」

安國清和楊懷遠臉上都是陰晴不定，而周宣身邊的傅盈也是暗暗心驚，難道周宣說的一切都是真的？這兩個人明顯是那種被說中了而吃驚的表情。

呆愣了好一陣子，安國清才有些遲疑地說道：

「你……還知道什麼？」

周宣雙手一攤，又道：「我當然還知道很多，你們若還想知道別的事，我想，我們就要相互交換了。」

安國清呆怔著，然後忽然又斷然道：

「不可能，絕對不可能，這世界上不可能有催動九龍鼎的能量，你肯定是聽到什麼關於九龍鼎的傳說，來騙我的吧？」

周宣哼了哼，冷冷道：「我需要騙你嗎，好像是你們找上我的吧，我幹嘛要去找你們？」

安國清又是一怔，這才想到，事情確實是他們做下的，如果不是他們把周宣和傅盈抓來，周宣又怎麼會見到他們？

周宣終於明白了安國清他們為什麼不願意說出九龍鼎的秘密了，因為他們想不到，這個世界上還有冰氣異能這個東西存在。

以他們的想法，估計九龍鼎是需要有專門的能量器來催動的，而那個能量器的存在，可能才是最要緊的東西。

周宣一想到這裏，心裏一動，忍不住臉紅心跳起來，如果能得到那個能量器的話，也許就能回到原來的時間了。

再看看身邊的傅盈，雖然現在兩個人坐在一起，靠得這麼近，但周宣卻知道，他們之間其實隔了很遠很遠，這還不是那個離開了他就不能生存的傅盈。

周宣沉吟著又說道：「安先生，我不知道你們想要用九龍鼎來做什麼，但我只要再用一次，就能回到原來的時間，我就再也不要這個東西了。我保證，那時我會分文不要把九龍鼎留給你們。不過，在這之前，我想我們還是交換一下秘密吧。」

安國清越來越驚疑，然後才遲疑著問道：

「我……還是不能相信，你能催動九龍鼎？我想問一下，你知道『天窗』嗎？去過坡心河嗎？去過長壽村嗎？」

周宣怔了怔，隨即欣喜起來，安國清所說的，肯定是與九龍鼎秘密有關的事，只是自己確實沒聽說過這些，想了想，才回答道：

「我不知道安先生說的是什麼意思，也沒去過你所說的地方，不過我想，這些可能都與能催動九龍鼎的能量體有關吧。我知道安先生可能不會相信，但這個世界上就是有一種別的能量也能催動九龍鼎，但是這種能量並不足以完全催動九龍鼎，所以我才想要跟安先生合作。只要你能使我回到原來的時間，那麼，這個九龍鼎我就可以分文不收的送給安先生，你看怎麼樣？」

聽了這話，安國清和楊懷遠都是張圓了嘴，好半天都合不攏來。

周宣可是說得夠清楚了，他並沒有如安國清和楊懷遠懷疑的那般，得到了那個能量體，而是用別的能量催動了九龍鼎，但又不是完全催動了九龍鼎，所以周宣並不真正清楚九龍鼎的秘密，而只是瞭解九龍鼎一點點功能。

但有一點是毋庸置疑的，那就是周宣所說的凍結時間，穿越時空的說法，絕對是真實的，這個秘密只有安國清和楊懷遠知道，只是他們無法相信，周宣也會知道這個秘密。

安國清呆了一陣，忽然又問道：

「周先生，你說……除了九星珠之外，還有別的能量體能催動九龍鼎？那……那又是什麼能量體？」

「九星珠？」這麼怪的名字，周宣念了一聲，印象中很陌生，似乎是沒聽說過，不過還是回答了安國清的問話：

「確實是有一種能量體，我稱它爲黃金晶體，是我從一個黃金礦石中得到的，裏面蘊藏了一種極爲龐大的能量，不過，那能量雖然龐大，卻不能完全催動九龍鼎，並且在使用的時候就爆炸粉碎了，所以我需要跟安先生合作，只要能找到你們所說的能量體，讓我返回原來的時間，那九龍鼎我就會留給你們。」

安國清和楊懷遠兩人又驚又疑，但周宣說的話，卻讓他們又不由自主地相信。

當然，周宣說的也不是全部，比如冰氣異能的事他就沒有說，這是他的秘密。

安國清猶豫了好一陣子，終於說道：

「也好，那我們就合作一次。不過，在合作之前，我們雙方各自發個誓吧。」

周宣心道，這個安國清還玩這個把戲？發誓有用嗎？如果沒有信用的人，起多少誓不也是白搭？

不過，周宣心裏也不想欺騙他們，沉聲說道：

「好，我就先起個誓，今天我周宣跟安國清先生合作，只要能得到八星珠，讓我能回到原來的時間，我就把九龍鼎無償送給安先生，如若有違此誓，五雷轟頂，不得好死。」

安國清也起誓道：「我安國清今天與周宣周先生合作，一起去取那八星珠，然後送周先生回原來的時空，如有違此誓，將不得好死。」

兩人起完誓，然後相互一擊掌。周宣便笑了起來，說道：

「安先生，我想，你這時可以向我說清楚九龍鼎的來歷了吧？」

安國清瞧著周宣嘿嘿一笑，點點頭道：

「好，那我就說一說這九龍鼎的事，不過在說之前，我先給周先生講一個故事。」

周宣淡淡一笑，沒說話。安國清要說的這個故事，肯定是與九龍鼎有關了。

「在清朝乾隆年間，有一個名叫劉子傑的奇人，這個人可以說是文武雙全，文能安邦武能定國，他一生所學可以說真是包羅萬象，天上地下，無所不知。文學方面，就連最有名的紀曉嵐都不掠其鋒，可見其文學功底的深厚；武術上更是驚人，能掌碎大石，輕身如燕，最厲害的功夫是能閉氣。通常，人們都知道，普通人若要閉氣停止呼吸，時間絕對無法超過兩三分鐘，一些經過訓練的高手能閉氣七八分鐘，但都有極限，而這個劉子傑卻能在十米深的水下潛水一個時辰，有如此厲害的能力，但卻行事十分低調，所以並不爲外人所知。

在劉子傑三十五歲，正當壯年時，無意中得到了一張藏寶圖，當即按圖尋寶，藏寶圖不複雜，倒是沒費什麼工夫便找到了那個地方，但那個地方卻是凶險萬分，而這張藏寶圖其實並不是唯一的，也有別的人找到這裏，但卻大部分都是知難而退，也有一小部分人爲利益所驅，冒險而試，卻是就此送命。」

周宣聽到這兒，不由得心裏一動，難不成又像是在美國天坑洞底裏那次一般？還會有什麼凶險之極的地方嗎，再凶險，想必也不會有美國天坑洞底裏那種怪獸兇猛吧？

要真是那樣，周宣還真有些爲難了。那次是運氣好，在洞底裏遇到了黃金石，他吸取了黃金石的能量後，才將能力進化，學會轉化黃金並吞噬，也因此才能夠對付那些龐大又數量眾多的怪獸。現在如果再遇到這樣的事，那就難了。

雖然再次得到冰氣異能，卻是十分微弱，如果遇險，可沒辦法抵擋，而且好運也不會一而再，再而三降臨吧，相信安國清所說的地方，不會有黃金石的存在。

安國清仍在繼續述說著他的故事：

「這個劉子傑藝高人膽大，孤身一人到了那個危險的地方，幾經準備後，便進入了那個藏寶圖上的危險入口，因爲有很充分的準備，所以劉子傑在進入後堅持了一個半小時，在裏面得到了這個九龍鼎。」

周宣呆了呆，九龍鼎是這麼得來的嗎？忍不住問道：

「安先生，那個劉子傑得到了這個九龍鼎，又是怎麼知道九龍鼎的秘密的？」

安國清擺擺手道：

「你聽我慢慢說，那九龍鼎裏面有一顆圓石，好像珠子一樣的東西，其實是一種能量轉換器，劉子傑在藏寶地只得到了一顆，這珠子一共有九顆，但劉子傑已經沒有能力再進入到更深遠的地方。那個藏寶地其實是一處深入地下的暗流，暗流四通八達，險惡無比，很多水性極好的人下去就被暗流捲走，死無葬身之地。也是劉子傑天縱奇才，才幸運地得到了九龍鼎，不過……」

安國清嘆息了一聲，悠悠道：

「不過，這次在暗流中穿行，卻也讓他身體受到了不可消除的創傷，沒有能力再次進入那個地方。沒有另外八顆能量珠子集合在一起，九龍鼎就不可能被完全催動，所以，周先生，如果你想要回到原來的時間，我們就必須到那個地方去，把剩下的八顆珠子全部取出

來，這樣才能催發啓動九龍鼎。」

周宣愣了半晌，忽然問道：「安先生，那你們又是如何得知九龍鼎的秘密的？那個劉子傑得到九龍鼎後又弄到哪裡去了，再說，他又怎麼會知道九龍鼎的秘密的？」

安國清沉默了一下，然後才道：

「劉子傑得到九龍鼎中的一顆珠子，而那顆珠子是含有巨大的能量的，只是珠子中的能量不能再生，需要九顆珠集合在一起的時候，才會產生連綿不斷的效用，因爲九珠聚合可以自動吸取日月星辰的能量，並且生生不息。但若只有一顆珠子，那就像是一節電池，電池裏的電量用完後就沒有用了。但若這九顆珠子能集合在一起，就如同形成一個水力發電站，只要有水，就永遠能夠發電。而劉子傑也因爲那顆珠子中的能量，最終得到了九龍鼎的秘密，只是後來一次意外，九龍鼎失落了，這次失落就一直到了現在。」

安國清頓了頓又道：

「我爺爺的爺爺曾經是劉子傑的徒弟，在劉子傑臨終前得知了這個秘密，我們安家從此就開始踏上了尋找九龍鼎的旅途。不過，兩百年來，卻是從沒再見到過九龍鼎。」

按照安國清的說法，他跟楊懷遠都沒真正見過九龍鼎，楊懷遠也只是在周宣拿出九龍鼎來讓他鑑定時，才第一次見到的。

周宣想了想，從背包裏取出了九龍鼎，然後遞給安國清，說道：

「安先生，你看看，是不是這個九龍鼎？」

安國清顫抖著手接了過去，一邊看一邊揉眼，手更加顫抖，臉色也更加激動，拿住九龍鼎後，幾乎不是看，而是在用臉觸摸。

這個表情讓周宣感覺到，安國清絕不是第一次見到九龍鼎，這就像是久別親人多年後再度重逢的情形！看來，安國清絕對還有什麼秘密沒有說出來。不過周宣也不想問，他自己不願意說的事，問了也沒有用。

而且，這個安國清恐怕也沒有那麼容易就跟他合作，中間說不定還有什麼陰謀詭計，只是周宣目前也只能跟他合作。不過，防人之心不可無，以後事事都要注意一些。

這是肯定的，雖然兩個人都發了誓，但那只不過是表面，等尋到剩下的八顆珠子後，也許就是眾人圖窮匕現的時候了。

安國清捧著九龍鼎陶醉了好一陣子，然後才清醒過來，也沒有說什麼，把它還給了周宣。

這時，周宣在安國清的表情裏，再也尋不到剛剛那陶醉的神色了，這也讓他相信，安國清絕不是個簡單的人物。

周宣把九龍鼎放進背包裏後，又問道：

「安先生，那個藏寶地究竟在哪裡？」

安國清笑了笑，沒有正面回答周宣的問題，而是說道：

「周先生，我的故事說完了，現在，我再介紹你一個旅遊的地方，廣西鳳山的國家地質公園，有去玩過嗎？」

周宣笑了笑，搖搖頭道：「沒有，廣西我從來沒去過。」

難道安國清是不願意吐露藏寶圖的地址，而故意扯開了話題？不過他也能理解，雙方合作，最重要的事勢必要在關鍵時刻才會說出來，現在才初步合作，自然是不會說那麼多的。

其實周宣猜錯了，安國清不是不說，他要說的，正是另一件有關九龍鼎的地址，而那個藏寶地之凶險，不是一般人能想像的。

之前安國清也說過了，劉子傑並不是唯一得到藏寶圖的人，但眾多人中，卻只有劉子傑一個人能進去又活著出來，其他進去過的人全都是有去無回，所以也沒有人再肯進去尋寶，錢再多，沒命享那也是白搭。

「我要說的就是這兒，」安國清笑笑道，「鳳山地形奇特，岩溶洞暗河匯流，地下河曲折變幻，岩溶洞，天坑，天生橋，地下河，這其中最有名的是坡心河、三門海天窗、長壽村，在坡心河附近的幾個村子，過百歲的老人有幾十位，七八十歲的在那兒根本就不叫長壽。在坡心河的這些村子中，人們不僅長壽，而且也很少得什麼疾病，卻不知道是什麼原因，不過世代相傳的人都說是坡心河這條河的原因。」

周宣見安國清不願意說他問的事，也就不再插口，饒有興趣地聽安國清說鳳山的事。

「坡心河的盤陽河的源頭，而這些源頭就是無數地下河或溶洞湧出來的地下暗流，在地表面流出來後，又匯聚成如湖泊一般的大面積湖水，這就是名聞天下的三門海。三門海有七個地下塌陷型的底部暗流，在這些暗流處，湖水有如從水底亮著巨大的燈光照射出來的，在湖面上看起來是亮堂堂的樣子，這就是三門海的天窗，這些天窗，有的大有的小，大的有兩萬多平方米，小的卻只有幾米。

前幾年，鳳山彙聚了全世界的頂尖潛水高手，來探測這些天窗的地下暗流通道，也用了最先進的水下設備，因為這些地下通道又多又曲折，而且很多地方僅能容人通過，所以不可能使用小型潛艇等水下設備，只能以人力探測。聚集了世界上最頂尖的潛水高手們，歷時數月的探測，也只探測到了九百多米的地下暗流串連的五個天窗，剩下的無法再進行探測。因為地勢的險要和地下暗流密佈，人力加上潛水設備都無法達到這麼遠的距離，所以三門海天窗的秘密就無法再解開。」

安國清說到這兒，嘆了一口氣，然後又說道：

「當年劉子傑下去的那個地方，是第七個天窗，與其他湖泊形成表面的天窗不同，這個天窗外表是一個七八百個平方的天坑，天坑到最下面卻只有兩米多的直徑，深達三百多米，中間陡峭無比，而最底部的地方又有些曲折彎度，並不能看到底，但最底部是一個地下河，也是一個天窗。」

聽到這兒，周宣才明白，安國清並不是不說地址，而是以另一種方式將地址說了出來。

「潛水高手們無法探測到剩餘的天窗，而科學家也檢測過坡心河的水，裏面確實含有一些人類身體所需的鋅錳離子之類的元素，卻仍不足以解釋人們長壽的原因。」

安國清瞧著周宣，若有所思地道：

「周先生，你可能不知道吧，其實真正令人們長壽的原因，劉子傑卻是見到過的，那是人類的科技絕對無法解釋的。」

安國清說這話的同時，注意了一下周宣，但他居然沒從周宣臉上看出什麼不妥，似乎周宣對於見到或者聽到人類科技無法解釋的現象毫不驚訝。

安國清當然不知道，其實周宣自己身上就有一種人類科技無法解釋的東西——冰氣異能，所以再見到其他的特異現象，他自然也沒有平常人的那種驚訝了。

安國清和周宣其實都是互相猜測著的，但卻都答應了這次合作，只是兩人心裏都明白，現在，他們誰都不相信誰。

周宣對安國清的話也是一部分信一部分不信，不過對九星珠的事倒是信了一大半，跟他合作自然也是衝著這個去的。

「那好，安先生，什麼時候動身？」既然雙方都達成協定了，周宣也就準備動身了。

安國清笑笑道：「明天，另外，我先讓我的屬下把所需要用的工具送往鳳山去，要不，今天先到我的地方休息下吧？」說完，眼光直盯著周宣。

周宣明白安國清的意圖，淡淡道：「安先生，我這個人什麼都不計較，但卻最重信諾，答應過的事就一定會辦到，放心吧，我們住沖口酒店，明天一早在酒店門口會合。」

周宣確實敢說這句話，防人之心當然也有。不過對安國清，他的確不算是說假話的，如果安國清真的幫他回到原來的時間，那這個九龍鼎，他是真心願意送給安國清的。他所防備的，只是安國清會不會信守承諾。

如果安國清最終還是要奪走他的九龍鼎，先破壞了自己立下的誓言，那自然就不同了。

安國清一拍手掌，說道：「好，就這麼決定，希望我們合作愉快。」

合作的事一決定，安國清就擺擺手，讓楊懷遠開著車到公路上，然後再請周宣、傅盈上了另一輛車，安排人送他們回酒店。

在車上，傅盈側頭瞧著周宣，見周宣正歪著頭想什麼。

其實周宣是把冰氣凝成束，努力往安國清的車上探測。周宣雖然冰氣異能不深厚，遠遠及不上以前的能力，但經驗卻很足夠，把冰氣凝成束能探得更遠的方法，他是早就會了。

現在把冰氣凝成極細小的一縷，探測到安國清的車上，冰氣探測的距離幾乎就達到了五十米左右，五輛車都在路上行駛，而安國清的車與周宣坐的這輛車相隔了十米左右，要探測他們倒也不是很難。

安國清在車上嘿嘿笑著，楊懷遠在他旁邊正說著：

「安董，您真要把周宣帶到那個地方去？」

安國清自然想不到，隔了十幾米遠，周宣仍然能清清楚楚知道他說什麼幹什麼。

「懷遠，我知道你想問我，爲什麼不把東西強行搶下來，還要跟他合作？」安國清嘿嘿笑著道：「我很清楚，這個周宣說的大部分是事實，但起誓的事我自然不信了，對九龍鼎的事也是一知半解的，但他的確是想要借助我找到九星珠來啓動九龍鼎，所以我們前期是能合作的，我就沒必要現在動粗手，把九龍鼎硬截下來。

還有一點，你不是不知道，要從天窗裏取到九星珠，那是難上加難，這麼多年來，我們費了這麼大力氣，還不是一無所獲？而那個周宣身擁能催動九龍鼎的能量，雖然說不能完全催動，但有這種能力的確不可小視，說不定憑藉他的能力，還真能拿到九星珠呢。」

楊懷遠緩緩點了點頭，安國清又道：

「那天窗暗流凶險無比，這些年，無論我們是借助最頂尖的潛水設備，還是強悍的人力，也到了九星珠藏身之處，但還是一顆珠子都拿不回來。看來，也沒必要太過防著周宣，現在，就算現在我們搶到了九龍鼎，但沒有九星珠，還是跟沒有一樣的。」

周宣心裏冷冷一笑，果然這個安國清是沒安什麼好心的，不過自己也不是木頭，憑著自己秘密的冰氣能力，下水那可是他的強項。有冰氣支撐，他潛水的能力遠超過用高科技潛水設備的高手們。這在美國那次便已經說明了，用不著再試。在美國那一次，還沒到天坑洞底吸收大黃金石能量的時候，他的能力還沒有現在的程度強。

回到城中後，安國清的車就沒再跟隨周宣坐的那輛車，幾輛車分開而行，送周宣和傅盈的那個人到了酒店門口後，等周宣兩個人一下車就點點頭示意，然後倒車調頭走了。

周宣這時再瞧了瞧傅盈，傅盈一張臉陰晴不定，似乎在想什麼事。

周宣嘆了口氣，說道：「我得回酒店了，以後……我們還能見面嗎？」

傅盈神思恍惚，定了定神然後才說道：「那個安國清不是說天窗地下河嗎，我潛水還不錯，要不我跟你一起去吧，看看九星珠和九龍鼎的事是不是真的，如果是真的，我就相信你。」

周宣呆了呆，卻搖了搖頭，地下暗流的凶險他不是不知道，試過兩次了，一次比一次不同，一次比一次凶險，這一次，想來也絕不會輕鬆。

傅盈如果要跟著去，他現在的冰氣異能又不純厚，沒有防身的能力，恐怕保護不了她的安危，況且，還有魏曉雨要跟著一起去。

如果他們這次真能得到九星珠的話，那他就與魏曉雨一起回到原來的時間裏，那與傅盈的事就不必重新開始，而是直接解決了。

「盈盈，這次我不能帶你去。」周宣拒絕了傅盈的要求，又說道，「如果我這次跟著安國清尋珠成功，那就肯定會回到以前的時間，與你的事就自然解決了。如果我們尋不到九星珠，再也回不到從前的時間，那我一定不會放棄你，我會再來找你。」

第十章

長生不老

周宣的本事，要是當藥賣的話，
那可真是無價的藥物了，安國清沉默下來，
獨自思索著什麼。周宣覺得安國清處處都透著神秘的味道，
卻又說不出到底是什麼來，難不成他還真想長生不老不成？

傅盈哼了哼，淡淡道：「你現在別跟我說那個，我明白地跟你說吧，我不信，我感興趣的是潛水的事，我跟你們去，並不表示我會涉險境，也只是去看看而已。」

傅盈的口氣雖冷淡，但周宣卻明白，傅盈的脾氣就是這樣，她要想的事，只要認定了，誰也勸不回頭，何況，這時候周宣還不是她的什麼人，就更勸不了她了。

周宣沉吟了一下，一咬牙，說道：「好，明天早上到這裏會合。」

傅盈盯著周宣又瞧了一陣，想了想，還是沒再說什麼，揮揮手，攔了輛計程車逕自去了。

周宣快快地獨自回到了酒店房間，魏曉雨正閒得無聊，見到周宣回來欣喜得不得了，問道：「怎麼去了這麼久？見到朋友了嗎？」

周宣猶豫了一下，點點頭，然後坐在床邊上，對魏曉雨說道：

「曉雨，你聽我說，有件事，我現在得跟你說明白，說清楚。」

魏曉雨怔了怔，見周宣的臉色表情很沉重，心裏也是有些擔心，不知道會是什麼事，靜靜地坐到他面前。

「曉雨，你……先考慮一下，我把事情告訴你。」

周宣想了想，然後把安國清的事說了出來。

「今天，我遇到了一個知道九龍鼎秘密的人，名字叫安國清，明天我要跟他到廣西鳳山去，去尋找能催動九龍鼎的能量珠子九星珠，不過肯定是有極大凶險，你考慮一下，可以去，也可以不去，不過我想，如果找到九星珠後，我就要啓動九龍鼎，回到以前的時間去，所以你最好跟我一起，否則，以後永遠也不可能回到我們來的那個時間了。」

魏曉雨臉色一白，喃喃道：

「你日思夜想的始終只有那件事嗎？」

周宣無奈地搖搖頭，想了想，終於還是把另一句話說了出來：

「明天，傅盈也要一起去。」

魏曉雨身子猛一顫，眼淚忍不住流了下來，把臉扭到了一邊，好一陣子才低聲說道：

「我去。」

周宣想了想，又說道：「曉雨，早些休息吧，明天一早動身。我再另外開一間房，我走了。」說完起身走出房間，輕輕拉攏了房門。

拉門的時候，周宣隱隱聽到魏曉雨的抽泣哽咽聲。不過，周宣硬著心腸不再進去安慰她，這件事，他始終是要傷她的心，無論如何他也做不到兩全其美。

周宣另外再開了一間房，然後狠練冰氣，因爲冰氣已經結合了內息，變異的冰氣成長很快，雖然沒有吸收黃金石能量那麼增長得快，但相比以前初得到異能的時候，可是不能同日而語了，有經驗後，練起來自然是事倍功半了。

早上醒來後，周宣精氣充盈，耳目靈動了許多，這是冰氣異能精進後的顯現。洗漱後整理了行李，然後去敲了魏曉雨的門。魏曉雨早起了床，開門後就提了行李箱出來，只是一雙眼睛紅紅腫腫的，也不知是沒睡好還是哭多了。

兩個人到了酒店大廳後，才發現傅盈已在大廳中坐著等候，也不知道來了多久。周宣怔了怔，沒料到傅盈會這麼早，在另一邊的沙發上，則見到了安國清和楊懷遠兩個人。看來他心裏急，別人比他還要急。

一見到周宣和魏曉雨下來，安國清和楊懷遠趕緊起身迎了上來，魏曉雨卻是咬著唇盯著傅盈，兩個人都是哼了哼，把臉轉到一邊，有些水火不容的味道。

「周先生，我們已經準備好了，這就動身吧。」安國清跟周宣握了握手，然後一起往酒店門外走去。

與安國清握手的那一刹那，周宣頓時有種很奇怪的感覺，因爲冰氣精進，隨時都不自覺地將冰氣溢出體外，與安國清接觸的時候，冰氣探測到安國清的身體機能，似乎有一種比老爺子、老李那些八九十歲的老人們還更老的身體分子，不過冰氣再一轉之間，似乎又覺得他的身體機能很年輕，彷彿只有三十歲的樣子，這讓周宣有點迷惑了。

周宣的冰氣，最初也是最主要的能力，就是探測物質的年份和真假，不過他對動物的有機質卻沒測過，以前只是幫老爺子他們治過病，激化改善過身體機能，卻從沒有探測過細胞分子，也可能冰氣也探測不出有機物質，所以只是隱隱有些感覺。

當然，這種感覺也只是一閃而逝。

他們隨著安國清和楊懷遠一起走出酒店。在酒店外，停著一輛加長的悍馬車，讓過路的行人和開別的名車的人都行注目禮。

見到他們出來，悍馬車前的兩個男子趕緊拉開車門，躬身行禮道：「老闆，請上車。」

周宣在上車前對安國清說道：

「安先生，對不起，我還有件事要跟你說一下，我們還多了一個人，就是這位傅小姐，一共是三個人，我，魏小姐和傅小姐，有關係沒有？」

安國清不以爲然地道：「有什麼關係？上車吧。」

安國清的悍馬車上佈置得可謂超級奢豪，真皮座椅全是手工的，整整八個座位設置得很寬鬆，中間還有張小小的折疊桌子，還有冰箱、液晶電視、電話，一應俱全。

安國清，楊懷遠，周宣，傅盈，魏曉雨，一共五個人坐在車上，一點都不顯擁擠，前邊坐了兩個人，一個開車，一個坐副駕駛座。

楊懷遠從冰箱裏取出飲料來，周宣接過去打開喝了一口，不過心裏還是有些奇怪，難道安國清就準備開這輛悍馬車到鳳山去?

千里迢迢的，開這樣的車可不方便，而且太顯眼了。這可不是要去幹隱秘的事，再說路途遙遠，這樣的車肯定是快不起來的。不過，周宣不急，也不打算問安國清，反正在到那兒之前，一切都由他來決定。

安國清也開了一瓶飲料，若有所思地拿著就喝，卻是一口氣沒換就喝了個精光。

周宣眼睛瞇了起來，冰氣已經探測到安國清無意中激發出來的氣場，很強勁，這不是跟他冰氣同樣的氣場，而是如傅盈、魏曉雨她們練的內勁氣所發出來的，那是練武的人才有的氣場。

周宣在傅盈和魏曉雨身上也曾感應到過，只是沒有這麼強勁，這個安國清，不僅僅身分神秘，而且還是個秘而不宣的武術高手，是遠比傅盈和魏曉雨還要厲害的高手。

周宣心裏暗暗吃驚，這個安國清名不見經傳，卻有著驚人的財富，身分又極爲神秘，現在又發現他有極高深的功夫在身，要是真動起手來，他這邊哪怕有傅盈和魏曉雨兩個在，只怕也是沒有半分勝算。

當然，最主要的還是他的冰氣異能沒有達到能轉化吞噬的地步，如果到了那個級別，那自然就不用對安國清的武力擔心了。

這個安國清，到底是什麼來頭?周宣這時不得不仔細尋思考慮起這個問題來。

大約四十多分鐘後，安國清的車竟然開到了飛機場，在機場大廳，安國清和楊懷遠帶著周宣他們沒有從安檢門口進去，而是從另一邊的小門進去了。

周宣略感奇怪，不過也沒有太過詫異，像安國清這種人，八成是很低調的富豪，而且很有背景吧，乘飛機連身分證、機票都不要，就直接進去了。

停機坪的小巴士將他們五個人送到一架小飛機前，周宣瞧了瞧這飛機，頓時明白了，原來這架飛機是安國清的私人飛機，一架空中國王一三〇！他只不過是租用了機場的使用權，付了昂貴的租用費。

看來，這個安國清確實不是一般人。

在國內能使用得起私人飛機的，可都不是一般的富豪，不過周宣倒也沒有太驚訝，私人飛機嘛，他在美國的時候，傅盈家可是有兩架，都比這個空中國王一三〇型要大，更豪華。

這架空中國王一三〇的座位只有十一個，不過安國清一行人才八個人，他跟楊懷遠，另外還有兩名保鏢模樣的男子，一名二十來歲的女孩子，看樣子是安國清的秘書或者助理吧，剩下三個就是周宣和傅盈、魏曉雨三個人，加上兩名機師，這架飛機一共載了十個人。

機艙內一樣設置得很豪華，安國清的秘書名叫安婕，模樣兒挺俊俏，穿著一身黑色的制服，別有一種誘惑，只是有魏曉雨和傅盈在場，她的美色就不足爲奇了。

繫上安全帶後，機師啓動飛機，小飛機比大飛機升空要快，跑道也短得多，直到飛機升到三千米的高空上後，飛機就平穩下來，安婕打開安全帶，然後給安國清等五個人送上紅酒。

安國清舉著高腳玻璃杯，對周宣請了一下，笑道：

「周先生，路途不短，我們喝喝酒，聊聊天，打發打發時間吧。」

周宣也不客氣，拿了一杯酒輕輕搖了搖，然後送到嘴邊，輕輕抿了一小口，舌尖品嘗著紅酒的味道，很寫意。

安國清表面看起來雖然是漫不經心的樣子，但實際上卻是在偷偷注意著周宣、傅盈、魏曉雨三個人。

安國清實際上只知道魏曉雨一個人的身分，楊懷遠早向他稟報了，魏曉雨是魏海洪的親侄女，身分尊貴自不必說了。不過安國清暗暗吃驚的是，魏曉雨對他的財富不在意也就罷了，而周宣和傅盈這兩個人也同樣毫不動容，乘坐他的私人飛機，享受著昂貴的紅酒，這一切都沒讓周宣和傅盈兩個人覺得驚訝和奇怪，也絲毫不羨慕。

安國清明白，表情能顯得這麼自然，不卑不亢，顯然絕不是他們第一次享受這樣的待遇，那這兩個人到底是什麼來歷？難道都是跟魏曉雨一樣的身分嗎？

不過，據楊懷遠詳細查過了周宣，確實是鄉下來的，之前在沖口的遊樂場做救生員，只是怎麼會和魏曉雨搭上線，就有些奇怪了。

而傅盈是美籍華人的身分，在國內要查她不太容易，不過安國清最搞不懂的就是，這三個人又怎麼會湊在一起了呢？

按道理說，這兩個女孩子應該都不可能跟周宣扯上關係，但現在的事實就是，這三個人卻偏偏坐在了一起。看來周宣也並不如他表面那般普通平凡，至少在目前看來，周宣並沒有因爲他安國清奢華的財力物力而手足無措，彷彿這一切跟他自己擁有的沒什麼兩樣。

當然，周宣現在雖然沒有多少錢，不過擁有了冰氣異能，錢財對他來說，就像是撿來的一般，再有錢的富豪在他面前都沒有絲毫的優勢，要說到賺錢，還找不出幾個比周宣更有實力來的。

在飛機上的時間並沒有多久，一個小時多一點就到了南寧的吳圩機場。

有錢人的好處就是，到哪裡都像到家裏一樣，在南寧機場裏面，接機的就有四五個人，顯然都是安國清的手下。

安國清一揮手，那些人就趕緊把周宣幾個人的行李接過去，到機場大樓外的公路上，有四輛賓士S600，周宣被安國清特地邀請到一輛車上共坐，傅盈和魏曉雨坐一輛，安婕和楊懷遠另坐一輛，安國清的兩名保鏢坐一輛。

這時，周宣就安靜地坐在車上，隨他們要開到哪裡去，也不過問。

安國清笑笑道：「周先生，看你年紀不大，卻是比其他的年輕人要沉穩得多了。」

周宣身上的謎很多很濃，安國清著實看不透這個年輕人，但周宣何嘗不是同樣的看不透他呢？

「呵呵，在安先生面前，我這個鄉下小子哪裡能上得了檯面？不知道安先生今年貴庚？」周宣淡淡地裝作不經意地問了一聲。

安國清瞧著周宣笑笑道：「呵呵，周先生，你倒是猜猜看，我有多少歲了？」

周宣遲疑著，然後微笑著道：

「安先生，我是有點奇怪，看安先生好像是四十多歲，又好像兩三百歲，可能是安先生的閱歷太豐富了吧，竟然讓人有這種感覺。」

安國清怔了一下，然後呵呵笑道：

「周先生的感覺還真奇怪，呵呵，我今年四十九，唉，人老了不服輸都不行啊，這人啦，越老就越怕死。」

周宣也笑了起來，說道：「這個倒是，誰不怕死啊，不是都說好死不如賴活嘛，要不，古時候的那些帝王幹嘛還費勁地找長生不老的藥呢。」

「小周先生，說到這個長生不老，我倒是想問你一下。」安國清側過頭盯著周宣問道，

「長生不老，永生不死，你覺得會有這種可能嗎？」

周宣頓時笑了起來：

「嘿嘿嘿，安先生，我覺得，這個問題就跟講故事一樣，傳來傳去的事自然就變質了，以科學的道理論，人體細胞從新生到老化，這是一個自然規律，生老病死是無可避免的事，人遲早都是要死的，沒有什麼人能做到長生不死，最有名的秦始皇吧，以他一個皇帝的權勢，傾全國之力去尋找長生不老、不死的秘方藥物，可最終呢，還不是葬於黃土？」

安國清笑了笑，說道：

「說得也是，不過這個世界上，這樣的傳說卻是越傳越多，長生丹藥啊，修仙的秘術啊等等，傳得多了，也不得不信一些呢。」

「安先生，我是這樣認爲的，人的身體都是有極限的，就像一個水桶，這一桶水就好似一個人的壽命，對水的使用方式就直接成了壽命長短的關鍵了，有節制的，桶裏的水就可以用久一些，無節制的，水就流失得快一些，再如果水桶生銹穿眼漏水呢，那就消耗得更快了，這就跟人生病會加速壽命縮短一樣。不過，無論如何，水總是要用完的，只分遲早，即使一滴水都不用，時間久了，水也會蒸發掉了，所以啊，這人的壽命都是有限的，不管怎麼樣，那都是有盡頭的，長短不同而已。」

安國清沉默了下來，好半天才說道：

「確實是，丹藥還是修仙秘術都只不過是虛無縹緲的傳說，如今的科技十分發達，但就算再過一百年，一千年，甚至是一萬年，通過科學的技術或許能將人體的基因改變，把老化和疾病基因改善了，但也只能延長一些時間，最終還是逃不過時間的吞噬，死是最終的結果。」

「我也在某某雜誌上見到過，據科學家們推測，人的身體如果摒除生病、過度老化以及環境影響等各種原因，在沒有任何意外發生的情況下，最長的壽命可以達到八百歲，但這在現實中很難實現，因為，很多因素都是人不可能避免的，人的身體一生下來就帶有各種各樣的缺陷，如果通過手段和金錢、藥物的因素，人的壽命最長可以達到一百來歲，這是從古到今，地球人的生命能活到最長的數字了。」

周宣跟安國清閒扯著這些話題，這些都是他從書報上看來的，不過說實話，他用冰氣異能激發老人的身體機能，讓老人多活上一二十年，這卻不是什麼難事。

不過，這也不可能反覆使用，老人被他激發潛能以後，身體機能雖變年輕了，但再次老化後，也就到了極限，即使再用異能激發，也沒有用了，人還是會死。

周宣這種無藥就能使老人壽命增加的本事，要是當藥賣的話，那可真是無價的藥物了，拿錢都買不到的。

安國清聽了周宣的話後，卻是沉默下來，獨自思索著什麼。周宣覺得安國清真的很神秘，處處都透著神秘的味道，卻又說不出到底是什麼來，難不成他還真想長生不老不成？

車在吳圩機場至鳳山的高速公路上奔馳，只花了四十分鐘就到了鳳山，在鳳山最好的酒店中，安國清的人早訂下了房間。

頭兩天，安國清都是帶著周宣幾個人到他投資的公司裏參觀。

安國清並不是鳳山這邊的人，周宣倒是沒想到他會在這邊投資這麼大，餐廳、酒店、旅遊公司，以及鳳山的很多旅遊景點都有他安氏的投資，比如他們住的鳳山大酒店，就是他投資了七億的產業。

其實，安國清在鳳山投資最大的卻是旅遊公司和度假村。旅遊公司大多數都是跟當地的旅遊景點合作，所以安國清只要在鳳山露面，不論是官場上還是商場上的大佬們都會蜂擁而至。

在沖口的時候，周宣覺得安國清很急很急，恨不得馬上就到這邊來進行九星珠的尋找之旅，但真到了鳳山的時候，他卻是一點也不急了，每天都帶著周宣三個人到處遊玩吃喝，也不提那件事。

周宣很奇怪，到底這安國清打的什麼主意？

而安國清帶他們三個人遊玩的地方，大多數是他的公司或者是合作的投資，像鳳山最有名氣的旅遊景點卻是沒有去，比如三門海、天窗、仙人橋這些地方，而他們要去的地方卻是這裏吧？

周宣不敢肯定，但估計應該在坡心河附近的地方，因爲安國清一直提到三門海的天窗、坡心河邊的長壽村。

第三天，安國清終於帶周宣幾個人到三門海去遊玩，而這幾天中，周宣都沒見到楊懷遠，不知道他幹什麼去了。

到三門海後，安國清的人早租好了遊艇，因爲鳳山地質公園爲了保護生態環境，是不允許工廠在這邊投建的，而三門海裏的遊船都是用人力划的，沒有機動船。

安國清的手下租了兩條船，每條船上有兩個人划船。

周宣、傅盈、魏曉雨三個人都是第一次來這裏，不禁都被三門海的天窗奇景吸引住了。

第十一章

天窗奇景

數千平方大的一個大湖，四面環圍，青山環繞，
不過最奇特的卻是這湖水。
在水面上看下去，猶如在燈光下看翡翠，
光線從翡翠中穿透出來，深藍又透白亮，
又像是仰頭看天上的藍天，天窗的名，原來就是這麼來的。

數千平方大的一個大湖，四面環圍，青山環繞，溶洞林立，不過最奇特的卻是這湖水。湖水有如底部有亮光穿出來一樣，在水面上看下去，猶如在燈光下看翡翠，光線從翡翠中穿透出來，深藍又透白亮，又像是仰頭看天上的藍天，天窗的名，原來就是這麼來的。

大的天窗有三個，也是乘船能到達的三個天窗，而這三個大天窗又有溶洞相連，划船的導遊介紹說，這被稱作：「三湖三洞，中華三洞天。」三門海的中華三洞天總面積有兩萬五千多平方米，長度爲六百九十米，從東南向西北曲折延伸，洞外水流急湍，洞內卻水平如鏡，光亮、透氣都極好。

導遊把船划進最大的一個天窗溶洞，洞裏長四五十米，寬約三十多米，船往前一轉，頓時亮了起來，頭頂上陽光白雲，身邊四面絕壁，懸崖上綠樹環繞，這個潭如通天一般，整個面積約有五千個平方，這就是第一天窗。

導遊停止划船，介紹道：

「這裏就是第一天窗，又叫『玉妝湖』，面積有四千九百平方米，水深十八米，不過水下面的地下暗河就不止這個深度了，中外的潛水專家已經探測出五個天窗的地下暗流，都是相連的。」

然後，眾人順著三門海溶洞向右沿著岩壁再划過一百米左右，就進入到了第二天窗，第二天窗連著蓮花湖，湖四周青脆碧綠，形成坡地，與第一天窗的四面絕壁懸崖又不相同。

接著，再從西面岩口進入內潭，洞裏一片漆黑，導遊早有準備，拿出照明燈打開，這洞裏的水面積約有六七百個平方，洞內水面幽靜，水深不見底，好像在水底龍宮中一般。

六月的天本是熱不可耐，但在這個洞中卻是冷颼颼的，皮膚上寒毛都豎了起來，如果不是見到還有其他的遊船，這裏還真是有夠嚇人的，而其他船上的遊客顯然都很害怕，偶爾有女孩子輕輕的說話聲，在洞中出現回音，卻是更增恐懼。

導遊繼續往南面划船，過了十多分鐘，眼前陡然一亮，接著就到了第三個天窗，這個湖叫作「金銀湖」，面積只有兩千多平方，但湖水卻是最深的，有三十多米深，水面猶如前兩個天窗一樣，水底呈亮光的天藍色，天窗，天窗，就像是在天上開了個窗戶一般，只是光亮是從水底透上來的，確實很奇特。

不過船能划進的，就只有這三個天窗，剩下的天窗地勢險要，只能遠看而不能近前。

在第三個天窗的人工路邊上了岸，安國清笑呵呵地對周宣說：

「現在我再帶你到坡心村去，那可是有名的長壽村，而坡心村的坡心河源頭，也是最神秘的地方，聽說長壽村的人們都是因爲喝了坡心河裏的水才能長壽的。」

周宣倒是不相信那種說法，一個地下河，就算把多少靈藥倒進去，那也都被稀釋了，不可能有那個功效的。

坡心村在三門海以西的袍里鄉，村民的建築都以老式爲主，新洋房少，碧山綠樹環繞，心曠神怡。

在坡心村裏，周宣，傅盈，魏曉雨見到不少家門口坐著乘涼的老頭老太婆。聽安國清說，這些人大多是七八十歲的老人，在這兒，七八十歲的人根本不算長壽。在長壽村，九十歲以上的才算是老人，而且長壽村的老人們，幾乎所有人都能輕而易舉地活超過七八十歲。

在坡心村的一間房子前，周宣看到居然有很多遊客在那兒排隊進屋，另一邊是出來的，一進一出，有這麼多人，不知道裏面是幹什麼的？

「那兒，知道是爲什麼嗎？」

安國清見到周宣和兩個女孩子都很好奇，反倒是自己先說了出來，「其實他們來這兒都是爲了見一個人，一個長壽的老人。」

「長壽的老人？」周宣詫道，「見一個老人會有這麼多遊客都過來？這勁頭，趕得上見某某大明星了。」

安國清笑了笑，安婕在一邊解釋道：

「周先生，這位老人可不一樣，她可是坡心村，甚至是鳳山的一塊招牌，這位是一百一十七歲的李太嫻老人，長壽村活生生的見證，來的遊客如果到了三門海而不來看看這位老人家，那就等於沒來了，村裏的人甚至傳說，跟這位老太太握一握手，就能沾到長壽的氣息。」

原來是這麼回事，不過，握握手就能長壽了麼？除非是自己的冰氣異能把別人的身體機能激發，難道這位老太太也會冰氣異能嗎？

周宣自然是不大相信的，不過倒是很有興趣、也想見一見這位李老太太，就側過頭對安國清道：

「安先生，我們也過去見見這位老壽星吧，沾沾長壽之氣。」

隨著人流到了李老太太的住處，周宣又看到院子裏還有一口井，安婕又介紹道：

「這口井是與坡心河暗通的一口井，這個水喝了能延年益壽，村裏老老少少都喝這個水，不過現在跟旅遊公司合作了，這個井水可以用空瓶子來裝，遊客每人一瓶，不過得花十塊錢。」

周宣呵呵一笑，原來是商業化了。十塊錢就當是買張門票，這可比礦泉水貴多了，還不用設備來製作。

在排隊的時候，安婕又指了指西面的方向說道：

「那邊坡心河的水源洞裏，自古相傳洞內深潭中棲息著一頭龐大的犀牛，因爲洞口窄小而無法出洞來，只能在深潭中出沒，所以那裏也被稱爲『犀牛宮』，據說這頭犀牛久練成精了，練成了一顆仙珠，而坡心河的水就是因爲日久天長受這件仙珠的浸泡而得到仙氣，所以坡心河的水喝了就能長壽。」

周宣淡淡笑了起來，這個說法就更可笑了，連魏曉雨和傅盈都微笑起來。

漸漸輪到周宣這幾個人了，走進這棟獨特的建築，裏面是間客廳的樣子，老太太坐在大圈椅上，半躺著，安國清對她說道：「老太太，您好。」

「你好你好！」老太太顯然認得安國清和安婕兩個人，當即睜開眼坐了起來。

一百一十七歲的老人，說實話，各方面都到了極限，周宣運起冰氣探測著。

周宣覺得，老太太身體中有股熟悉的味道，仔細再試探了一會兒，忽然恍然大悟，原來老太太的身體中有九龍鼎中那顆珠子裏的分子，只是極爲弱小，若不是用冰氣探測，是根本不可能感覺得到的。這就難怪了。

如果把老太太長壽的原因歸結到九龍鼎中的秘密，那周宣就不覺得奇怪了，以九龍鼎的能量，能做到這一點自然不奇怪。不過若是如那安國清所說，九星珠真的存在，以九星珠的能量改變整條河流的品質，倒也不是不可能。

現在的周宣，倒是對安國清的話相信九成了。

老太太說話的聲音還很洪亮，思緒也還清晰，跟安婕有說有笑的，周宣上前也跟老太太握了握手，在握手之際，運起冰氣異能也幫她身體機能激發了一次，他這一下子比起老太太體內微弱的九星珠能量分子可是要強得多，老太太已經到了極限的身體機能得到了極大的改善。

但老太太年歲太高，卻是不可能再像老爺子那般能恢復到十多二十年的壽命，最多也就幾年的時光了，但像老太太這樣的年紀，多活一年就如同年輕人多活十年。

周宣鬆了手後笑笑道：「祝老太太壽比南山。」

老太太跟周宣這麼一握手，陡覺渾身一輕，精神也好多了，對周宣笑呵呵地道：「小朋友，多謝了。」

接下來，幾個人從另一邊出來，在管理井水的工人那兒拿了幾瓶水。

周宣接過了一瓶，用冰氣一測，果然在這水裏面測到了更微弱的九星珠子裏的那種能量分子，這分子比起老太太身體裏的還要微弱得多，想來老太太是常年累月地喝井水，而沉積到身體裏面的。

這一點點井水自然是沒有多大效用的，但周宣卻明白爲什麼坡心村的人可以長壽了。看來大家猜想得沒錯，就是因爲這井中的水。

不過頭先在三個天窗大湖裏的時候，自己爲什麼沒探測到這種能量呢？

這井水難道不是與那幾個天窗地下河相通的嗎？爲什麼這種能量井水裏有，而那三個天窗裏的湖水卻沒有？

從老壽星那裏出來後，安國清揚了揚瓶子裏的水，說道：

「這個井水，我曾經請了無數的專家化驗過，除了鋅錳等離子分子外，卻沒得到別的檢驗結果，我也一直沒弄明白，這水究竟有什麼不同，若說沒有效用，那坡心村這個村裏的長壽老人們的原因就無法解釋，唯一說得通的就只有這井水，但是這井水也沒有什麼不同啊。」

周宣笑了笑，沒說話。

這個井水中的秘密，恐怕這天底下就只有他一個人才能明白，這個九星珠裏面的能量轉化出來的那點分子，只怕什麼科學儀器都是無法檢驗出來的，除了他的冰氣異能。

坡心河七個天窗，其中三個大天窗能乘船到，兩個小一點的天窗需要攀岩到崖谷底，另兩個最小的天窗地勢太險要，上寬下窄，如同天坑一樣，至今也沒有人下去過，中外的潛水專家們到現在也只探測到了前五個天窗的地下暗河，相連接近一公里的距離，而剩下的兩個天窗地下河太長太曲折，無法探險。

想來那九星珠只會在六七號的天窗暗河裏面，只是傳說中的那頭什麼龐大的犀牛，不知道是不是在裏面？

天下間的事無風不起浪吧，既然都這麼傳說，也說不定裏面就有這樣的凶險，至於九星珠的事，周宣是肯定相信的，而且這坡心村的井水無疑是與九星珠的藏身之處有關，而且不會太遠，至少要比其他那幾個天窗的距離要近。

周宣相信，九星珠的能量分子是局限在一定的範圍之中的，超過這個範圍，九星珠的能量就被完全稀釋了，所以才會探測不到有這種分子的存在。

周宣揭開瓶蓋子，喝了一小口水，冰冰涼涼的，沒什麼特別的味道，其實就是普通無害的地下淡水，只是被九星珠裏的能量改變過，所以成了有益的水，只是這水裏的含量稀釋得很厲害，遠不如他的冰氣異能來得有益。

這當然不是周宣的冰氣異能厲害過九星珠的能量，周宣是直接對人施爲，而地下河裏面的水又是何其龐大？

不過，周宣覺得有另一點奇怪的地方，那九星珠的能量顯然也有窮盡的時候，九龍鼎裏面的那一顆就是完全消耗盡了，裏面再沒有半分能量存在，而深在地底下的九星珠不知道經過了多少年，卻爲什麼還能擁有能量？

這個問題周宣想不通，不過他比安國清還是要明白一點，安國清沒有像他一樣的冰氣異能，所以不可能真正明白。

周宣心裏很提防安國清，這個人說的話不盡實的地方很多，以他所說的九龍鼎的故事，那個清朝的劉子傑傳下來的口訊就很不可信，再說，九龍鼎是何等重要的東西，那劉子傑既然知道了九龍鼎的秘密，爲什麼還會把它弄丟？

這當中顯然還有很多秘密，安國清沒有說出來，不過周宣也不想問，安國清自然也不會說，他們兩個人，目前只不過是互相利用而已，到底會怎麼樣，只怕得等到去了那天窗地下河流洞底才會明白。

不過，這一次還會如前兩次那般，有驚無險地回來嗎？

那時是有轉化吞噬的強悍能力，而現在，他的能力是最弱的時候，能應付地底下的局面嗎？

除了潛水的能力沒問題，周宣現在可以說找不出對自己更有利的地方了。如果利用最新科技的潛水設備，可以增加在水底的時間，以及水中下潛的深度和承受能力，但周宣本身不習慣借助任何器具，只憑徒手，以冰氣護身，也可以下潛到兩百多米的深處待上十來分鐘，這個能力是讓世界上的任何潛水高手都望塵莫及的。若是在幾十米的深度，周宣甚至可以待上一小時以上。

周宣運起冰氣異能屏息運功時，可以把心臟的活動降到最低，如同青蛙或蛇一般冬眠，甚至可以以毛孔呼吸，吸取水中的氧分子，而且還能承受普通人無法承受的水下大氣壓力，這已經不能用正常來形容了。

如果周宣用這些器具，那他在水下的能力無疑就更強，如果別的潛水高手用這些器具能在百來米以下的深水中潛上四個小時，那周宣至少可以待到二十四小時以上，甚至更長。

到底能待多長時間，周宣還沒有正式測試過，不過在氧氣瓶的供應下，他再運用冰氣的能力，無疑是可以將氧氣的損耗降到正常人的千分比以下，按照這個比例來說，周宣在一瓶能供應四個小時的氧氣幫助下，潛水的時間應該是遠遠超過二十四小時了。

只是周宣最擔心的是，以天窗底下那麼複雜的水路，就算是你潛水再厲害，如果在迷宮裏面找不到出路，一旦超過了極限，就會溺死了。

走出村口，安國清的手下開了車在村口外等候，他開的是一輛十二人座的小巴士。

上了車後，周宣瞧了瞧方向，卻是出村往城裏去，不禁詫道：

「安先生，這樣就回去了？」

安國清笑笑道：「小周，別急，今天帶你來只是輕鬆一下，那件事是急不來的，得準備好一切後才能行動，其中的凶險，我不知道你有沒有見識過，要是你明白，想必你就不會那麼著急了。」

安國清這麼一說，周宣頓時就明白了，安國清肯定是還有什麼工具沒準備好，探險的事，有什麼沒準備好，那都是對自己的生命不負責。在美國的時候，傅盈跟她表哥李俊傑就是爲了那高科技的潛水服而等待了一個月，直到潛水服到了才動身，這次來坡心河不過是兩天，這算得了什麼？

回到酒店後，周宣獨自一個人待在房間裏，無聊之際把那九龍鼎取出來，翻來翻去地瞧了一陣，想了想，順手把瓶子裏的水倒進九龍鼎裏面。

九龍鼎運行啓動的時候是需要有水分子的，上次與馬樹決鬥的時候，就是噴出的鮮血激發了九龍鼎，大概是鮮血裏面還有自己的冰氣異能，所以比清水更強更濃。

周宣把瓶子裏的水倒進九龍鼎裏面後，把手伸到九龍鼎裏面，摸著珠子，冰氣探測出去。

也就在這個時候，周宣忽然發覺有些異常。九龍鼎裏的珠子似乎活了，如同睡覺的人醒了過來，雖然睡眼惺忪的，但卻是動了。

周宣大喜，冰氣異能加緊運出，那珠子運轉起來，將清水中那些微弱的特殊分子瘋狂吸收著，如同螞蟥吸血一般。

此刻，那顆珠子真的如同活了一般，清水裏的分子如同是一星火焰，珠子就像是火藥，一下子給點燃了。

同時周宣也發覺到，自己的冰氣又一下子給吸進了珠子裏面，周宣大驚，因爲之前知道他的冰氣能量無法催動九龍鼎，所以才放心大膽地行動，卻沒想到，自己今天從坡心村拿回來的那瓶井水卻是成了導火線。

周宣大驚之下猛地扭了一下身子，九龍鼎一偏，頓時偏倒在桌子上，鼎裏的水灑了個乾淨，窗外陽光正猛，亮眼的太陽光照射在房中。陽光同樣照射在周宣觸摸著的九龍鼎裏的珠子上。

在這個時候，周宣忽然感覺到照射在房間中的陽光暗了一暗。真是很奇怪，就像是照射進房間裏的陽光被什麼東西吞噬了一般。可周宣從來就沒見過能吞噬陽光的東西。

也同樣就在這個時候，周宣感覺到那顆珠子裏面熱焰滾滾，如同熔爐裏面的熱浪，而滾滾的熱浪正被珠子源源不斷被吸進去，與周宣的冰氣異能交織在一起，接著，珠子如同工廠裏的機器一般，把這些交織合在一起的能量煉化成另一種新能量。

周宣很是吃驚，但身體不能動彈，不能動手把九龍鼎甩開。不過，這時候他也並不想甩開九龍鼎。要是這時候把九龍鼎甩開，那他就沒有半分的冰氣異能了。如果這個時候他失去了異能，那他就沒有絲毫把握跟安國清探險坡心河的天窗地下河了。

急切之間，周宣趕緊將冰氣收回，不過，冰氣這個時候已經被珠子煉化融合成一種新能量，周宣急撤回來的已經就是這種新能量了。

只是，他的經脈現在還未打開，新能量的湧入讓周宣覺得難受不堪。

這跟第一次從晶體中吸收能量的時候相同，龐大的能量硬生生地擴展到他的經脈，只是這時候的冰氣已經與珠子中的新能量結合，變成了一種更加怪異的新能量了。

周宣的冰氣本是一種陰性的能量，但現在與之結合的新能量是從太陽中吸取的能量，是極烈的陽性能量，兩者一結合，陰陽互調，變成的能量，周宣自己也搞不清楚會變成什麼樣了。

不過，珠子被啓動了，正源源不斷地吸收著太陽能，而另一邊，轉化後的能量又源源不斷再進入到周宣的身體中，周宣覺得身體幾乎都要被烈焰燒溶化了。更要命的是，能量太多，身體幾乎已經承受不住了，跟氣球一樣，體內的氣體撐到極限後就會爆炸掉。

周宣從沒有遇見這種情況，一時間也無法可想，正當忍受不住的時候，窗外忽然暗了下來，陽光消失了，珠子吸收太陽的能量也忽然停止下來。

珠子一停止運動，周宣的身子也就能動了，趕緊把手縮了回來，呼呼直喘粗氣。

再瞧瞧窗外，原來天上有幾片雲飄過，剛好遮擋住了太陽光，沒想到也就是這麼一下救了周宣的命，否則他就會爆體而亡。

周宣心有餘悸地瞧著九龍鼎，那珠子早把鼎裏的水分蒸發乾了，剛好天上的雲飄開，陽光再照射進來，那珠子又瘋狂的吸收著太陽能量。

周宣雖然瞧不見珠子吸收太陽能量的過程，但卻感受得到，便再也不敢用手接觸到那顆珠子。

周宣這時候倒有些明白了，這九龍鼎裏面的珠子原來是靠吸收太陽等類似的恒星能量後，將能量轉化再貯存起來的。

自己第一次往九龍鼎裏放了清水後出現的時間凍結靜止的原因，是因為那顆珠子裏面還殘留有以前的能量，只是很微弱稀少而已，所以只凍結了十來秒的時間。

不過，從剛剛見到珠子能吸收太陽能量的情況看，這些年來，只怕這個九龍鼎一直沒有見到過陽光，否則那珠子中不可能只存有那麼一點能量。

周宣呆了半晌後，才又檢測起自己身上的能量來。

讓他驚訝無比的是，自己身上的能量已經變成了另一種能量，與珠子中的太陽能轉化後的新能量不再冰寒，但卻同樣能探測物體，以前冰氣能量的功能並沒有失去，而且現在探測的距離迅猛增加，延伸出去居然能探測到四五十米的範圍，如果再聚集成一束，竟然能達到兩百米之多，與他之前失去的冰氣能量相差並不大。

周宣呆愣了半天，無意之中的一下試探，卻不想竟然讓自己的冰氣能力回到了原來的地步，而且變換了品質，只是不知道這種陰陽調和的新能量還會有什麼奇異的功能呢？

雖然回復了以前的能力，但卻依然遠遠不夠啓動九龍鼎，而且周宣也不敢亂用，因為並不瞭解九龍鼎的全部功能，就算能催動九龍鼎，他也不知道會發生什麼事。

看到了珠子的特異之處，周宣也更相信，製造這個九龍鼎的人，肯定有他們的道理，九星珠，九顆珠子，肯定有它們的用處，不可能現在只有一顆珠子就能完全催動九龍鼎，要是強行催動，只怕是根本不可能回到原來的時間，得把九顆珠子全部得到以後，再來催動九龍鼎，那時，可能才會明白九龍鼎真正的功能。

第十二章

時光機器

周宣明白，新的能力並不是將冰氣異能消失了，
而是融合在一起，產生了新的能力。
周宣現在幾乎可以肯定的是，這個九龍鼎，
絕對是地球文明以外的產物，說不定是一台時光機器呢。

周宣想了一會兒，又想起自己的能量變異了，不知道還能不能轉化吞噬，冰氣新能量探出，將桌子上的一個玻璃杯試著轉化了一下，旋即，那個杯子立時變得金光燦燦的，再一吞噬，金杯子頓時憑空消失不見了。

以前冰氣能量的所有能力都回來了！

一驚之下，周宣又想，這新能力還會有什麼別樣的新功能呢？

周宣一時想起剛剛全身如焚的景象，那定然是太陽的狂暴高溫能量在作怪，不知這種能量在使用的時候，會與以前有什麼不同。

不過，周宣現在倒是不著急了，能力恢復的同時，那就表示著他有極高的把握，保證自己和傅盈、魏曉雨的安全了，安國清再奸猾，也不會想到他周宣有這麼逆天的能力吧。

有能力在身，周宣可以在任何時候把安國清及對付自己的人解決掉。現在，冰氣的控制範圍至少在五十米以內，如果凝成束，至少能控制兩百米。當然，那樣得保證對手都處在同一個點上。不過，如果面對面的話，五十米已經足夠了。

於是，周宣試著把能量凝成束，將整棟大樓都探測搜索了個遍：魏曉雨和傅盈都在房間中，只是沒探測到安國清一幫人，看來他們並沒有住在這間酒店中。

這兩天，周宣對安國清的投資是比較瞭解了，在鳳山投資這麼大，明顯是有別的動機，當然，這除了周宣外，其他人是不明白的。

安國清肯定是有其他目的的，以他這麼大手筆的投資人身分，在鳳山是會享有無比崇高的地位的，這也讓安國清在這裏的行動無比方便和自由。周宣當即明白到安國清投資的含義，而且，安國清在這裏的投資超過了十年，看來安國清是早有打算，而且，可以肯定的是，他的真正目的一直沒有達到。

難怪安國清並不著急。一件事情做了十年以上的準備，想必也不會急於一時。在南方的時候，安國清有些著急，那只不過是擔心周宣不合作，後來的合作則是基於安國清半威脅半逼迫的行動，以周宣的性格，要不是爲了得到九星珠，他是肯定不會跟安國清有什麼合作的。

其實周宣猜測得並不錯，安國清在投資這裏之前，就已經請了絕頂的潛水高手到第六、第七天窗分別探測過，不過只探測了兩三百米的距離，而無法再進到更深的地方。

地下河流的入口很多，如迷宮一樣，而且水流湍急，在三百米外，暗流似乎陡然急下，如瀑布一般，這讓潛水者們無法再前行。如果落入更深的地下水中，只怕無法再潛出來。

而且暗河太深，超過一百多米的話，潛水者也無法承受水下的壓力，即使使用高科技的設備也沒辦法，這裏可不像在大海中，可以海闊憑魚躍，地下暗河卻不行，只能是以人工進行，這也是爲什麼大海中的秘密比地下暗河中的秘密更容易檢測明白，地下河流對人們來說，永遠是一些無法解釋的謎。

這一晚，周宣很難入眠，新的異能讓他十分興奮，雖然不知道還會有什麼其他的能力，但之前冰氣異能擁有的那些特異能力都存在。

周宣明白，新的能力並不是將冰氣異能消失了，而是融合在一起，產生了新的能力。只是這種新能量還能做什麼用，他卻還不曉得。

周宣現在幾乎可以肯定的是，這個九龍鼎，絕對是地球文明以外的產物，說不定是一台時光機器呢。這台機器所產生的能量，恐怕不在自己那黃金異能之下。

這二者想來不是同一個星球上的東西，但同樣屬於能量體，所以能融合在一起。不過，這個九龍鼎確實也讓周宣很迷惑，現在這個新融合的異能可以探測到珠子的運作方式，但也僅限於探測到珠子的運作方式，卻不能將九龍鼎轉化爲黃金吞噬掉。可以說，這個九龍鼎是除了黃金石和晶體之外，周宣遇到的第三件不能被冰氣異能轉化吞噬的物體。

得到新能量以後，周宣就一遍又一遍地將新能力練得純熟起來。這種能力在身上，比以前的純冰氣異要舒服得多，凝聚在左手腕裏的丹丸顏色卻是變成了太陽的黃色，與黃金的顏色略有些不同，而且手上外表皮膚上是很正常的，看不出來任何不同之處。

安國清最讓周宣擔心的地方，就是他的武力，以周宣探測到他的氣場來看，即使是魏曉雨和傅盈兩個一起上，也不是他的對手。

安國清是如此級別的高手，周宣知道他們三個人的底細自然也瞞不過安國清的眼睛，不過唯一占優勢的就是，自己的異能他是肯定不知道的。而且，因爲今天從坡心村井水中得到的一丁點微弱的分子，而引發了九龍鼎裏珠子的啓動，讓周宣的異能得到空前的壯大和變異，這也是安國清料想不到的，如果現在安國清再要動手，可不是周宣的對手了。

不過周宣也明白，只有等拿到剩下的八顆九星珠後，才可以催動九龍鼎，而現在，他還得忍一忍。如果強行催動的話，只能催發九龍鼎一小部分的能力，而且還不確定會啓動哪一種能力，也許是回到未來，也許是回到過去，也許是凍結時間，但周宣都不敢肯定。

而最關鍵的就是，周宣沒辦法明確知道，他能回到哪個時間裏。要是因此把他送到了另外一個不可知的時間裏，那他可能就永遠也沒有辦法回來了。

周宣這一晚都是在興奮中度過的。早上起床後，他的精神卻仍然很好，看來新能力是不在冰氣異能之下的。以前使用冰氣連戰通宵，第二天依然是神采奕奕的，這新能力顯然還有冰氣異能的特性。

周宣也沒有去叫傅盈和魏曉雨，一個人出了酒店。現在傅盈對他沒有任何印象，即使跟他來了鳳山這個地方，對他和傅盈目前的關係也不會有任何幫助，並且魏曉雨還會跟傅盈對著來，只會惹麻煩。

出了酒店，周宣也不知道往哪個方向走，這個城市對他來說是很陌生的，想了想，就隨意順著一個方向走。

不過，只走了幾十步，周宣就忽然感覺到有人在跟著他，瞬即轉頭瞧了瞧，卻見到安國清的那個女秘書安婕跟著他正走過來。

安婕見到周宣忽然間轉頭瞧見了她，忍不住笑嘻嘻地道：

「周先生，你好像後腦長了眼睛，怎麼知道我跟來了呢？」

周宣笑笑道：「我只是無意之間回頭望了一下，沒想到安小姐跟著來了。」

安婕笑了笑，臉上露出了不相信的表情，然後走上前跟周宣並排走在一起，又問道：

「周先生，我可不是要來跟蹤你啊，只是我們安董今天有事不能過來，特地安排我來陪周先生隨便走走玩玩，我剛到酒店門口就見到周先生出來，所以就跟著來了。」

周宣歪頭瞧了瞧安婕，見她臉上精靈古怪的，只怕是安國清派來監視他的吧，也許安國清還是擔心他跑了，他的心思肯定是放在自己的九龍鼎上。

不過，可能是因爲自己已經跟他一起來探險那天窗地下河了，這樣一來，九龍鼎在他身上與在安國清身上其實就沒什麼分別了。在天窗地下暗河裏面，誰也不知道會生還是會死，只有最後還活著的那個人，才是真正能擁有九龍鼎的。

如果周宣沒有跟安國清來鳳山，安國清肯定會對他下手，強搶九龍鼎。現在，他們能相安無事的最大原因，就是那八顆九星珠了。不過，如果最終發現並得到那八顆九星珠後，攤牌的時刻恐怕也就到了，那時大家才會露出最後的面目來。

「安小姐，你們肯定很忙，你還是做自己的事去吧，不用跟我一起，我也就是閒著沒事，到處逛逛。」周宣覺得安婕跟著很不自在，就對安婕下了逐客令。

安婕咬著唇，眨了眨那雙挺漂亮的眼睛，然後才說道：

「安董安排我的任務就是陪周先生，這是我的工作。」

「這樣啊……」周宣摸了摸頭，又看了看四周，苦笑道，「安小姐，我是個隨意的人，要是有人跟著，我會很不自在，再說，像你這麼漂亮的一個女孩子，跟著我就更不自在了。」

「哼……」安婕啐了一口，又哼了一聲，說道：「我才不信呢，知道不知道，我已經對你用了美人計了，可你對我連眼也沒斜一下，誰信你的鬼話啊。」

周宣見安婕說得俏皮，有些訕訕的，不過倒是讓兩個人的關係近了一些，沒有頭兩天那麼生分。

安婕又道：「要說以前吧，我也這樣想，可是前天看到你那兩位女伴後，我的自信心早給打擊沒了，那才叫漂亮吧，有這麼漂亮的兩個女孩子在身邊，自然就對美女無感了。所以啊，我的美人計對周先生來說，是一丁點影響都沒有。」

安婕說了這麼多，卻又奇怪地道：「周先生，我只是弄不懂，你那兩位漂亮的女伴，哪一位才是你真正的女朋友？不會兩位都是吧？」

安婕確實很奇怪，從這兩天的觀察中，周宣跟這兩個絕頂漂亮的女孩子的關係很奇特，魏曉雨很明顯是喜歡著周宣，而周宣似乎只對傅盈有意思，但傅盈卻偏偏對周宣不大理睬，而這兩個女孩子很明顯都是那種極高貴的氣質，想來出身都是名門大家，這個看起來十分普通的周宣，其實卻是很不普通。

安婕越發對周宣感到好奇，搞不清楚這個年紀輕輕的男子究竟是有什麼魅力。而他的老闆顯然很關注這個年輕男子。自己給老闆做了那麼久的助手，還沒見到安國清對什麼人有這麼重視過。

安婕根本不理會周宣的意思，執意要跟著他，說是安國清的規定，如果周宣希望她被炒魷魚的話，就讓她回去，周宣苦笑著默許了。

安婕這才興高采烈地帶著周宣到處閒逛。不過周宣卻是再也沒什麼興致了。安婕蹦蹦跳跳像個小女孩，逛了幾間超市後，她又帶周宣到鳳山很有名的小吃街吃東西。

周宣對安婕的聰明還算滿意，周宣不喜歡大魚大肉的宴席，但對這樣的風味小吃卻很感興趣。

吃過風味小吃，安婕又帶著周宣到冷飲店吃霜淇淋和冷飲。周宣有些無奈，但還是隨她的意思去了，想不到的是，這個女孩子一點也不怕胖，狠吃。

安婕一邊吃著霜淇淋，一邊瞧著周宣說道：

「你的樣子太古怪了，這麼年輕，卻像一個老頭子一樣古板沉穩，女孩子不喜歡的。」

周宣淡淡一笑，也沒回答她的話，他還要什麼女孩子喜歡呢，這一生只要有盈盈就夠了，這一切的努力其實都是爲了盈盈。

這些天，只要一想到以後不能跟盈盈在一起了，那顆心就如同刀絞一般的痛。

「嗯，讓我來猜一猜，」安婕眨了眨眼睛，然後說道，「那個魏小姐吧，是很喜歡你的，但你卻不喜歡她，而你喜歡傅小姐吧，但她又好像不太理你。我弄不明白的是，她既然不喜歡你，卻爲什麼還要跟你在一起？實在是想不明白……」

周宣啞然失笑，說道：「安小姐，你成天就是想這些無聊事？你上班都幹些什麼？」

安婕毫不在意地道：「我上班就是爲老闆工作啊，老闆的事，無論大小巨細，我都要負責，而我們老闆現在最重要的事就是周先生你啊，所以我的工作就是服侍好你！」

她停了停又道：「我是做秘書的，一個秘書最重要的就是眼力，老闆想什麼，要第一時間弄明白，並且替他解決，否則就是不稱職。一直以來，我鍛煉的其實就是揣摸老闆的心思，這時間長了，對其他人的行動思想也是瞧一眼就能懂了。不過，周先生是個我看不懂的人。」

周宣只是嘿嘿笑著，跟這個安婕在一起倒是不顯得悶，只是他不想跟安婕聊得太多，這個女孩實在是太聰明，稍有不慎就被會她瞧出什麼來。

很顯然的，她是被安國清派過來監視他的，當然，監視也許說得有些過分，但主要是防止周宣忽然反悔走掉，二來安婕眼尖心利，說不定時間一長便能瞧出他什麼秘密了。

安婕見周宣很謹慎，倒也不再問那些事，話頭一轉，又說到他跟魏曉雨和傅盈的身上來：

「周先生，嘻嘻，你能告訴我，你喜歡魏小姐和傅盈哪一個？如果是我啊……」

說著，安婕嘆息了一聲，幽幽道：

「如果是我啊，我就明一個，暗一個，這樣的兩個絕世美人兒，哪一個我都捨不得！」

周宣忍俊不禁，這個安婕顯然是故意逗弄他的，笑了笑然後說道：

「事無十全十美，月有陰晴圓缺，這世上的事，又哪裡能如意，想怎麼樣就怎麼樣的？沒聽說過嗎，魚和熊掌，那是不可兼得的。」

「那就是了。」安婕笑吟吟地道：「周先生其實還是想的嘛，只是因為這兩位美女都是高傲到極點的人，自然是容忍不了對方，不過嘛，我卻是有個法子，周先生，你想不想問我這個法子？」

周宣淡淡道：「不想。」

安婕有些詫異，沒想到周宣想也不想就直接拒絕了她，看來自己的想法還是錯了。

「周先生，兩個美人兒你竟然就沒有想都要的意思？那你喜歡哪一個，能告訴我嗎？」安婕很是好奇地問著。

周宣本來是不想多說這些，但安婕說得他心裏有些難受了，想了想，便低沉地回答道：

「你還是別再說這些事了，我倒是可以告訴你，除了傅小姐，我誰都不會去愛的。」

說了這句話，周宣自己也覺得奇怪，怎麼會對安婕說這樣的話來。

安婕怔了怔，還真有些捨不得的樣子，過了一會兒才嘆道：

「那個魏小姐也是個絕頂的美人啊，不論是相貌還是氣質，哪一樣都跟那位傅小姐不相上下，要我選，還真沒得選，還是那句話，哪一個我都捨不得！」

周宣嘆道：「有一句話叫做『情有獨鍾』，這句話最重要的一個字就是『獨』，這個獨就是獨一無二的意思。真心喜歡一個人，是不能一心二用的。情有獨鍾，也是沒有任何道理的，要有經歷的人才能明白。」

安婕呆了呆，隨即一笑道：「你這個話很古板啊，放到現在社會，很多人會覺得過時了，不過我卻是很喜歡……」

說著，安婕在口中低低念了幾聲：「情有獨鍾，情有獨鍾……」

安婕很喜歡周宣的說法，喜歡周宣的這種言論和解釋，難怪周宣會讓人情不自禁有種親近感。

從冷飲店出來，周宣想回去了，當即對安婕說道：「安小姐，我們還是回去吧，還有，安先生今天有什麼安排嗎？」

「沒有，安董讓我來陪你，說是我們要留在這裏，多則一周，少則兩三天，他還有些事要處理。」安婕回答著，然後又搖搖頭道，「回去酒店幹什麼，又悶又沒玩頭，周先生，我帶你去一個地方，保證好過回酒店。」

安婕說完結了賬，然後催著周宣出店，在街上伸手攔了輛計程車，拉著猶豫的周宣上了車。

周宣自然不會在大街上跟安婕拉拉扯扯的，反正也沒別的事，也就不再跟安婕多說，反正是打發時間。

「出來逛逛，你背那麼大個背包幹什麼？不嫌麻煩嗎？」安婕盯著周宣懷中抱著的背包奇道，剛剛她就一直見周宣背在背上，上車後才取下來，放在懷中抱著。

背包裏裝的是那件九龍鼎，這東西可不能弄丟了，要是放在酒店中，是不能保證安全的，不論是安國清或者是另外的人，無論是誰把這鼎偷了，周宣都只能望天長嘆了，能不能回原來的時間，一是靠九龍鼎，二是靠九星珠，缺一不可啊。

「我出來逛一下，如果有什麼想買的就買下來，背個背包好裝東西，我習慣了，走到哪裡都要背個背包。」

周宣隨意解釋了一下，看安婕的表情，顯然不知道安國清的秘密，九龍鼎的事，想必是半點也不知情。

「要去哪裡？」周宣瞧著車窗外的路牌，不知道安婕要帶他到哪裡去。

「跟著我走就是了，反正我不會把你賣了。」安婕咯咯笑著回答著，一邊又對司機說了一句話，不過說的是當地俚語，周宣也不懂是什麼意思。

司機只是點點頭，頭也不回自顧自地開車。

周宣笑了笑說道：「你想賣我啊？呵呵，我長得又不帥，又沒錢，誰要啊，這可不是以前古早的年代了，沒錢的單身男人不值錢。」

安婕頓時忍俊不禁，笑嘻嘻地道：

「我才不信呢，不過我可告訴你……我們這邊的少數民族裏，一些古老的習俗中，在老村子裏還有保留，這兒的女孩子要是喜歡哪個年輕小夥子，就會把他帶回去成親，生米也給煮成熟飯……呵呵……」

周宣見安婕笑吟吟的樣子，就知道她是在說笑的。

第十三章

太陽熱能

現在，他身上的異能卻是多了另一種太陽熱能，
那安國清雖然是個極其可怕的高手，
但周宣如今可是再也不用擔心了，
異能恢復了轉化吞噬的能力，能讓他輕鬆解決掉安國清了。

半小時後，計程車出了城，一條公路像帶子一般在群山中穿梭，眼看得到的前面，開車卻是要花不少時間。雖然看過去是直線，而公路卻是在山間沿著山彎來彎去。

但這個山卻不是三門海那個方向了，三門海是往西，而這裏卻是出城往東。

周宣還真搞不明白，這個安婕要把他帶到哪裡去呢，這邊這麼偏僻，難不成還真想把他賣到哪家去當女婿？

安婕瞧周宣一副狐疑的表情，當即把頭湊近到周宣的耳邊，低聲說道：

「那一家有三個女兒，等會兒你有挑選哪一個的自主權，等我收到了錢，你就正式成了那家的上門女婿了。」

周宣自然不信她的話，淡淡一笑，也不理會。

見周宣不理會，安婕就自覺沒趣了，咕噥道：「不懂風情。」

不過，這邊雖然是山路，但公路還是建得不錯，一色的柏油路，十二米寬，在山路上有這個水準，算是很不錯的，而且保養得很好，山路雖然多彎，但路面很好，坐在普通的計程車上面，也感覺不到多少震動。過往的車雖然不是很多，但也不少。

在山間的公路上又開了一個多小時，竟然還沒到目的地，周宣又瞧了瞧安婕，見安婕臉上笑吟吟的，似乎還在想著剛才和周宣開的玩笑，周宣也就不好意思再問她，繼續看著吧。

不過，再開了十來分鐘後，周宣忽然感覺到身體裏的異能動了一下，頓時覺得有些奇怪。

一般來說，異能會像這樣自己啓動，幾乎都是因爲遇到了危險。冰氣異能似乎有一種能預先察覺到危險的能力，冰氣自動啓動，往往就預示著危險就要到來了。

不過，現在的周宣卻完全沒有危險的感覺，但異能卻又忽然動了一下，是什麼意思呢？

這時候，山路出現了岔路，計程車司機也沒問安婕，就直接往左面的方向開進去，左邊似乎是一片礦山煤窯之類的地方。

車往前面開得越近，周宣左手腕裏的丹丸氣息也動得愈來愈厲害起來。

周宣從來沒有過這樣的經歷，以前有危險出現之前，冰氣異能總是突發性地跳動警示一下，卻不會像現在這樣動個不停。周宣不明白到底是怎麼回事，心裏驚疑不定，不過臉上卻是不動聲色，悄悄注意了一下安婕，安婕卻像沒事人一樣，仍舊微笑著瞧著前面。

周宣瞇了瞇眼，這個安婕，要麼是純真如少女，要麼就是城府深得跟個老狐狸一樣，要是前面是什麼陷阱的話，那她的演技可就真夠高明了。

司機這時候把車速慢了下來，似乎是目的地快到了，而周宣卻在這個時候陡然覺得前面有一股鋪天蓋地的烈焰朝他直逼過來。周宣頓時吃了一驚，幾乎忍不住想把安婕抓到手裏做人質。

不過，安婕對她似乎是沒有半點防備，仍然笑吟吟地瞧著前面。

司機把車停了下來。周宣心裏驚疑不定，那股無形的狂熱烈焰似乎是從四面八方圍逼過來，他能清楚感覺到，熱焰正從自己的表面皮膚上逼進身體裏面去。

安婕正在給司機付錢，然後打開車門下車，周宣咬著牙跟著下了車，運起異能來，抵抗著這股烈焰。

周宣心中奇怪，安婕在他的異能探測下，明白安婕不是個練武之人，只是個尋常的普通人，但她怎麼不會被這股烈焰侵襲到？

還有那個司機，肯定也只是個普通人，現在下車到旁邊的水槽中，用瓢裝了水往車子中的水箱中加水，爲什麼他也沒被這烈焰侵襲到？

這個情況只有兩種可能，一是安婕跟司機兩個人，都是比他更厲害的高人，所以這股烈焰對他們兩個沒有危害；第二種可能就是，這烈焰是有人暗中在向他出手，只針對他，所以安婕和司機也就沒有感覺到。

不過，周宣卻很奇怪，這裏附近十幾米以外只是一處窯爐，旁邊有幾棟很簡易的工棚，有兩三個工人在幹活，除了這幾個人，就沒有別的人了，而且周宣還用異能探測到，以他爲中心的五十米範圍內都再沒有別的人了，是誰在襲擊他呢。

司機加滿了水，開車離開了。而安婕到窯爐前，跟那幾個工人說了幾句話，又給了點錢，其中的一個工人就到工棚裏提了個籃子過來給她。

安婕提了籃子回到周宣身邊，拉著他往一大堆石頭邊走去。

周宣看到安婕提的籃子裏全是生雞蛋，詫道：

「安小姐，你買這麼多雞蛋幹什麼？」

安婕微笑道：「你別問，只管看，我給你烤雞蛋吃。」

說著，走到那一大堆石頭邊上，放了幾個雞蛋到那石頭上，又在旁邊的水槽中舀了一瓢水，往放雞蛋的石頭上一倒。原本毫不出奇的石頭被水一潑，竟然開始冒煙發燙了。安婕再多放了幾瓢水，那石頭上冒出的熱氣就更猛了，隱隱有些逼得臉生疼的氣勢。

一察覺到這石頭上的熱浪，周宣恍然大悟，原來剛剛侵襲他的熱浪烈焰並不是有什麼人在暗算他，而是這些石頭經過高溫爐窯燒，出爐後被水一冷卻，那高溫水霧就會被激發出來。

大堆石灰石激發出來的熱量會高達上千度，這可是一個令人恐怖的溫度。

而周宣剛剛感覺到的熱浪烈焰，就跟這種石灰石是一模一樣的，這才明白到，那些烈焰只是石灰石的熱量，而那些熱量來自左前方三十米外的爐窯中。

周宣在運起異能抵抗熱能烈焰的時候，那些烈焰反而卻像遊子回了家鄉一樣，歡天喜地撲進了他的身體中，與異能結合在一起，更加壯大了身體中的能量，只是皮膚似乎被這熱浪烈焰燒得寸寸欲裂，轉化彙集異能的過程十分難受。

周宣停下步子，趕緊運起異能，拼命消化吞噬掉狂撲進身體中的烈焰能量。安婕在燒烤著那些雞蛋，並沒有注意到周宣異樣的表情。

好在，在短短的十幾秒後，那股狂襲而來的烈焰能量就被他吞噬乾淨了，接著，異能在身體中流轉自由，全身舒泰之極。

而安婕卻是咦了一聲，詫道：

「這石灰石怎麼不發熱了？難道是出窯石在外面放了太久？」

這些石頭原來是燒煉的石灰，石灰在窯中高溫燒煉一段時間後，出窯時還保持著跟原來的樣子差不多，只不過顏色略爲暗紅一些。這時候的石灰石，只要用水澆在上面，就會讓石頭把熱量蒸發出來，等到石頭裏的熱量完全消失後，石頭就會散成粉，就是石灰了。

把雞蛋或者是地瓜之類的東西放到石灰石上面，澆水後，熱能會把這些東西均勻烤熟，花費的時間還很短。而且，石灰石燒烤的東西比用鍋子煮的更好吃，因爲石灰的熱量很高，遠比鍋裏煮的溫度要高得多，再者，石灰裏又包含了一些礦物質，雞蛋和農作物吸收了一部分的礦物質，對人身體有益。

安婕來過這兒好幾次，覺得燒烤雞蛋很好吃，所以才把周宣也帶過來，二來，這邊有安國清投資的金礦區。

鳳山有八大金礦產區，其中安國清投資的就占了四個，當然，這些也都是與當地政府共同投資的。安國清出錢出物，當地政府出人出資源，安國清占的股份數量只有一半，經營權歸國家，他只能收取一部分的利潤。

安婕沒事帶著周宣閒逛，安國清交代了，一定要緊緊跟著周宣，寸步不能離，在他準備好之前，安婕一定要待在周宣身邊，所以安婕乾脆把周宣帶到這深山的礦區來，這邊可不比城市裏面，沒有車，周宣哪裡也去不了。

不過，在燒烤雞蛋時，安婕忽然發現石頭上的熱氣沒有了，詫異之下又澆了幾下水，但面前的石灰石依然沒有半分熱量發出來。

安婕當即對窯邊忙碌的工人叫道：

「大叔，你們這石灰石出窯多久了？怎麼澆水不熱了？」

那工人也詫道：「不可能吧？才剛出窯半天啊，起碼要一個星期以後才會沒有熱量自動粉化的。」說著走了過來，自己舀了瓢水從石頭上澆下，但確實如安婕所說，那些石灰石確實沒有半分熱量散發出來。

這可是一整窯石灰石，如果要完全散發掉熱量，起碼要十天過後。

那工人詫異之極，用手試了試，不燙；再捧起石頭的時候，那石頭一下子就碎掉了，散發成雪白的粉灰。

這些石頭明明是剛出窯的，沒灑過一丁點水，怎麼會這樣？那工人一陣發怔，隨即又把另外兩個工人叫過來，三個人都在石堆前撥弄試看，卻是都目瞪口呆。

這種情況他們可從來沒遇到過，不知道是怎麼回事，三個人都是幾十年的老經驗，卻都不明白。

那幾個雞蛋顯然並沒有烤熟，因爲溫度不夠。安婕拿起一個雞蛋，在地下的石頭上輕輕一碰，蛋殼碎了，裏面的蛋清只有一點熟，還是液體狀，而蛋黃全是稀的，全部流到了地上。

安婕也就沒有再敲破其他的雞蛋，瞧著周宣攤了攤手，苦笑了笑，說道：

「不知道是怎麼回事，以前沒見過這樣的事，看來你吃不成石灰烤的雞蛋了。」

周宣搖搖頭，微微笑道：「無所謂，不吃就不吃吧。」說著，也伸手拿起了一個雞蛋，異能將雞蛋裏面的情形察看得清清楚楚，跟剛剛安婕敲碎的那個一樣，九分生一分熟。

有雞蛋在手，周宣很自然地生出了一分熱能，如石灰石裏的高溫，只一瞬間，那雞蛋就被高溫燒得熟透了。

周宣一怔，當即伸手把那顆雞蛋敲碎，裏面再沒有蛋清蛋黃流出來，反而散發出一種極濃的清香味。

周宣對這種香味有一絲的熟悉。小時候在家裏，老媽煮的雞蛋剝掉殼後，就會有這種香味，只是遠沒有剛剛從這雞蛋裏透出來的那麼香。

周宣能聞到，安婕和另外那三名工人當然也能聞到，安婕訝然一聲，伸手從他手裏把雞蛋搶了過去，剝掉蛋殼後，這枚雞蛋就完整露了出來。

晶瑩白皙的蛋清表皮，有如白玉一般晶瑩剔透，很是可愛。安婕輕輕咬了一口，入口即化，石灰石高溫下，雞蛋的味道便如久煮熟透的茶葉蛋，但比茶葉蛋更軟更好吃。

安婕吃完雞蛋，奇怪地說道：

「真是怪了，幾個雞蛋放在一起，怎麼就這顆熟了，那顆還是生的？……再看看其他的。」

周宣當然知道其他的雞蛋也是生的，當即又拿出一顆來。安婕也拿了一顆，敲碎後卻依然是清黃一起流了出來。

周宣明白到，原來是他的新異能烤熟了雞蛋。

於是，周宣又試著把異能運起，那異能立時幻化出無形的烈焰，雞蛋又在一刹那間便熟透了。若不是周宣將異能收回得極快，這枚雞蛋只怕當場就灰飛煙滅了。

周宣呆了呆，把雞蛋敲碎，把蛋殼剝掉，然後吃了，果然如散發的香味那般，真是好吃極了。

安婕又詫道：「你那個又是熟的？真是奇怪了，這幾個雞蛋，一半熟一半生的，今天怎麼就怪怪的呢？」

那三名工人也到石灰堆邊又敲又摸地試探著石灰，只是弄不清楚是怎麼回事。

燒烤的四隻雞蛋，周宣跟安婕一人吃了一個，安婕又敲爛兩個，剩下的就是那一籃子生雞蛋了。

周宣又拿了一顆生雞蛋到手，漫不經心地玩著，安婕也不以爲意，以爲周宣只不過是拿個雞蛋玩耍。其實周宣是想再拿一個雞蛋測試。

周宣把異能運起到雞蛋裏面，這次他運用的不是太陽熱焰火，而是冰氣異能，那異能就在他的念頭中，一下子轉變成萬年寒冰，那雞蛋剎那間就變成了一顆冰塊雞蛋。不過，從外表上瞧不出有任何不一樣。

安婕在前面領路，一邊走一邊對周宣說道：

「周先生，到那邊吧，那邊有我們公司的金礦臨檢站。我們過去開輛車，到裏面參觀參觀。」

安婕說的參觀，當然是指周宣，她已經不知道來了有多少次了。

周宣在她後邊走著，趁安婕不注意的時候，把手中的冰雞蛋在路邊的大樹身上猛敲，但無論如何，這枚雞蛋都是堅如磐石，敲不爛打不碎。

這麼一測試，周宣便明白了，自己這異能陰陽交融，已經變成了一種全新的新異能，以前的冰氣異能是不能將物體化成堅冰的，而現在，他居然能將物體的溫度降到零下數百度的低溫，同時也能放射出超過上千度的熱焰高溫。

果然是新的能力出現了！

以前，周宣最弱的一項是武術技能，遇到會武術的高手，他是沒辦法對付的，後來冰氣異能增強了後，雖然能轉化吞噬，但也只能偷偷對付敵人，再怎麼樣也不能隨便將人轉化吞噬弄死弄殘。現在可好了，自己身體中的新異能，冷熱可以互換，溫度可以隨心所欲地調節。如果要對付對手，只是防身而不想傷人的話，現在可說是完全沒問題了。

到前邊路口的檢查站，周宣把雞蛋捏在手中，暗中轉化成黃金吞噬掉，那雞蛋便在他手中無影無蹤消失掉了，再也找不到一絲半點的雞蛋殘留物。

這吞噬轉化的能量，與之前周宣最鼎盛的時候也差不多，但現在，他身上的異能卻是多了另一種太陽熱能，讓他在武術高手面前也不再擔心害怕了。

那安國清雖然是個極其可怕的高手，但周宣如今可是再也不用擔心了，異能恢復了轉化吞噬的能力，能讓他輕鬆解決掉安國清了。

在檢查站口，安婕與那些工作人員顯然是認識的，有說有笑的，而那些工作人員對她也明顯很敬畏。安婕要車，當即就有人從檢查站口邊的停車處裏開出一輛奧迪A4來。

周宣在路邊瞧著，見到安婕把車開出來，便問道：「這樣合適嗎？」

「有什麼不合適的？」安婕隨口說道，又向周宣招了招手，說道，「上車吧，別想這想那的，這車是我們公司的，這些人也是我們公司的人，也算是我的下屬。」

周宣不再多說，探身鑽進車裏。安婕開車的姿勢很優雅，顯然是個熟手。

周宣看到安婕開車的姿勢，心裏一痛，又想到了傅盈。傅盈教他開車時的情景又浮現在腦海中，傅盈的柔情又衝擊著思念，他一時不禁癡了。

安婕一邊開車，一邊瞧了瞧周宣，隨口問道：

「周先生，你在想什麼？想女朋友了？是在想那位傅小姐了吧？」

周宣呆了呆，隨即想到，要不是他用異能探測過了安婕，知道她沒有任何特殊能力以及武術底子，他還真是懷疑這個女孩子。這個安婕實在是太聰明了，眼尖得很，她沒有馬樹那樣的讀心術，卻是察言觀色的高手，非常明白他想的是什麼。

好在馬樹終於被他用九龍鼎的力量弄死了，以前他太輕敵了，以爲他就只是會讀心術，卻沒想到，馬樹竟然偷到了他腦子中最深的記憶。

馬樹從那隻海龜身中得到了微弱的冰氣異能後，再到周宣家中偷了晶體，結果就產生了跟周宣一樣的能力，這一度也讓周宣陷入極危險的境地中。

好在，他最終還是將這個心頭大患整死了，而自己也學乖了一些。在海底再次得到黃金石後，周宣甚至把海龜也給殺掉了，以杜絕再次出現馬樹那樣的事情。

安婕開著車，周宣正要問她還要到哪裡去時，安婕的手機忽然響了，她拿起來看了看，接通了電話，「嗯嗯」應了聲，也沒說別的，掛掉後，扭頭瞧了瞧周宣，「撲哧」一聲笑了笑，說道：

「周先生，你呀……」

說著，安婕把車停了下來，然後調了頭往回走，「本來想帶你去逛逛鳳山的金礦的，但你那兩個漂亮的女朋友不知道你去了哪裡，正逼著我們的人讓老闆出面把你找出來，以為我們把你關在哪裡了，還是把你送回酒店吧。」

安婕把車調回頭開起來後，又嘀咕著：「只怕她們還真以爲我們把你弄到哪兒賣了呢。」

周宣聽安婕說起原因，也想起是該回去了，本來是想出來閒逛，透透氣後再回酒店，卻沒想到安婕帶著他跑了這麼遠，又沒有手機，魏曉雨和傅盈找不到他，當然會懷疑安國清是不是對他動手腳了。

尤其是魏曉雨，對周宣的安危更加關心。

一回到酒店，周宣便急急地進酒店，坐電梯上樓。

安婕一邊停車一邊嘀咕：

「男人啊，還是過不了女人這一關，尤其是兩個漂亮得要命的女人，英雄難過美人關嘛。呸呸呸，這傢伙又是什麼英雄了？」

周宣敲了敲傅盈的房間門，然後推門進去，卻見魏曉雨也在她房間中。

傅盈見到周宣出現後，明顯鬆了一口氣，但忍著沒說話，只有魏曉雨卻是驚喜地迎了過來，摟著周宣的手臂就不願鬆手了，說道：

「你……去哪兒了？我就覺得那個安國清沒安好心，把你弄不見了，人家著急得很呀。」

周宣點點頭回答道：「我沒事，只是覺得悶，所以到街上走走，沒想到又碰到了安國清的秘書安婕，她帶著我到處走了走。」

傅盈漠不關心的樣子著實讓周宣心痛，但魏曉雨卻是有些不痛快。周宣不叫她們出去，卻單獨跟這個安婕一起出去逛街，心裏自然有些醋意。當然，她明白，周宣與安婕之間倒是不會發生些什麼，只是忌妒周宣居然會跟她一起逛街，羨慕安婕有這樣的機會。

不過周宣一回來，魏曉雨和傅盈都鬆了一口氣，她們兩個都很清楚來這兒的原因，這安國清多半沒安什麼好心，所以不得不多防備一些。

傅盈雖然對周宣沒有什麼特別的感覺，但總是不希望看到他被安國清害到。她的目的，一半是爲了尋找真正的潛水高手，另一半卻是莫明其妙地爲周宣擔著心，在之前，聽周宣述說了和她的銘心刻骨的愛情，雖然不相信，但卻有些感動。

周宣回來後，魏曉雨自然就沒有再在傅盈房間中待下去的必要了，不過看著周宣的表情，他顯然是不想走，好像是在等她走後，要跟傅盈單獨說話。

魏曉雨頓時一陣氣苦，如果是以前，她自然是沒有什麼話好說，但現在，應該是她跟周宣的關係更親近一些吧，跟他有關係的傅盈，應該是另一個時間裏的人，眼前這個傅盈跟他半點關係也沒有，難道這時周宣不應該對她更好點嗎？

想想也覺得可憐，自己陪著他在莫蔭山洞裏歷經生死過了一個星期，然後又冒死用九龍鼎躲避掉馬樹的追殺，千辛萬苦才算跟周宣在一起了，但周宣卻仍然只是惦記著傅盈，這讓她心裏如何受得了？

魏曉雨咬著唇，眼圈兒又紅了，哼了哼，站起身走出傅盈的房間去，出門後又是猛一聲門響。

傅盈淡淡道：「她吃醋了，你還是趕緊哄哄她吧，我可不想讓她誤會。」

周宣嘆了口氣，不知道說什麼好，忽然又想到，自己的異能不是恢復了麼？傅盈不是最不相信的就是他的異能嗎？之前他也只是在她面前展示了冰氣異能最初級的探測術而已，而現在，他轉化吞噬黃金的能力又回來了，何不跟傅盈顯示一下，讓她驚喜一下呢？

第十四章

萬事俱備

周宣不知道安國清要把他們帶到哪裡去，
難道是要到天窗暗河中探險尋找那九星珠了？
安國清說已經萬事俱備，就表示有可能是要到天窗暗河中去了，
不過說實話，周宣覺得好像並沒有準備好一樣。

周宣想了想，瞧了瞧傅盈，傅盈正端了一隻玻璃杯喝著水，於是便指著她手中的杯子說道：「盈盈，我之前不是跟你說了嗎，我異能最大的能力是轉化黃金並且吞噬掉，現在我的能力已經恢復到原來的樣子了，就拿你的玻璃杯試驗給你看吧。」

傅盈怔了怔，把握著玻璃杯的手伸開了些，問道：「玻璃杯在我手上，你要怎麼試給我看？」

周宣微笑道：「你拿著就好，放心，沒有一點危險。」

傅盈不知道周宣會怎麼做，但聽到他說要拿自己手中握著的玻璃杯做實驗，也就更注意了些，這時加倍把注意力盯著手中的杯子。

就在這一瞬間，傅盈忽然覺得手中的玻璃杯子一沉，重量增加了許多，趕緊定睛一瞧，卻見手中的玻璃杯忽然變得金光燦燦的，不論是顏色還是重量，都跟黃金一樣。

傅盈還真是驚呆了，周宣之前表演冰氣探測能力時，就讓她覺得太不可思議，但現在卻更不可思議的事發生了。

傅盈手中緊握著杯子，十分肯定她絕對沒有鬆開手，但玻璃杯子怎麼會變成了黃金杯子了呢？

手上的重量就是最明顯的變化，傅盈感覺得到，這個杯子至少有一斤多重。緊接著，杯子上，她的手指沒有捂住的地方，忽然穿了好幾個洞，每個洞都跟手指洞差不多大，就跟用手指在上面插出來的洞沒區別。

傅盈這時驚訝得張圓了嘴，而杯子穿了洞後，裏面的水頓時流了出來，眼看著水從洞孔中流出來，不過，才剛剛流出一些，連水柱也變成了黃金，四五個洞孔就變成了彎曲的黃金柱連接在杯子上。

當整杯水全部變成黃金後，傅盈趕緊用另一隻手扶捧著，仔細地瞧著手裏這個變化後的杯子。

剛剛自己倒了大半杯子的水，現在是連杯帶水都變成了黃金，杯子上一共有五個小指般粗細的洞，水漏出來的時候變成了黃金，也就跟杯子合在了一起，變成了一個整體，扳都扳不動了。

傅盈無比驚訝地觀看著時，周宣沉沉地問道：「盈盈，你相信我說的話嗎？」

說著，手指微微一擺，傅盈手上的杯子霎時消失得無影無蹤，手中空蕩蕩的，一無所有，那數斤重的黃金杯連同金鉤子都不見了，竟憑空消失掉了。

傅盈慢慢回過神來，雖然驚訝，但周宣剛剛表演的卻絕不是魔術，而是真實的情景，她絕對懂得，天底下的魔術，再厲害也沒有任何人能達到這個地步。

通常那些看起來無法解釋的魔術，一般來說，魔術師都是經過道具或者助手，如果像剛才的事，也許通過助手的合作也能以障眼法玩出來，但前提得是傅盈跟魔術師是一夥的，是魔術師的幫手，否則不可能辦得到。所以，傅盈現在除了驚訝，沒有別的解釋。

好一陣子，周宣才又長嘆了一口氣，悠然低聲問道：

「盈盈，在美國那天坑洞底，我們能逃出怪獸盤踞的地下陰河洞，全都是靠了這個能力，出去的時候，我一個人落在最後，追過來的怪獸都被我用這個能力轉化吞噬了，因此，那些怪獸都死掉沉下水底，我們才能逃出來。」

傅盈好半晌才回過神來，瞧周宣那無盡的思念和悲傷的眼神，顫著聲音道：

「你說的都是……都是真的……？」

周宣望著傅盈，沒有回答傅盈的話，只是靜靜地瞧著她。傅盈整個身子都顫抖了起來，所有的一切，難道都真如這個周宣所說？

此時，傅盈的腦子裏簡直混亂到了極點，又覺得這簡直就是一件不可能的事，但儘管再不可思議，它卻的確是發生了。

瞧著傅盈的發癡，周宣嘆了口氣，回身靜靜離開，出了房間門，把門輕輕拉上了。

傅盈的性格周宣明白得很，儘管他再怎麼用事實來說明，但沒有經歷過的事情，傅盈是絕不相信的。

也就是說，在目前，周宣雖然用異能解釋了，傅盈可以相信周宣沒撒謊，但她卻不會因此就跟周宣在一起，這是肯定的。

而周宣所做的一切努力，都只不過是要傅盈相信真有這樣的事，而不是在騙她，這就夠了。感情的事，是需要時間來培養的，沒有一起共患難，又怎麼會有銘心刻骨和永生不離不棄的深情呢？

周宣走後，傅盈呆呆想著剛才發生的事，又瞧著空空的手，確信自己不是在做夢，只是到現在她卻依然不能相信，世界上會真有這樣不可思議的事？周宣真是一個會特異功能的人？周宣真是從二〇一一年穿越到現在的人？

一切都顯得太不可思議，太不能令人相信了。

不過同時，傅盈心裏也很掙扎，她確實對周宣起了一種難以說得清的念頭，只是，這一縷念頭絕不是愛戀，而是周宣說的事情已很難從她腦子中抹掉了，而現在，她幾乎有了一種肯定的想法，那就是，一定要陪著周宣到天窗洞裏探險。

周宣回到房間後，關了門，一遍又一遍練著異能。他現在要學會控制轉變，這種異能在平時是能調和在一起的，但如果要其單獨的冷熱能力，只要大腦中有命令傳出，這異能立即就能按照指令做出行動。

按照之前的經驗，每一次有新能力發生時，他都會加強練習異能的控制能力，這樣以後使用的時候才會更純熟，也更不容易露出破綻來。

接下來的兩天，安婕依然到酒店裏來陪著周宣，當然，周宣爲了不讓傅盈和魏曉雨兩個人誤會，索性四人一起到城裏的名勝小吃遊逛，不過跑得不很遠，不像前一次跟安婕跑到金礦山去。

而這兩天的練習中時，周宣又更奇怪地感覺到，太陽光照射到身上時，皮膚似乎在緩緩吸取太陽光的能量，並且能將太陽光的熱能轉化成異能，就跟時時刻刻在練功一樣。只是吸收的速度還很弱。

不過，有了這個發現，周宣卻是極爲高興，因爲有了這個能力，周宣就不怕再次被九龍鼎吸走自己的異能了。無論異能如何損耗和被吸得多麼嚴重，他之後都可以用這種方法來得到補充，也就是說，有了吸收太陽能的能力，周宣永遠都不用擔心異能消失了。

九龍鼎裏面的那顆珠子也就是這樣的運作原理。

當然，這個方法卻沒辦法傳授給別人，普通人根本就不可能與珠子裏面的能量結合，即使像安國清有那麼深厚氣場的人，也沒有辦法與九龍鼎裏珠子中的能量相結合，而安國清沒有異能，所以更沒辦法清楚摸透九星珠的運作原理和方式。

周宣現在的身體，似乎就是將珠子的運作方式搬到他身體中一樣。珠子在吸收太陽光的時候，周宣可以感覺得到，那是一種很瘋狂地吸取，而自己的身體，卻只能微弱地吸取。不過周宣相信，只要練習時間夠多的話，這個速度肯定是緩緩增加的。

周宣甚至在猜測，在得到了九星珠的運作方式之後，他以後會不會也能像九龍鼎一樣自己控制時間？而不再需要九龍鼎了？

這個想法太瘋狂了。當然，這絲念頭也只是在周宣腦子裏一閃而過，並未放在心上，這樣的想法估計不大可能實現得了，就算再懂珠子的運作方法，但也不一定能全部轉嫁到自己的異能當中吧。

九龍鼎顯然是極其高明的外星文明的產物，而他自己只是利用了冰氣異能，將與從九星珠得到的太陽能相結合，而得到了新的異能。但畢竟人體只是人體，雖然人體也是這個宇宙中最奇妙的物質之一，但周宣也不可能把身體變成九龍鼎一樣的東西。

又過了四天，安婕再次過來的時候，卻是興沖沖地對周宣說道：

「周先生，安董今天吩咐了，讓我來接你們過去，說是萬事俱備了。」

跟著安婕過來的還有兩個男子，都是來接周宣他們三個人的，三個人，兩輛車。奇怪的是，魏曉雨跟周宣上了一輛車，而傅盈卻也跟著上了同一輛車，兩個人一左一右把周宣圍在了中間。

本來安婕想跟周宣坐一輛車的，看來只能坐另外一輛了。

周宣並不知道傅盈是什麼念頭，但顯然不是喜歡上他了，傅盈的眼神就能說明一切。現在，她對周宣還並沒有愛意，只是可能相信了周宣所說的那些故事。但要她這樣就愛上周宣，並如同周宣所說的那樣，跟他一起生活，那根本是不可能的。

這中間只有魏曉雨不知道是怎麼回事，傅盈一直是對周宣不理不睬的，怎麼現在好像突然換了一個人似的，心裏是又驚又疑。

周宣很無奈，他現在也沒有辦法解決這些事，對傅盈，他是又愛又無奈，對魏曉雨則是不忍心，他現在唯一的念頭就是，以最快的時間努力找到九星珠，回到原來的時間裏，所有的事就自動解決了。

只是他也有些茫然，那九星珠會順利找到嗎？以安國清的人力財力以及他那深不可測的可怕城府，尚窮數十年之力都無法得到那九星珠，他又怎麼會輕易得到？

以前的幾次危險之旅，可都是九死一生，只怕這一次，也不會比那幾次輕鬆。

周宣又想到今天的行程，不知道安國清要把他們帶到哪裡去，難道是要到天窗暗河中探險尋找那九星珠了？

安國清說已經萬事俱備，就表示有可能是要到天窗暗河中去了，不過說實話，周宣還是覺得有些突然，好像並沒有準備好一樣。

這些事，無論是事前準備，還是要防備安國清的事，周宣都沒有跟魏曉雨和傅盈囑咐和交代過，就算是商量一下，也好過現在什麼都沒有說。

安國清派來的司機把車開出了鳳山市區，去的方向卻不是坡心河，而是安婕前一次帶他去的那個金礦區的方向。

在郊區的路上，周宣確認了方向，心裏就有些糊塗了，安國清是什麼意思？難道不是去天窗探險？

周宣心裏猜疑不定，忽然又想到，安國清城府太深，而他又沒有馬樹那種讀心能力，看不到安國清心裏究竟在想什麼，搞不好以前安國清就是在說謊，並沒有說出九星珠暗藏的真正地點，這個是很有可能的。

既然是這樣，周宣還是把心放下來，要是問開車的司機，他肯定是什麼都不會說的，也可能根本什麼都不知道。這個時候，他也不方便囑咐魏曉雨和傅盈，要說這些話，必須得在單獨的時候才行。

當車經過前一次石灰窯的時候，那司機一點也沒有停車的意思，而另一輛車也沒有減速，看來安婕沒有讓司機停車。不過在過了金礦區的檢查站口後，司機把車卻開進了另一條岔口路，而不是上次安婕帶周宣去的金礦區。

周宣很沉著沒說話，魏曉雨反有些沉不住氣了，瞧著車窗外越來越險的山路，問著前邊開車的司機：「司機大哥，我們要去哪兒？不是要去三門海嗎？」

那司機倒是很恭敬地回答道：「不是，安董只是吩咐我把周先生和兩位小姐送到黑龍潭跟他會合，到底要做什麼或者是要到哪裡去，我也不清楚。」

「黑龍潭？」

這個名字顯然很陌生，魏曉雨，周宣，傅盈三個人都沒半點印象，不知道黑龍潭又是什麼地方。但這個司機不像在說謊，再問他，他也回答不出來什麼了。

車終於開到沒有路的盡頭了。

在一處河沿邊上，停著兩輛小巴士，周宣這輛車的司機把車停下來，然後說道：

「安董他們早到了。」

傅盈和魏曉雨各自打開車門下車，周宣下車後，四下瞧了瞧這個地方。

左右兩邊都是延綿不絕的山嶺，中間是一條寬二十多米的河，水流還有些湍急，河邊上全是卵石，顯然是長年累月被水沖擊。

周宣隨便撿了兩個鵝卵石到手上，這兩個鵝卵石跟雞蛋差不多大小，摸在手上無比的光滑。

河邊的大鵝卵石幾人都抱不下，小的則比小手指頭還小，魏曉雨和傅盈也撿了幾個鵝卵石拿在手上玩耍，覺得很新鮮。

天氣是六月天，本來是很熱的，車上有空調，但一下車後，就是騰騰的熱浪逼人，不過現在在這河邊，河水裏卻是有一股涼悠悠的冷氣逼來，比空調還強勁，一點也不再覺得熱。

安婕和兩個司機都下了車，安婕走過來對周宣說道：

「周先生，安董他們在前邊的黑龍潭等候，從這裏往前大約還有半里路，不過魏小姐和傅小姐得換一雙鞋才能走這個路。」

周宣瞧了瞧魏曉雨和傅盈兩個人，還真是都穿著一雙高跟鞋，走這個路，只怕是腳都能走斷掉，再瞧瞧安婕，這才發現到，她穿了一身的運動服裝，腳上也是穿的球鞋，很清爽的樣子。

不過，安婕這個時候才要魏曉雨和傅盈換鞋子，這深山老林，到哪裡去買鞋？

安婕笑了笑，把車後面的尾箱蓋打開，取了兩雙新的運動鞋遞給魏曉雨和傅盈，微笑道：「不知道合不合適？」

魏曉雨和傅盈自然不會客氣，這時候要不換球鞋，那是跟自己過不去啊。只是穿上鞋後，居然發現鞋很合腳，心中不免有些奇怪，想必安婕也不認識她們兩個吧，怎麼會知道她們穿多大尺碼的鞋？

周宣卻不覺得奇怪，安婕的聰明他早領教了，確實如她所說，做秘書的，幹的就是這種工作，要是眼光不犀利，那就遲早被炒魷魚。

等魏曉雨和傅盈換好鞋後，安婕和兩名司機在前邊帶路，基本上沒有什麼行李，只有周宣一個人背著背包，其他五個人都是空著手的。

在寒氣逼人的河邊往前走，越走，河水的涼意就越逼人，走到山前再轉了一個彎，抬頭就見到前面一座山頭阻住了去路，

這山的山腰處以下，全是亮晃晃的絕壁，河水在絕壁下，有一個圓形的水潭，離水潭五六十米高的絕壁間，一股瀑布傾瀉而下，沖擊在水潭中，有一片片的水汽升騰。

而那水潭的邊上，遠遠望過去，或坐或站的有十來個人。

這個水潭，應該就是這條河的源頭。前面那些人，看來就是安國清他們了。

看似不遠，走過去卻花了十來分鐘。離水源頭越近，河邊的石頭也就越來越大，有一塊石頭甚至超過了一間房屋的大小，所以讓行走的速度慢了下來。

到了瀑布處，大水潭邊的寒氣更是逼人，瀑布激起的水霧沾到眾人的皮膚上，就像霜打了一般，感覺到明顯的冷氣。

水潭邊很寬闊，安國清等十四個人和周宣這邊剛到的六個人，一共是二十個人，站在這兒居然就像幾隻螞蟻一般，渺小得很。

在遠處，周宣看著這個瀑布水潭，覺得不是很大，不過是兩三百個平方大小而已，走近

了才發現遠不止於此，絕不會低於兩千個平方，比他目測的大了十倍之多。

安國清笑呵呵地對周宣說道：

「周先生，不好意思，也沒跟你說清楚，這幾天我沒來陪你，就是因為在準備這些東西。」說著，指了指地下的一大堆物品。

周宣一瞧，見都是潛水用品，潛水衣跟在美國時傅盈家買的那些差不多，而別的用品還更高級，看來安國清著實下了血本。

安國清領著周宣幾個人上前觀看他買回來的這些設備，除了密封的套裝潛水服、氧氣瓶、潛水燈、潛水壓力表等等，還有一些周宣沒見過的東西。

安國清笑著介紹道：

「小周，這些設備可不是普通的設備，是進口的高科技新產品，這種款式的氧氣瓶，能支持一個人在水下呼吸到六個小時，而這潛水服能讓體質較強的潛水者潛到一百二十米左右。這些潛水頭套中包含了通訊器，可以在水下兩百米的阻礙物中通話，如果沒有阻礙物，通訊的距離可以達到兩千米以上，比陸上的對講設備更強勁。」

周宣也看得清楚，這些設備確實不是普通人能買得到的，潛水鏡中還包含有紅外線黑暗透視功能，還有超長時間超大蓄電功能的水下潛水燈，這些燈在電源充夠後，能夠不間歇使用二十個小時，假如潛水燈電能耗盡後，紅外夜視鏡還能使用。

不過，這些設備雖然都很高檔，卻不能當作水下武器來使用，哪怕是能代替匕首的都沒有。

周宣在美國和洛陽那兩次的經歷中，體驗過了地底生物的可怕，還好他有冰氣異能護身，要不是如此，就算他帶了武器，那也一樣是個死，那些東西可不是一般武器能夠對付的。

難道安國清就沒想到水底下會有什麼可怕的東西麼？

周宣見安國清並沒有多大的擔心表情，當即又運起異能探測了一下，安國清和其他人身上還真是都沒有武器。

不過周宣在異能探測時，卻發現了兩個熟人。

這兩個熟人居然是沃夫和丹尼爾兄弟。

在美國之行中，這兩個人被傅盈的表哥請去潛水，怎麼現在被安國清請來了？不知道這與以後的歷史有沒有關聯？如果沃夫和丹尼爾兄弟在這次潛水中死掉了，那以後的那次美國之行就會改變了，他還能與傅盈走上相識相愛的路嗎？

周宣有些迷茫了。

第十五章

黑龍潭

除了周宣幾個人外，其他的人，
個個都露出跟安婕一樣的害怕表情。
這個深潭，就像一個黑暗中隱藏的魔鬼一樣，
張大了嘴正等著他們送進嘴裏呢。
黑龍潭黑龍潭，裏面會不會真有一條黑龍？

安國清一行十四人，有八個是手下，負責扛背包物品的，另外五個都是請來的潛水高手，除了沃夫兄弟外，其他三個男子都是東方人，周宣一個都不認識。

「小周，這幾位我給你介紹一下，都是我請來的絕頂的潛水高手，長江邊上長大的龍正江與龍果叔侄倆，張鴨哥，以及來自德國的沃夫和丹尼爾兄弟。」

安國清向周宣介紹著這五個請來的潛水高手，然後又給那幾個人介紹周宣：

「各位，這位周宣周先生，是我的朋友，這是魏小姐、傅小姐。」

龍正江五十歲的樣子，一臉的滄桑，頭髮白了一半，他侄子龍果卻是氣宇軒昂，二十五六歲，正値血氣方剛，那個張鴨哥三十多歲，卻是個奇人，以放鴨爲生，水性了得，經常赤手入水捕大魚。

安國清介紹周宣這邊三個人時，卻沒有說「潛水高手」的話，只說是他的朋友，顯然沒當周宣是潛水高手，只是合作夥伴而已。

龍正江和張鴨哥斜睨了周宣三人一眼，倒也並不在意，而沃夫和丹尼爾兄弟和龍果三個人卻是對魏曉雨和傅盈大感興趣。

丹尼爾甚至是伸了伸大拇指，用很彆調的中文說道：「太漂亮了。」

龍果很瀟灑地站上前，伸手對魏曉雨和傅盈說道：

「魏小姐，傅小姐，我叫龍果，很高興認識你們。」

不過，魏曉雨和傅盈都沒伸手，魏曉雨甚至都沒理龍果，傅盈只是淡淡回答了一句：「你好。」說完，就瞧著地下堆放著的那些潛水設備，沒有再理龍果。

龍果鬧了個沒趣，也不好意思發作，見魏曉雨一雙眼睛就只注意著周宣，想來是心有所屬了，而傅盈也不冷不熱的，不知什麼情況。

只是這兩個女孩子當真美若天仙一般，沒想到在這兒還能看見這麼漂亮的女孩子。龍果又瞇著眼瞧了瞧周宣，沒看出有什麼特別，長相不如他英俊，氣質似乎也不如他瀟灑，看樣子可能也不如他有錢吧，不知有什麼地方值得這麼漂亮的女子喜歡他呢？

周宣毫不理會龍果對他的忌妒之意，這種沒有任何根底的年輕人，對他構不成威脅，不過是年輕氣盛，不知高低而已。

站在水潭邊很冷，安婕的嘴唇都有些發紫了，這可是六月的天氣，潭水剛從地底中冒出來，估計溫度很低，不會超過兩三度，也許更低。

周宣自然沒有多大感覺，以前的冰氣是寒性，冷意對他來說是同性，對他沒有傷害，而現在的新異能，太陽烈焰能量是強勁的熱能，這冷熱之氣調和之後，身體更感舒適。

現在，極冷或者極熱，對周宣而言，都不再是什麼問題。

周宣運起異能探測了一下這個水潭，異能氣息入水，他卻是怔了一下。他的異能能探測到五六十米，這一探居然測不到底，這個水潭有這麼深？

周宣當即又把異能凝成束，這樣最遠的探測距離能達到兩百米之多，只是把異能凝成束後再探測下去，卻是更吃了一驚。

這個水潭的底有八九十米深，前面大半圈只有三四十米深度，中間是因爲岩壁上的瀑布巨大的衝擊力給沖出來的，而貼著岩壁的那一面，底下卻是探測不到底，那裏的深度是斜斜進山腳根裏的，異能兩百米的探測能力竟是沒有測到潭底，周宣也不知道它究竟有多深了。

難道這裏就是九星珠的藏身之地？

不過周宣馬上又覺得不對，這個地方離坡心村上百公里遠，如果是九星珠藏身的地方，那麼坡心村那口井裏哪來的九星珠能量的分子氣息？

而這個水潭中的水卻沒有九星珠能量分子的存在，這讓周宣覺得很奇怪。瞧瞧安國清，他還正盯著那堆設備欣賞著，這些設備可是花了他極大的心血。

「安先生，這兒就是我們要探九星珠的地方嗎？」周宣忍不住問了一下。

安國清一怔，當即又望著周宣笑道：

「小周，不好意思，我都忘了跟你說，這裏並不是九星珠的存在地，探測九星珠的地方是在坡心河，三門海，我們來這兒，是來測試一下我購買回來的設備，三門海那邊的幾個天窗，我前些年已經請人探測過，最深處一百一十米，前五個天窗都是相通的，三個天窗能乘船到達，第六、第七天窗，人都不能到達，我們要探的就是這兩個地方，因爲是漏斗型的天坑天窗，我們到第六個天窗坑底探測過，那兒的水深超過了一百五十米，因爲超過了能下潛的極限，無法再下潛，而且以儀器掃描探測過，往裏再延伸的距離也遠不止兩百米，所以我們就沒辦法探測了。」

安國清望著周宣，苦笑著又道：

「因爲前幾個天窗我們已經都探測過了，難度不是太大，水深也不夠，如果在那裏測試的話，是測不出我購買回來的設備承受程度的，而這個黑龍潭，呵呵……」

說到這裏，安國清指了指面前這個水潭，說道：

「這個潭，水深不可測，也沒有人下去過，因爲水太冷太寒，沒有人敢去。科考專家也沒來這考查過，因爲沒有必需的科研專案，沒有專家會來探測的。聽本地人說，這個潭裏有一條黑龍，每逢漲大水、下暴雨的時候，就會出來作亂，二十多年前，有一個本地女孩子在這水潭中跳水自殺，村裏人在水潭中打撈了六七天，一無所獲，那個女孩子的屍體竟再沒漂起來過。」

聽安國清這麼說，安婕是最害怕的一個，本來就冷，聽到安國清說得如此可怕，牙齒都打起架來，這個時候，倒是半點也見不到她的精明聰慧來。

周宣這才明白，安國清要他們來這兒的意思是，這個黑龍潭水深合他的意，又因爲是在地表面上，要探測的話，比起地下暗河相對簡單一些，黑暗又深不可測的地下暗河，那是更令人害怕的。

當然，黑龍潭雖然沒有天窗那邊的地下暗河那麼難去，但卻同樣的令人可怕，尤其是在當地人心目中，這個地方就是一個禁地，除了令人害怕，還是令人害怕。

安國清挑選黑龍潭是有這樣考慮的，黑龍潭的深度夠，因爲他要探險的天窗暗河裏面，深度超過了一百五十米，而一般人是到不了那個深度的，水下大氣壓力會把人心臟壓爆掉，而這次他特地購買了減壓的新型潛水服，就是要到超過一百五十米深的水域裏測試一下才行。

這邊又沒有海，要是到深海中，倒是可以很方便很容易地測試到，不過，大海中雖然有遠比黑龍潭要深的地方，但要說令人恐懼，以及探測的難度，那大海裏也沒有地下暗河和像黑龍潭這樣類似的地方。

因爲內陸水河以及地下暗流的地勢局限性，很多潛水設備沒辦法用得到，其實潛水設備最好也最安全的，就是潛水艇，但像內陸水潭和地下暗河，潛水艇是沒法用得上的，而地下暗河中包含了太多的未知凶險，所以要說難度和凶險，這些地方要遠比大海裏更厲害得多。

說實話，除了安國清請來的五個潛水高手和周宣幾個人外，其他的人，包括安國清的手下們，那些五大三粗的男人，個個都露出跟安婕一樣的害怕表情。

這些人，就是找幾十個人拿著砍刀圍著他們，也不會有這樣的表情，但他們卻是對未知的事物有無限的恐懼感，這個黑幽幽的深潭，就像一個黑暗中隱藏的魔鬼一樣，張大了嘴正等著他們送進嘴裏呢。

黑龍潭黑龍潭，名字就叫黑龍，裏面會不會真有一條黑龍？

安國清一揮手，率先穿起潛水服來，帶來的潛水設備一共是十二套，但現在要下水的人卻只有九個人，包括了安國清自己。

周宣沒有看到楊懷遠，猜想他也只是爲安國清工作而已，不會隨他到地下暗河中探險。

魏曉雨和傅盈到一塊五六米高的大石後換潛水服，而周宣和安國清等七個人則當場換潛水服。

這些潛水服的品質跟以前傅盈買回來的那一批是差不多的，如果是有足夠經驗的潛水好手，穿上這種潛水服後，一般不止能達到一百五十米左右的深度，能力強的會更高一些，普通的也能潛上百米。

其實這些人中，除了周宣，其他人如果徒手潛水的話，最多也只能潛到六七十米的深度，有潛水設備的話，能潛到一百二三十米，但如果像在黑龍潭或者地下暗河中，那就要大大降低可能性了，因爲水溫和其他的因素也會造成潛水能力的降低。

如果像黑龍潭這麼低的水溫，普通的潛水服不能防寒，人都快凍僵了，還能潛什麼水？穿上潛水服後，安國清又吩咐手下們好好準備著，得即時通話，隨時準備好，岸上的人和水下的人都保持通訊，如果有什麼意外，也好有救援。

安婕臉色都嚇白了，又冷又怕，顫聲道：

「安董，您……我看您還是別下去了，反正您都花錢請了這麼多人，就不用親自冒這個險了吧？」

安國清笑了笑，沒理會安婕的話，她懂什麼，說實話，花高價請這些人，不過只是助個興。人多力量大這個話不錯，但如果要真說潛水能力，這裏的人，又有哪一個能及得上他自己？

安國清有一個秘密，是這些人都不知道的，當然，他肯定是不會說出來的。

大家都穿上了潛水服，再背上氧氣瓶，還有助推器。助推器在水中可以將潛水者的速度增加到最高一分鐘一百二十米的，而助推器在水底下則是可以救命的，如果潛水者承受不了水底壓力的時候，在水底壓力讓人崩潰之前，助推器可以把人帶出水面。

而這種新型的潛水服可以將體溫保持在二十二度之間，當然，這也得保證外界的高溫不超過六十度，低溫不低於零度，一旦超過這個溫度的上限或者下限，潛水服的功能也會打折扣。

這時候，魏曉雨和傅盈也穿好了潛水服，拿著頭套走了過來，龍果向魏曉雨和傅盈笑了笑，然後對周宣勾了勾手指，做了個炫耀的動作，率先跳進水中。

這個龍果果然水性不錯，入水時，水花只有一丁點，就好像一條魚躍進水中一般。

當看到龍果消失在水面後，安婕嚇得驚叫了一聲，捂住了嘴後退了好幾步。在這個時候，安婕終於沒有了她的精明強幹，剩下的只是一個弱女子的天性。

接下來，龍正江和張鴨哥下了水，緊跟著，沃夫和丹尼爾兄弟也進到水中。安國清對周宣笑了笑，做了個ＯＫ的手勢，然後慢慢踏進水中。

周宣對魏曉雨和傅盈說道：

「我們三個下水後保持聯繫，千萬不要離開太遠，保持在兩米的範圍以內。」

傅盈潛水和游泳能力都不錯，差一點的只有魏曉雨，但魏曉雨身體承受能力卻絕對沒有問題，再說，周宣也會暗中用異能幫助她支撐。冰氣異能能幫助身體增強在水中的承受能力，穿上這種高強度的潛水服，再有周宣異能的幫助，能潛的深度自然是要增加很多。

而周宣自己更是驚人，以前徒手就能潛到兩百米的深度，而且那時他還沒有吸收到大黃金石的能量，能力增強後，他潛水的能力自然增加得更多。

周宣點點頭，對魏曉雨和傅盈示意著，然後踏進水中慢慢潛下，一邊把潛水燈打開。在水中，隱隱看到下面燈光縱橫交錯，顯然前面的人都潛得很深了，大約在三四十米的深度。

周宣再仰頭看著上面，魏曉雨和傅盈也下了水，正潛下來。

這潛水服的品質還真不錯，這水潭的溫度可能只有一兩度，但身體中卻感受不到有變化。

周宣等到傅盈和魏曉雨兩個人都潛到與他平行的位置後才再度下潛，幾個人都避開了瀑布急流下沖的位置。燈光照射下，憑肉眼就能看得見，巨大的水流沖擊在水潭中，白色的水花水泡瀰漫，直擊入水深處。

周宣這時把異能運到極致，探測到下面五十多米的深處，最前面的龍果還沒有超出他探測的範圍之外，還只在三十米以內。

潛水者到數十米深的距離時，再下潛或者上游，都要比在淺水中困難得多。這就跟行走的人一樣，空手的人跟身負重物的人是絕不相同的，空手的人能輕易活動，但如果是扛了超級重物甚至是不能負重的時候，就算是想邁開腳，都會是一件很困難的事情。

這水潭雖然溫度低，魚卻是不少，這種淡水中的冷水魚味道極為鮮美，周宣甚至探測到十幾條超過一米長的大魚，不過現在是往下潛，抓了魚不方便，也就沒動抓魚的念頭，而其他人卻是沒辦法抓到魚，雖然可以看得到，但這些魚機警得很，輪不到你靠近，牠就游開了。

度。

所有的人都沒有武器，要在水中跟魚比靈活度，哪怕水性再好，那也還是有很大的難度。

周宣沒有逮魚，但是注意力卻是高度集中，冰氣探測著身周外五十米範圍以內的所有地方，以免有危險突然降臨。同時，周宣緊跟在魏曉雨和傅盈的身邊，潛水表上顯示，他們三個人的深度到達了五十米的深度。

在這個深度，水中的亮度減低了很多，幾乎就只能靠潛水燈光來照明了。周宣的異能同時又探測到，龍果那最先下水的幾個人與他的距離反而近了些，只有二十米左右了。

看來深度越高，他們下潛的速度就越慢，而不是像周宣，周宣穿著這種潛水服，可以說是潛到三百米的深度還不會有反應。

再下潛三四十米後，水深度超過了一百米，龍果幾個人的距離跟周宣三個人就只有六七米了。

這時候，水潭底的整體面積也縮小了些，沿著岩壁形成左右的長方形狹溝，周宣這時已經下潛了一百來米，可他居然還是探測不到這狹溝裏的最深點。

這狹溝左右長度有兩百來米，寬度只有四五米，越往下就越窄，再下潛到三十多米後，整體的深度接近一百四十米，九個人幾乎就差不多平行了。在這麼深的程度，要下潛多一米，那也不同於上面的活動能力。

耳塞裏傳來其他人的說話聲，互報著看到的情況和消息，周宣又看了看壓力表，已經到了一百六十米的深度。

這個時候，九個人的身形基本上都處在平行線上了，這是在探測潛水服所能承受的極限，所以沒有人往回游，而且那個龍果特意靠近了周宣一些，時不時盯了他一下，眼神中依然有示威的意思。

因為安國清沒把周宣當潛水高手，那幾個人也都以為周宣潛水最多算是一般吧，估計潛水最厲害的應該是龍正江。

在長江裏，龍正江潛到過最深的紀錄是一百三十六米，但那是徒手潛水，這個紀錄已經是很嚇人的了，而龍果徒手也能潛到九十五米，這在潛水界也確實是個了不起的深度，所以龍果也有囂張的本錢。

不過，他要找周宣當對手的話，就是真的找錯了人。以周宣現在的能力，就算是徒手，也遠比龍果穿這套高級的潛水服還要潛得深，周宣徒手就能潛到兩百多米甚至三百米以上的深度，這個深度，龍果就算是穿了這件潛水服，那也是沒辦法到達的。

周宣自然不會理睬他，只要龍果沒踩到他頭上拉屎拉尿，也就罷了，只是炫耀一下，那就由得他去吧。

龍果當然想在周宣和魏曉雨、傅盈這幾個人面前露一手，以他的潛水本領，想要讓他們驚訝到極點。

現在的深度，已經完全感受不到水面上的瀑布沖擊力度了，水很平靜，這麼深的地方，在這個區域活動的魚也少了。

這個時候的深度已經達到一百九十五米，安國清要測量的資料完全沒有問題，他們一起下來的九個人，沒有一個有非常不適的感覺。

這個深度，讓龍果也覺得有些詫異，但他還沒覺得難受，沒覺得受不了，看來這件潛水服的功效著實不小，回去的時候得跟安國清要一套，要是有這套東西回到老家，簡直就是如虎添翼了。

不過，眼前得把周宣這個小子打下去，在兩個天仙美女面前露一手，這樣的美女，若有一個能弄到手，那一輩子也有個想頭了。他到現在才明白，什麼才叫真正的美女。這樣的美女如果配在周宣這堆牛糞上，那真是可惜了。

魏曉雨最早感覺到呼吸開始不舒服起來，魏曉雨的不適，周宣立馬就感覺到了，異能一動，在魏曉雨的身體中流轉兩遍，魏曉雨當即就覺得渾身舒暢，再沒半點不適。

周宣同時又運起異能在傅盈身體中運轉了幾遍，讓傅盈也感覺到舒暢得多。

傅盈不禁有些詫異，本來覺得有點不舒服的感覺，忽然就好多了，再看看深度表，竟然到了兩百二十米的深度。

在這個深度中，龍果覺得有些喘氣了，身體也開始沉重起來，他感覺得到，如果再下潛，自己就會跟背了幾百斤重的東西一樣，動彈不得，不禁偷偷瞧了瞧周宣，這一瞧吃了一驚！

不僅是周宣，就是周宣帶來的兩個美女，三個人都已經潛到了他的下方，並且還在緩緩下潛，看身形，明顯還很輕鬆。這怎麼可能？

龍果不相信自己的眼睛，但偏偏事實就擺在了眼前。

周宣仰頭瞧了瞧驚疑不定的龍果，把手對著他揚了揚，又把手往下指了指，做了個鄙視的動作。

龍果火從心頭起，立時咬了咬牙，狠了心再往下潛去，嘴裏說了聲：「姓周的，我們來比試比試，你個小白臉！」

周宣哼了哼，龍果這宣戰的話一說，其他人都聽得清清楚楚的，這可是他自己說出來的，怎麼能不讓他吃苦頭？

不過也就在這時，周宣的異能忽然探測到一個很嚇人的東西，趕緊道：

「別下潛了，趕緊回去。」

所有人的通訊器都是互通的，周宣說的話，水下水上的人都聽見了，稍稍在前的幾個人不知道是什麼事，趕緊停下來四下裏仔細觀察著。

這時的水深是兩百四十七米，大家幾乎都感覺到了壓力。當然，周宣，魏曉雨，傅盈這三個人例外，而安國清也是個例外，畢竟他的身體遠比別人要強健得多。

沃夫和丹尼爾兄弟已經不能下潛了，這個深度已到了他們的極限，張鴨哥是除了周宣三個人和安國清之外，顯得稍微輕鬆的人。

龍正江的體力也已耗到了八成左右，比沃夫兄弟要稍好些，龍果呼吸都有些不順了，似乎一顆心都要跳了出來。

這個徵兆很明顯，他也已經無法下潛，扭頭瞧了瞧周宣，沒想到周宣的表情輕鬆得很，但他又爲什麼說不要再下潛了？

現在說什麼也不能輸給周宣，或許他是裝的，也許他也到了極限，再下潛一米就會讓他崩潰。

龍果心裏如此想著，當即強行呼吸了幾口氧氣，調整了一下身體姿勢，然後再緩緩下潛。

周宣見其他人都向下面觀察了一下，見沒有什麼東西，也沒有危險，又開始往下潛。

安國清沒說話，但看他的表情就知道，還要測試到潛水服的最高抗壓點是多少。

龍果挑釁地衝周宣比了個手勢，嘴裏咕噥道：

「膽小鬼，懦夫，看我的！」

說著，樣子挺瀟灑地在魏曉雨和傅盈面前擺著姿勢往下潛。

周宣見大部分人都不聽他的，尤其是龍果，一副挑釁的樣子，便冷冷一笑，也就不再說什麼，要去就去，想尋死沒人拉著。

周宣異能探測到，再往下，水深在三百米左右的岩壁上，有一個水桶般大小的石洞延伸到岩壁裏面，隔了四五米的岩層內，有一個極大的空間，他的異能凝成束也探測不到有多寬，就在這個不知道有多寬大的地下暗流空間裏面，有一個至少有十幾米長的蛇形生物，這東西粗如大水桶，有幾條觸鬚，每條觸鬚都超過了七八米長。

周宣的異能感覺得到，這東西身上傳來一股極兇狠和令人恐懼的氣息，也許也只有他的異能才能感覺到吧。

因爲這東西太長太大，身體不能從那厚厚的石壁洞中穿過來，卻已經把那粗如兒臂的觸鬚悄悄從石洞中伸出來，不過，這些觸鬚在水中看起來，就像是一條條黑色的水藻之類的植物。

在石洞外的岩壁上，露出兩米左右長的水藻帶般的東西，在水中飄蕩著，看起來極無害，但這也只是普通人這麼認爲，只要不是活的大型動物，他們就沒有防備之心。

只有周宣一個人才明白，從洞裏延伸出來的這條觸鬚般的東西有多麼恐怖，好在那東西身體太大，不可能從石洞中穿過來，只能把觸鬚伸出來。

所有人都只把視線瞧向了下面似乎無底的狹溝中，根本就沒注意到岩壁上還有這麼一個小洞口，那洞口裏飄蕩出來的觸鬚更是絲毫不引人注意。

周宣離那個小洞口的距離只有十米左右，在他前面的龍果則更近，只有七八米，在平行的一排人中，龍正江與龍果的距離較近，到底是親叔侄倆，到了水下面，還是相互關心些，再遠些的是沃夫和丹尼爾兄弟，張鴨哥和安國清在最左前，離這個洞稍遠些。

周宣加快了一下動作，游到傅盈和魏曉雨前邊，攔住了她們兩個的去路，龍果卻是一邊潛一邊回頭，對周宣做著挑釁的動作。因爲他見周宣已經停止了往下潛的動作，以爲周宣不能承受水下的壓力了，雖然他自己也已經快到極限了，但只要比周宣多一米，那也算是贏了。

不過安國清和其他幾個人都很詫異，因爲周宣和兩個女孩子從沒表示過潛水方面的能力，他本以爲周宣這幾個人是他們之中潛水能力最差的，如果是一般人，就算穿了這高科技的潛水服，也絕不可能能潛到這麼深的水下，能潛到一百五十米就算是很了不起了。

而這裏是深達兩百五十米左右的深水中，如果不是經過特別訓練的專業高手，無論如何都是到不了這個地方的，但現在瞧他們三個人，那動作和表情卻全沒有承受不了的意思，似乎遊刃有餘，比已經不能下潛的沃夫兄弟和龍果還厲害。

安國清起初聽到周宣的提醒，瞧了瞧四周，見沒有什麼異常，也就不以爲然，但現在回想起周宣的特殊之處，這個深度不是普通人來得了的吧?想到這裏，安國清當即停止繼續下潛的動作，瞧著周宣這邊。

因爲潛水強光燈在額頭上，眼睛瞧向哪裡，強光就會照射在哪裡，而在這麼深的水中，水面上的光線早已經消失，一點光線都沒有，強光在水下照射過去，形成一道道的光柱，影影綽綽的，能見度只有六七成。

安國清見到平行過去的六七米外的周宣三個人，都停了下來，心裏有些好奇，不知道周宣到底是什麼意思，一邊瞧著，一邊又緩緩向他靠近過去。

第十六章

死亡氣息

每個人身上都沒有能夠對抗的武器，
這些觸鬚是沒辦法對抗的，而且也太危險，
不知道還能伸出多長，又不知道是什麼東西，也不知道有多少，
這個黑乎乎的小洞裏面透露出來的，就是死亡氣息。

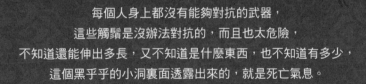

龍果沿著岩石壁往下又潛了一兩米，眼盯著周宣，得意洋洋的表情顯露無遺。

可就在這個時候，離那岩石壁洞口只有半米的樣子時，那條飄浮的觸鬚忽然極其靈活地捲過來，把龍果攔腰捲了起來。

這個忽然出現的意外，只有周宣一個人明白，也只有他一個人知道，當然，他沒有再示警，既然龍果向他炫耀，那就由得他去吃這個苦頭吧。

只是周宣不明白，這到底是個什麼樣的怪物？

說實話，在他異能的探測下，這東西的整個身體形狀是有些像傳說中的龍，但又有些不同，比如這東西似乎頭尾一樣粗，沒有嘴巴眼睛，但兩頭頂端各自生了有五六條七八米長的觸鬚，每條觸鬚又跟成年人的手臂一般粗細，觸鬚的頂端呈尖銳的三角形，彷彿一條紅纓槍的槍頭一般，而整條觸鬚上面長滿了一個個圓形的盤狀物。

這麼古怪的東西，周宣不管是在記憶中或者是在書上都沒見到過，難道這會是那個當地人相傳的黑龍？

龍這個東西應該是傳說中的動物，真實性是極小，數百萬年前的侏羅紀時代，那些是恐龍，無論是哪一個品種，都與傳說中的龍遠爲不同，與現在周宣探測到的東西就更爲不同了。

龍果被那觸鬚攔腰捲住，當即大叫了一聲，趕緊用手去撥弄，掙扎起來，卻不料那觸鬚的尖端騰出空來，猛地一下子扎進龍果掙扎的右手臂中，刺了個對穿。

這一下突變，讓眾人都始料不及。

安國清買回來的這些特殊潛水服，不僅僅能控制冷熱溫度，對尖銳物的抵抗程度也極強，如果是人拿著匕首之類的武器用力插戳，一般是弄不破弄不穿的，但現在這個觸鬚竟然輕易就戳穿了特製潛水服。

龍果立時慘叫起來，又因爲那觸鬚還將他攔腰捲著，那觸鬚的力量似乎無比巨大，他根本就動不了。

最先趕去救援的是龍果的叔叔龍正江，自己的親侄子，他哪能不關心，迅即游到龍果身邊，他們兩個的距離本就只相隔兩三米，龍正江竄到他身邊只花了極短的時間，一邊從腳踝的皮鞘中抽出了一柄匕首。

那條觸鬚捲著龍果正晃動著，龍正江的匕首不敢去刺捲在他腰間的觸鬚，怕傷到龍果，而是將匕首狠狠往刺穿龍果手臂的地方割去，想一下子將它割斷。

這一匕首下去，割在了那觸鬚上，那麼大力之下，竟然只劃破一點表面，似乎有血液滲出，那觸鬚一縮。

龍正江見有點效用，趕緊又操起匕首再用力割下去，這一下瞄準的是那觸鬚的舊傷口處，要再一刀，估計會深深割入。因爲剛剛那一刀，手上的感覺這觸鬚很硬很硬，輕易割不傷它。

但也就在這個時候，石洞中忽然又急伸出另一條觸鬚，這條觸鬚很明確很直接就捲住了龍正江握匕首的右手臂，龍正江幾乎是清楚看到，這觸鬚捲住他手臂的同時，忽然向外張開了觸鬚上的圓盤，露出一圈白森森的尖牙來，無數的圓盤張開，簡直就是處處白森森的尖牙。

龍正江來不及做出反應，握匕首的右臂就忽然斷掉了，鮮血如箭一般湧出來，而那條斷臂連同匕首都給那觸鬚捲住，三下兩下就給咬碎吞噬掉了。

這一下的突變，讓其他人都驚呆了。

這觸鬚的可怕之處就不用多說了，又因爲每個人身上都沒有能夠對抗的武器，像龍正江是自己帶的匕首，安國清根本就沒考慮攜帶水下射擊型的武器，他一直考慮的只是下潛能承受的水下壓力和抗冷熱的能力，而沒想過地下暗河中會有什麼怪異的生物。

這些觸鬚是沒辦法對抗的，而且也太危險，不知道還能伸出多長，又不知道是什麼東西，也不知道有多少，這個黑乎乎的小洞裏面透露出來的就是死亡氣息。

沃夫和丹尼爾兄弟趕緊地急往回游，本來他們也到了潛水深度的極限，要再下一米都是難以爲繼，而且在這個深度，他們根本就沒有動手的能力，在救人和逃命之間，他們選擇了逃命。

張鴨哥潛水能力強一些，但這個時候也選擇了往回逃。

周宣對著魏曉雨和傅盈叫了一聲：「快逃。」

魏曉雨和傅盈見到周宣做出逃命的手勢和動作，便趕緊往上使勁游，周宣緊跟著她們兩個，打開了助推器，在助推器的大力推動下，往回游的速度要快了許多。

龍正江和龍果兩個人都受了極重的傷，龍正江的傷尤其重，因為手臂被整條咬斷，而水中的龐大壓力也如潮水般湧上。

這個時候，周宣暗中運起異能，護住了龍正江叔侄的身體，讓他們的壓力減輕到跟幾米中的淺水中的壓力相差無幾，同時用異能阻住了他們兩個人的鮮血迸流，這才救了他們的命。

安國清驚疑不定地隔了五六米瞧著，卻不敢上前，又注意著四周的情況，以防再有那觸鬚竄出來，這東西已經不在他的能力控制範圍以內，即使他上前，也救不了龍正江叔侄倆。

周宣卻沒有回游，而是對著龍正江叔侄倆游了過去。

安國清更加驚訝，難道周宣剛剛沒有瞧見那觸鬚的危險嗎？

因為怕再有傷亡，安國清趕緊叫道：「小周，那東西很厲害，不要靠近，不能靠近！」

周宣微微一笑，沒有說話，繼續向龍正江叔侄倆游了過去。這個時候，也只有他才能救這兩個人。

周宣有絕對的把握可以對付這個怪東西，而且，剛剛要不是他暗中用異能出手，在兩百五十米深的深水中，先別說傷勢會否讓龍正江和龍果送命，就是那水下的氣壓就能讓龍正江叔侄全身血液迸射流盡，心臟碎裂而無法生存。

在安國清的注視和焦慮中，周宣迅速游到龍正江身邊。

這個速度也讓安國清驚訝不已，在兩百五十米的水深中，人的活動能力是大降的，跟在太空一樣，什麼動作都只能以舉步維艱來形容。但周宣怎麼還能有這麼快速的動作？就好像根本不受大氣壓力的影響！

就在這個時候，周宣忽然伸出手，對著那兩條觸鬚各自狠擊了一下。

安國清看到周宣獨自以極快的速度游到龍正江叔侄身邊，並對著那詭異兇狠的怪異生物用手打，不禁吃了一驚。如果周宣也被那怪東西捲住的話，就糟糕了。

當然，他不是擔心周宣的生命安危，他是擔心那個九龍鼎。因爲周宣潛下這個黑龍潭時，仍然將那個裝著九龍鼎的背包背在背上，寸步不離，如果周宣同樣也被那怪物捲住，安國清可沒有把握把周宣救出來。

而安國清也有些搞不懂，龍正江跟周宣沒有什麼交情，一句話都沒說過，而他的侄子龍果對周宣還很有敵意，處處挑釁，他爲什麼還要去救他們呢？

安國清把一切都瞧在眼裏，不過他也沒有多加阻止，有跟周宣敵對的人，對他來說還是好事，至少還有別人幫他分擔對周宣的注意力。

但是，周宣今天所顯示出來的潛水能力，卻是讓安國清很是詫異，心裏也在暗想，自己是不是看走了眼。

安國清相信周宣絕不是個傻子，但現在他不明白，周宣爲什麼要冒這麼大的危險去救龍正江叔侄？如若說救龍正江也就罷了，可龍果呢？周宣爲什麼也要救？

再說，在這樣兇猛怪異的未知猛獸面前，赤手空拳的人顯得那麼虛弱，完全不堪一擊，以他安國清那麼強大的武力也不敢上前，周宣又憑了什麼？

然而，讓安國清萬萬沒想到的是，周宣只是這麼兩下，那粗大的黑觸鬚竟然就忽然活生生地斷了。之後，周宣一手抓著龍正江，一手抓著龍果，迅速往水面上游去。

安國清不敢停留，趕緊跟著往回游，同時啓動了助推器，讓他們回升的速度增加了許多。

安國清暗中觀察著，周宣兩手抓著兩個人，往上游的速度竟然還不減慢，他自己開了助推器似乎都趕不上他，心裏不禁無比驚異，心想對周宣還真要重新審視了。

要不是周宣用異能把龍正江和龍果叔侄倆的傷勢穩住，減輕了水下壓力，在兩百多米的深水中，二人早瞬間就被擠乾了身上的血液，變成了一具乾屍。

此刻，龍正江叔侄的潛水服都已經給破壞掉，潛水服的抗壓能力也已經損失大半，如果不是周宣的異能暗中相助，這兩人已經成了死屍。

其實，周宣也沒想太多。只不過現在他是有能力的，而且這叔侄倆又不是什麼死敵對頭，所以他能救還是要救的。

龍正江跟他沒什麼過節，也就當救了一個陌生人；而龍果則不同，周宣救龍果倒不是出於好心。這傢伙貪圖傅盈和魏曉雨的美色，又對他耀武揚威的樣子，就算是他死了，周宣也沒有半分可憐。

不過，現在異能探測到，那觸鬚上的吸盤牙齒已經把龍果的手臂筋骨咬成粉碎，這條手臂毫無疑問變成了殘廢，如果馬上送到醫院搶治，也許還能讓手臂還原，但就算治好後，龍果的這條手臂也不能如正常人一般用力了。

在這個離城市天遠地遠的村鄉野僻處，他們要回到城裏，也需要幾個小時，若是幾個小時後，龍果的傷勢就算是送到再先進的醫院，也不可能復原了，手臂上的細胞在沒有任何保護的情況下，會嚴重並且快速地失血，老化僵死掉。

周宣十分明白這個情形，他就是要把龍果救出來，讓他變成殘廢人，再讓他看看，誰才是最後的強者，誰才是笑到最後的人。要讓對手痛苦，莫過於讓他痛苦地活著，這要比他死去更痛苦。

安國清當然不明白周宣的能力，他也不明白，爲什麼看起來那麼兇殘的怪異生物，給周宣兩拳就打得失去了還擊的能力，讓周宣拖著兩個人就輕鬆逃了。

周宣那兩拳當然運用了轉化異能，他把那兩條觸鬚中間轉化成了黃金，當然，轉化的部分只是那觸鬚表皮層一分以內，這樣就從中斷絕了觸鬚和岩石洞裏面那一段的聯繫，其實就是廢掉了那怪物的觸鬚，除非牠把另外的觸鬚再從洞中伸出來，否則對周宣就沒有威脅了。

不過，周宣的異能也同時在探測著情況，如果那怪物有觸鬚再伸出來，他將再用異能轉化吞噬掉。

實際上，只要周宣願意，那岩石洞裏面的這條怪物能給他完全治死，不過，這怪物也不能穿過那個石洞爬出來，所以，只要潛水者不進入牠觸鬚能達到的範圍，還是安全的，所以周宣也沒有必要把牠轉化吞噬致死，讓這些人心存餘悸更好。

十來分鐘後，周宣離水面還有十多米的時候，魏曉雨和傅盈都折返又潛了下來，當見到周宣的時候，眼神中的關心和擔心才放了下來。

其他人則都返回到了岸上，在生死交關的危險境地中，不是非得要冒生命危險去相救的人，他們是絕不會出手的，而且他們是看到當時的情況的，就算他們上前動手相救，也是救不了的，或許還會同樣給那怪物捲走吃掉。

「嘩啦嘩啦」的水響聲中，幾個人都冒出水潭表面，在岸上的人都趕緊到水邊，把人拉上去。

周宣拖著的龍正江和龍果叔侄倆是給安國清的手下抬上岸的，不過，這兩個人的慘烈景象卻讓所有人都嚇得變色，不知道這深不可測的黑龍潭中藏著什麼妖怪。

龍正江一條右臂完全齊根斷掉了，血肉模糊，白森森的骨頭尖刺露在血肉外，樣子分外恐怖。

而龍果的右手臂雖然還在他身體上，卻可明顯看得出，這條手臂與他身體已經失去了關聯，如同假肢的螺絲掉了，僅餘一點膠皮貼著一般，傷口處也看得到，一大半的皮膚和骨頭都是斷開的。

只是奇怪的是，兩個人的傷口中都沒有太多鮮血流出來，否則以這麼嚴重的傷勢，就算兩個人給送回城裏的醫院中救治，也會因爲失血過多而死亡。

安國清的手下趕緊給龍正江叔侄倆包紮傷口。岸上所有人的注意力都放在了龍正江叔侄的身上，周宣反倒是輕鬆地在一邊脫潛水服。

安國清脫下潛水服，換上衣服後，瞧著眾人臉上的懼色，也越發感覺到周宣的不尋常起來。

這時，安國清的手下們將龍正江叔侄倆的傷口包紮好後，這才七嘴八舌地問起來。

「到底出什麼事了?他們是被什麼傷了?」

「怎麼會傷成這個樣子啊?……」

「安董……」

安國清臉色陰沉，揮著手道：「趕緊回去，把他們送到醫院急救!」

說完，又對臉色蒼白，一臉痛苦表情的龍正江叔侄倆說道：

「你們倆的任務到此結束，我們的合作也結束了。我會給你們叔侄倆每人一百萬人民幣，所需的醫療費用也全部由我負責，同時，你們也要承擔爲我保密的義務，明白嗎?」

龍果正是痛楚得說不出話來，龍正江似乎好一些，微微點點頭道：

「安董，我明白，您放心，這事我們絕對不會說出去，只要傷勢稍微好一些後，我們馬上回老家去，不會再來到鳳山這個地方。」

安國清點點頭，說道：「那就好。」然後揮揮手，指揮眾人收拾器具往回返。

安婕卻是已經嚇到腳也顫了起來，縮在人群中間，時不時眼含懼意地扭頭瞧著轟隆隆作響的黑龍潭。

此次，大家是興沖沖地來，卻是敗興而回。

不過周宣知道，安國清來這次的意圖已經圓滿達到，那就是，這新式潛水服的抗壓功能完全如他的心意，潛到兩百五十米的深度都沒事，以他的體力，肯定還能再潛幾十米的，若在天窗，一百五十米的深度是完全沒有問題的。

只不過，在黑龍潭中遇到這種突發災難，也是安國清料想不及的。

回到了停車的地方，眾人分乘了車輛，這次魏曉雨拿了車鑰匙親自開車，傅盈和周宣坐在了後面。

上路後，魏曉雨才問道：

「周宣，你爲什麼要返回去救龍正江叔侄倆？龍正江也就罷了，那個龍果，要是在沒人的地方，我還想狠揍他呢，你還要回去救他！那麼危險的環境，你怎麼能不顧你自己？我真的很生氣！」

周宣笑笑道：「曉雨，你不用生氣，我對那個龍果當然沒有好感，但我也沒安好心。你不知道，我這幾天異能的進展很大，已經能運用異能轉化吞噬了，那個怪物，我早已經探測得很清楚，如果是我們自己有危險，我立馬就能夠將它消失掉，而龍正江叔侄倆遇險的時候，我也提醒了他們，但聽不聽是他們的事了。

當時，我本可以完全不讓他們受半點傷，你們也看到了，我是故意不救的，等到龍果的手完全殘廢以後，我才出手廢了那怪物的兩條觸鬚。而且我還特意減輕了他們的壓力，讓他們活著逃回來，讓別人見到，是我救了他們叔侄倆。那個龍果不是要跟我鬥嗎，不是在我面前炫耀嗎，我就特地讓他苟延殘喘地活下來，讓他明白，他這條狗命，那是我給他撿回來的。」

魏曉雨沉默了一陣，然後默默地說了一句：

「周宣，你變了。」

周宣淡淡回答道：「人都是會變的。」

魏曉雨本來是一個驕傲之極的女孩子，卻爲了周宣改變了她自己，但現在，她卻突然發現，周宣遠不是以前她見到的那個雖然莫測高深，但卻誠實善良的年輕人了，現在，周宣變得老練狠毒有心機了，再也不是原來那個周宣了。

傅盈沒有說話，但眉頭皺得很緊，周宣和魏曉雨剛剛說的話，她聽得很清楚，周宣單獨向她說過的話也更加真實起來。

安國清帶去的十二套潛水服給毀壞了兩套，只剩下十套，而現在能跟他探險天窗的人，包括他自己一共還有七個。如果再找人，還有三個名額，不過要現找幾個潛水的高手，那可難找。而且一般來說，潛水厲害的，還是在歐美等西方國家，東方人對地下暗河等神秘而又危險的地方，天生就有一種恐懼感。

到了城裏醫院的大門口，停了車後，周宣下了車，看到安國清幾個手下把龍正江叔侄抬下來，周宣便走上前。

龍果臉色慘白，盯著周宣，胸口直起伏喘氣，周宣低下了頭，湊到他耳邊，用只有他一個人才能聽到的聲音說道：

「龍果，其實我要救你的話，在你沒受傷之前我就能救你了，但我不救，就等你殘廢了再救你。現在你是個殘廢了，活著是不是覺得很有趣啊？嘿嘿，你真想跟我炫耀，真想跟我鬥？告訴你，你還遠遠不夠資格。」

周宣對龍果說的話還有動作，在其他人看來都是很正常的舉動，當然，別人並不知道他在說什麼。

龍果眼睛裏閃爍著懊惱又無法形容的眼神，但傷口的劇痛讓他明白，這一場競爭，無論怎麼樣，他都是失敗了。不管周宣是不是真有本事，起碼現在人家是好好地站在面前，而自己卻成了一個殘廢人。

安國清雖然給他們每人補償一百萬，在普通人看來，是一個很大的數字了，但對有錢人來說，這連屁都不算，一百萬能幹什麼？在市區買一間像樣的房子都買不到。

周宣站起了身子，對龍果笑了笑，說道：「好好養傷。」

等到安國清的人把龍正江叔侄送進醫院裏後，魏曉雨才悄悄問周宣：「你剛剛對那個龍果說了什麼？」

周宣淡淡一笑道：「沒什麼。」

周宣不願意說，而傅盈也是一副冷淡的表情，魏曉雨也就不再說什麼了。

傅盈雖然沒說什麼，但心裏卻是如驚濤駭浪一般，沒有停息過。周宣所說的那些話，讓她靜不下來。

周宣那奇異的能力真如他說的那樣，自己原本是不相信的，以為是周宣編出來的謊話，本來嘛，人哪裡能有那麼神奇的能力？以前，周宣對她使用探測的能力，她一直以為他是在玩魔術花招，但昨天晚上周宣給她施展了異能，那可是實實在在擺在眼前的，只是她弄不明白，一個人怎麼會有這麼神奇的有如小說電影中的奇特能力呢？周宣說的那個九龍鼎的事，顯然也是可能的，否則安國清不會如此興師動眾地去探尋九龍珠。

現在，就算周宣說他是個外星人，傅盈只怕也會信幾成了。

只是，傅盈心裏又很抗拒，與一個心裏沒有半分印象的人，要達到結婚那種親密程度，那是她現在無論如何也不能接受的，所以，即使周宣現在的能力到了他所說的程度，但傅盈依然不願意承認。

不過，在與魏曉雨私下接觸的時候，傅盈是套了些魏曉雨的話，知道魏曉雨的身分可不比她差，雖然自己驕傲，但也不得不承認，魏曉雨的相貌和氣質、家庭條件，各方面都很優秀，即使在財力方面不如她，但以魏家的門第，金錢自然也不會入眼。

而傅盈跟魏曉雨說話的時候，魏曉雨也毫不掩飾地表露出對周宣的愛意。從這點就可以看出來，周宣身邊有這麼漂亮和身分特殊的女孩子，他都不愛，卻非要找她這個不認自己的陌生女孩來受氣，難道，周宣說的真是真的？

傅盈卻是越想越苦惱，但她不想就這麼苦惱下去，當然，這也不是說她就喜歡上了周宣，而是周宣給了她無比的神秘感，她想把這層神秘的面紗揭開，看看周宣最底下的那層面孔。

第十七章

冰火內功

周宣現在的異能，是冰氣、太陽烈焰，
還有老道士傳的內家功夫三合一的奇怪能力。
就跟古時候的冰火內功差不多，
這種內功不僅讓周宣擁有了自保的能力，
還讓他擁有了戰勝強敵的自信。

安國清要處理龍正江叔侄的棘手事，所以也沒時間跟周宣客套，讓手下送周宣三個人回酒店休息。

安婕卻是受到了極大的刺激，完全不能平靜下來，所以安國清也沒有再讓她陪同周宣。

回到酒店後，周宣獨自回到自己的房間。

安婕今天的表情，說明她純粹只是安國清的秘書，並不知道安國清背地裏的那些事。本來她以爲安國清只是喜歡探險之類的運動，有錢人都喜歡搞這些特別的事，但萬萬沒想到幾乎出了人命，這可讓她嚇破了膽。

魏曉雨和傅盈也各自回到了自己的房間，對今天發生的事，她們兩個居然都沒有太大的驚嚇，像沒事人一般。

其實，這也只是周宣一個人的想法。

傅盈聽周宣說起跟她認識的所有經過，以及在美國天坑洞底的經歷，和在洛陽地下洞底的經歷，想來與這些驚險比起來，那也只是小巫見大巫了，而從周宣的表情和行動來看，傅盈也越來越相信周宣所說的話了。

周宣今天潛到那個黑龍潭中後，不論在什麼時候，都把她和魏曉雨兩個人當做保護的對象。在發生危險的時候，傅盈也明顯感覺到，周宣先讓她和魏曉雨兩個人脫離險境，而他則擋在她們兩個人的前面，這種關心，絕不會是對待陌生人的態度。

周宣在房間裏沖了一個澡，然後倒了一杯水，又想起今天在黑龍潭的經歷，雖然驚險，但對他來說也算不了什麼，以他現有的異能能力，這完全是小菜一碟。

但黑龍潭是在地面上，並不屬於地下暗河，相對來說不算有什麼難度。地下河流中的激流和深度，以及像迷宮一樣的地下暗河水道，跟黑龍潭這種明潭是有天差地別的，在地下暗河中，一個不留神就會被捲入地底出不來，那就算是周宣的異能再厲害，也一樣會死在裏面。

周宣尋思著。如果魏曉雨和傅盈都跟著探險天窗的話，一旦遇險他該怎麼辦？別的事他都還有把握，但在地下暗河中，周宣可是沒有半點把握的。

周宣又想到，地下暗河的溫度要比地表的水冷很多，如果潛水服受到破壞或者破損的話，那就不能保溫和承受壓力，那他還得用異能分擔她們兩個人的身體壓力。

此時，周宣手上的太陽烈焰一動，一縷勁氣在杯子裏掠過，杯子中的冷水當即滾開，熱氣騰騰。

周宣一怔，沒想到腦子裏隨便一絲念頭，自己身體中的異能便發動了。不過，握著杯子的手卻沒有被燙到，因爲異能的原因，身體體質都發生了很大的變化，極冷極熱對他來說，都沒有太大的影響。

周宣可以肯定，如果他把手指伸到滾水中，就像跟放在冷水中是差不多的，當然，如果是像熔爐那樣的超高溫度，他還是不敢去試的。

睡覺前，周宣還是例行公事，練起異能來。

周宣現在的異能，那是冰氣、太陽烈焰，還有老道士傳的內家功夫三合一的奇怪能力。從九星珠上得到了太陽烈焰的能力，周宣還不知道會有什麼樣的奇特能力出現，但從現在來看，太陽烈焰帶給他的好處是很實在的。

身體能經受冷熱兩種環境的能力，而且現在能使用極冷極熱的兩種武器，就跟古時候的冰火內功差不多，這種內功不僅讓周宣擁有了自保的能力，還讓他擁有了戰勝強敵的自信。

僅僅幾天以前，他的冰氣還弱小得很，遇到武術高手時，又不能將對方轉化吞噬掉，只能挨打受欺了。可是現在就不同了，周宣可以運用極冷的冰氣，或者是極熱的太陽烈焰能力來拒敵，而不用像使用冰氣異能時，一定會將對手致殘致死，這是一個極大的轉變。

不過，今天出了龍正江叔侄這個意外，安國清可能會頭疼一下，也不知道張鴫哥和沃夫兄弟會不會打退堂鼓，如果他們要退出的話，那再探天窗就只有他們幾個人了。

對於這個，周宣倒不考慮太多。不管安國清請多少人，或者是一個都不請，對他來說，問題都不大。請多少人，那都只是跟著安國清的，拿人錢財替人消災嘛。

今天那個龍果，可謂是栽到家了，一百萬的善後費，有什麼用？以前在美國那次，傅盈對死傷者的善後費用是勞務費再加一百萬的額外支付，從這個數字來看，可見人命在安國清眼中是多麼的賤。

第二天，安婕來到酒店，繼續陪同周宣三個人。

周宣看得出來，安婕雖然平復了許多，但受到驚嚇的後遺症卻仍然在。以前表現出來的聰明勁兒蕩然無存，雖然帶著周宣幾個人到鳳山到處遊玩，人卻是呆呆笨笨的。

魏曉雨偷偷地對周宣說道：「這個安婕嚇傻了。」

周宣卻是皺著眉頭，他可不是爲安婕的事發愁，而是在擔心到天窗後，又會有什麼樣的凶險等著他們呢？

不管怎麼樣，周宣都能想像到，到天窗地下河的探險，絕對只會比黑龍潭更凶險。安國清可不是個善人，他用異能就能探測出安國清身體中那可怕的氣場。他的實力的確很驚人，以他的能力和財力都沒從天窗地下河中找到九星珠，那就足以想像到，天窗地下河中的未知凶險和可怕。

可以說，周宣對探險天窗地下河是既期待，又莫明其妙的害怕。很矛盾的一種心理。他急切期待的是趕緊回到原來的時間中，因爲他受不了傅盈對他如此冷淡和不熟悉，害怕的卻是，如果天窗地下河中太凶險，最後大家不能活著出來的話，那他的人生就會從此畫上句號了。

周宣被九龍鼎拋到現在的時空後，再次發生的絕大部分事情，都已經跟以前的歷史不相同，這讓周宣更加困惑和擔憂起來，不知道這次探險的結局到底會是如何。

安國清在之後的一個星期都沒給周宣傳什麼訊息，只是讓安婕陪著他們到處遊玩吃喝。這讓魏曉雨和傅盈也很奇怪。

雖然有人在黑龍潭出了意外，但那潛水服的測試卻是沒有問題的，潛水服的承壓和防寒等能力都超出了預定的想像，而遇到那怪異的生物卻是意外。

這麼多天，安國清也沒有再準備探險天窗地下河的事，難道安國清害怕了，退縮了？只有周宣才明白，安國清是絕不可能放棄探險天窗地下河的。對安國清來說，九龍鼎的誘惑力大過了一切，是沒有什麼能讓安國清停止下來的。

不過，周宣還是佩服安國清的忍耐力。潛水服等設備到了後，潛試也合格了，但他居然還能按捺住衝動等下去，他那份心態就足夠令周宣重視了。

其實安國清這幾天什麼事都沒幹，就躲在別墅裏靜修。他是在練習他的內家功夫，以便讓自己的心態平靜下來。這麼多年來，他一直都沒停止對天窗地下河的探險，但卻從沒有真正進入到九星珠的位置。九星珠對他來說，一直都只是個可望而不可即的願望。

等了這麼多年都沒完成的事，這一次安國清也沒有抱太大的希望，只是心情仍然激動。

新型潛水服和潛水設備讓他稍稍興奮了一點，不過他當然也明白，一切還是要聽天由命，這次依然是希望渺茫，只不過是再冒險試一試。

就在修身養性的同時，他又積極高薪聘請潛水高手來塡補龍正江叔侄倆的空缺，既然有錢，就會有很多人願意給他賣命。

這也是天經地義的。別人爲財死，他爲的是九龍鼎和九星珠，道理是一樣的。

不過，安國清的心態卻是不容易靜下來，一直以來，他都以爲自己是一個秘密大過天的人，這個世界上的奇人都奇不過他，但在見到周宣後，他開始有些不自信起來。相處得越久，他就越感覺到周宣的神秘。在黑龍潭，那個怪異的東西破壞和殺傷力是那麼強，人力明顯是對付不了的。回來後，安國清特地看了無數遍暗藏在他頭套裏的小型攝影器拍下的水下鏡頭，那怪物身上的吸盤將龍正江叔侄倆手臂上的血肉和骨頭都吞噬得粉碎，這就可見那怪物的恐怖，但周宣卻似乎並沒有任何恐懼，行動也未因此而受到影響。

當時在現場，因爲有些慌亂，安國清並沒能仔細看清楚，但回來後看錄影帶卻發現，那兇猛的怪物給周宣兩下擊打後，忽然就像關掉了電源的機器，剎那間就失去了動彈的能力。安國清一看到這個，心裏就駭然了。

就算功夫了得，但若讓安國清徒手去對付那個怪異的生物，他可是半點勇氣都沒有的，而要像周宣那樣，一拳就毀掉那怪物的行動力，就更是絕無可能。

當然，安國清猜想，可能是那怪物的弱點剛好給周宣碰到，不過，不管怎麼樣，安國清都不得不對周宣進行重新認識和分析。

周宣可以輕輕鬆鬆下潛到兩百五十米的水下深度，就算靠了新式的潛水設備，也不是普通人能辦得到的。以沃夫兄弟那份能力，到了兩百五十米水深的時候，也已經到了極限，但周宣卻還是一副很輕鬆的狀態。要再下潛，他肯定是辦得到的。

就憑周宣那份不顯山露水的潛水能力，他就是這群人中最神秘的一個。而且，周宣是安國清最明顯的對手，其他人都是他請來的，爲錢賣命而已，但周宣不同，他需要的是九星珠。不過，安國清也要九星珠，而且，他要的是九龍鼎和九星珠在一起，並且一樣都不能缺。

現在，安國清與周宣雖然是在合作，但卻又是敵對關係，目前還沒進入到直接交鋒的時候，但如果真到了那時候，只怕雙方是要生死交戰了。

安國清又發現，魏曉雨和傅盈兩個雖然都是女孩子，但功夫卻遠超他那些手下，到了天窗暗河中後，他請的那幾個潛水好手根本不會替他跟人家搏命，但這兩個女孩子的潛水能力不僅出色，而且在關鍵時刻一定會幫助周宣。從一點上來看，似乎就比他有勝算。

當然，安國清並不清楚，魏曉雨和傅盈的潛水能力是得到周宣的暗中相助，如果不是周宣出手，她們兩個人的潛水深度還不如沃夫兄弟。

不過，魏曉雨和傅盈兩個人功夫雖然高，但安國清也並不太擔心，就算她們兩個人一起上，他也完全應付得來。他最擔心的還是周宣，這個人的神秘感越來越強，讓安國清完全摸不透了，原以爲很普通很簡單的人，卻慢慢爆發出了讓他想像不到的能力。

安國清不得不奇怪，因爲他跟周宣接觸的時候，是用內氣探測過的，周宣身上沒有任何練過功夫的痕跡，但現在顯露出來的內力，卻遠比練家子更爲厲害，安國清一時不得不考慮，應該要如何重新應付與周宣的關係了。

兩個星期後的一天，安國清終於派人接周宣三個人出發了。

這次來的沒有安婕，只有安國清之前的兩個保鏢，開了一輛小巴士，車窗玻璃遮蓋得嚴嚴實實的。

周宣在要上車的時候，忽然對傅盈低聲道：「盈盈，我想……」

周宣說著，遲疑了一下才又說道：「盈盈，你還是不要去了。」

「爲什麼？」傅盈怔了怔，不解地問道，然後又指著魏曉雨說道，「她能去，爲什麼我就不能去了？」

周宣沉沉地道：「曉雨是跟我一起穿越時間來的，如果找到九星珠的話，她得跟我一起回去，而你並不是從那個時間過來的，所以就不必跟我們去冒這個險了。」

傅盈怔了怔，然後一躬身上了車。

周宣無奈地跟著上了車，勸道：「盈盈，你還是別跟著去了……」

「你別囉哩囉唆的了，」傅盈冷冷地道，「我去，只是想見識一下天窗地下河，又不關你的事，我跟你沒半點關係，你就當我是安國清請來的好了。」

周宣只得住了口。那兩名保鏢見他們不再爭吵了，這才關上車門。

這次是開往坡心村的方向。周宣心裏莫明其妙地緊張起來，看來安國清這次是真的決定要到天窗探險了。

在城外到坡心村的半路上，安國清一行正在等候。他們開了兩輛悍馬越野，周宣乘坐的這輛車一到，他們馬上就跟上來了，並沒有再停留。從車窗裏看過去，悍馬車裏似乎坐了不少人，兩輛悍馬一輛小巴，三輛車前前後後地往坡心村的方向開去。

到了三門海處，司機卻沒有開向天窗的方向，而是往右側的山路上開去。路很偏僻，越開越是險要。到後來，路在半山腰中，一面是陡峭的山坡，另一邊卻是懸崖。因爲路很險，又彎又急，車開得很慢。

半個小時後，司機就停了車。

所有的人都下了車，周宣才見到，悍馬車上下來的人除了安國清、沃夫兄弟、張鴨哥和四名保鏢外，還有一個三十來歲的金髮碧眼的外國人，那一雙眼睛就像利箭一樣，好像能刺傷人。

安國清向周宣介紹道：

「小周，這位是來自美國的羅傑，他可是潛水界的一個傳奇人物，羅傑先生徒手就能潛到一百六十多米的深度，這在人類歷史上幾乎是一個不可能達到的高度。」

周宣微笑著向羅傑點點頭，說道：「羅傑先生，很高興認識你，我叫周宣，中國人。」

羅傑並不熱情，只是淡淡點點頭道：「你好。」

羅傑的中文居然說得頗爲標準，不過話語有些冷淡。但周宣看得出來，羅傑並不是驕傲，只是冷淡，或許是能力強的人一種天生的性格吧。

如果說徒手能潛到一百六十米以上，那確實極爲罕見，但周宣並不覺得奇怪。這個羅傑應該是練過內家功夫的，氣場很扎實，雖然遠比不上安國清，但跟傅盈和魏曉雨相比，卻是略強一籌。

周宣的異能能探測到練過功夫的人體內的氣場，沒練過功夫的普通人也有氣場，只是微弱得很。如果說潛水能力，周宣是有異能在身的。以前在美國海底測試的時候，他潛到了兩百多米的驚人深度，這個記錄是私下裏保持的，所以並不爲外界所知，否則，一經傳出去，周宣早被列爲世界上徒手潛水最深的人了。

當然，這只是周宣沒有再往下潛，若是再潛下去，周宣的紀錄會更驚人。

現在周宣能很輕鬆就打破自己的潛水紀錄。因爲異能的精進，可以在水中用皮膚毛孔呼吸水中的氧氣分子。這跟魚的性能差不多了，雖然能吸取的氧分子還不夠正常人的呼吸量，但也能讓周宣在水中待更久的時間。

下了車後，安國清的保鏢隨從們各自從車裏背起了行李箱，裏面裝的都是潛水設備。大家開始走小路。小路也是半山腰很窄的石板路，要很小心，否則，一旦掉進懸崖下面，可就是屍骨無存了。

差不多花了一個多小時的時間，一行人才翻過山頭到了另一個山頭後。周宣看到，前面出現了一個漏斗型的巨大天坑。

這個天坑只是頂端大，差不多有數千平方，頂端的沿口處藤蔓纏繞，而下面的四壁卻全是陡峭光滑的絕壁，寸草不生。到了下面兩三百米的地方，就只剩下六七米寬的距離了，下面似乎有些彎曲，肉眼並不能看到底。

安國清撿了一塊碗大的石頭扔了下去，這塊石頭撞擊岩壁的聲音很響，進入到最下面的黑暗窄小的洞裏後，好半天才傳出沉悶的水響聲，看來下面肯定是有水了。

安國清這才介紹道：「各位，這裏就是我們今天要下去的第七天窗的入口處，這裏因爲地勢太險要，一般人都不會來。而旅遊局也沒有開發這一帶，沒有安全保障，不適宜大量的遊客，我們要通過繩索下攀三百多米才會到洞底，下去的人，需要各自背負潛水設備，其他人留守在上面，等候我們出來。」

下去的人一共有八個，安國清，羅傑，沃夫丹尼爾兄弟，張鴨哥，周宣，魏曉雨，傅盈，每個人都背起自己的一副行李，裏面裝了潛水需要的設備。而安國清的手下們就在懸崖上安置起滑輪繩索，並將比較重的助推器用繩索往下放。

羅傑居然在最前面。他繫好繩套，背著行李包就沿著懸崖下去了，接著是沃夫兄弟，然後是安國清，張鴨哥，最後是周宣、魏曉雨和傅盈。

這個懸崖的傾斜度大約是六七十度，繫著安全繩差不多就是在懸崖上行走，往下倒是不費力，但卻走得不輕鬆。

到肉眼看不到的那頸口處時，崖壁上稍微有一丁點落腳的地方，可以站立一下。

這個地方離上面下來的懸崖口處相距了兩百五十米左右，而這個地方的空間卻小到了直徑只有六七米，大約只有十八九個平方的面積，越往下，面積就越小，下面又是傾斜往左，從最上面到最底部，整個天坑的入口就像是一個V字漏斗。

在頸口處再往底下的時候，每個人都拿出了探照燈戴在額頭上，裏面很黑，而離最底部的地方還有三四十米的距離。

熟。

這個地方，安國清以前也請了人來探險過，包括他自己，所以他對這個地方的地形很熟。

下到底部時，面積稍稍寬了些，大約有二十來個平方，岩石中還有一個橫豎兩米多寬的圓形水洞。因爲水洞正臨上面的洞口，從乾涸的岩石處斜了進去，所以從頂上扔石頭下來後，石頭就剛好掉進水洞中，無論如何都扔不到斜進去的乾涸的岩石上。八個人下到底部後，剛好有了落腳的地方，還不顯擠。

從上面下來，三百米的距離，卻用了兩個半小時。

每個人都有些累了，從上面的懸崖下到這洞底中，可是一件非常耗力的活兒。安國清用對講機跟上面的人聯繫了一下，然後每個人又開始換起潛水服來。

這裏面的溫度也降到只有十一二度，水溫大約只有五六度，雖然冷，但卻比黑龍潭裏的水溫要高得多了。

休息了二十分鐘左右，眾人都換好了潛水服。岩石壁上還有一個人工釘入的鐵樁，安國清說道：「這是我們以前釘進去的，用來繫引導線的。」

在地下河流中要是迷路了的話，可是致命的。以前探測這個天窗地下河時，因爲裏面的水道複雜，岔道很多，水流也急，像迷宮一樣，搞不好就會迷路，所以安國清他們每次都在下水前繫上引導線。

引導線是用極細又極韌的超強塑膠做成的，細到比頭髮絲還細幾倍，但卻能吊上十公斤重的大魚。一個線圈有五百米的長度，但以前安國清的探險隊都只到了兩百米遠的地方，再進去就會損失探險者的生命。那個地方於是成了他們無法逾越的一個關口，只要一過那條線，去的人就沒有再回來過。

安國清見到所有人都換好潛水服後，就吩咐道：「大家相互用對講設備聯繫，各自的距離不要超過五米以外，最好大家保持近距離在一起，要記住，這裏可跟黑龍潭完全不同，黑龍潭雖然凶險，但不像這裏，這裏的水道太多，深度也超過一百五十米。以前，我們只能探測到兩百米內，兩百米外的地方，我們就再也沒去過！大家一定要注意，這裏有迷宮一樣多的地下暗河水道，深度超過一百五十米，水流湍急。從這裏下水，三十米處有五個分岔口，每一條我們都探測過，不過似乎在兩百米外又匯合了，而那個地方，就是我們不能越過的一個關口，我們今天的任務，就是要越過這道關口！」

羅傑首先問道：「那裏是什麼情況？不能越過的險境是什麼？」

安國清沉了沉，臉上的表情很陰鬱，停了停說道：

「那個地方，是一處去勢極低的水下河流，深度估計超過了兩百米。以前的設備支撐不了那麼深的深度，強行下去的人就再也沒有回來過。由於那個地方太深，所以我才訂了這一批能潛到兩百五十米深度的潛水服，以抵抗水下壓力。」

安國清這話的意思很明顯，那裏的地下河水深度到底有多深，他們並沒有確切資料，只是估計，以前也沒有超越過，而且，就算過了那個最低點的深度，誰又知道地下河的另一頭是什麼樣？即使過去了，怕也回不來。所以，從這個關口通過去就意味著，那是在拿自己的性命在賭。

除了魏曉雨和周宣外，其他人都是真正的潛水高手，所以穿潛水服輕車熟路，在很短時間就搞定了。而周宣和魏曉雨兩個人就差了些，只能算是僞高手。

周宣是以異能來讓潛水能力變得超強的，但他的潛水動作和對潛水知識的瞭解以及適應性，本質上還是不及其他人的。

但即使這樣，周宣比魏曉雨還略好一些。畢竟他在美國經歷過好幾次，只是要跟那些每天都在做潛水運動的高手相比，他的純熟度就差得遠了。別人潛水就跟吃飯睡覺一樣，每天都在進行，而周宣只不過是在必需的時候才做一下，雖然有經驗，但實際上卻差得遠了。好在有異能在身，可以抵消任何的經驗不足，動作不如別人嘛，不如就不如吧，反正只要潛水的效果比別人強，那就夠了。

因爲有了在黑龍潭的經過，安國清對周宣這笨拙的動作再也沒有輕視過，反而覺得周宣只不過是在扮豬吃虎，能在兩百五十米深的水底行動自如，他可不相信穿潛水服顯得笨拙，就是潛水能力差的人。

第十八章

心頭之患

安國清緊張的是，
到底能不能過得了那個不能越過的關卡
以後有什麼樣的險難還不知道，
但光這道讓他十幾年都跨不過去的關卡，
已成了他的心頭之患，
這些年來，他幾乎無時無刻都在想這個問題。

幾分鐘後，八個人都穿戴好潛水服和設備。不過，八個人的表情都很緊張，雖然每個人的心態都不盡相同。

安國清緊張的是，到底能不能過得了以前那個不能越過的關卡，以後有什麼樣的險難還不知道，但光這道讓他十幾年都跨不過去的關卡，已成了他的心頭之患，這些年來，他幾乎無時無刻都在想這個問題。

而周宣擔心的，卻是到底能不能找到那九星珠，這才是周宣冒死赴險的關鍵。

其他的人，除了那個羅傑外，都是因爲前一次在黑龍潭的遭遇而有些害怕，但又爲了錢而搏命。當然，這不包括魏曉雨和傅盈。她們兩個顯然不是爲了安國清的報酬。

周宣雖然還沒下水，但異能早運起來，對這裏進行了全方位的探測。這兒的地下還真是複雜，地下河有好幾條，但眼前這個入水口裏十五米的範圍內，這個水道卻是沒有與其它的地下河有連接處，到十五米以後，倒是有五個接口，因爲周宣探測的距離只能達到五十多米，所以還不能夠探測到更遠。

準備好了後，安國清揮了揮手，沃夫和丹尼爾兄弟先下了水，接著是羅傑、張鴨哥、安國清、周宣、魏曉雨和傅盈。

八個人前後都下了水，在下水的同時也打開了潛水燈。

在下水之前，八個人已經綁好了引導線。每個人背部的氧氣瓶處都固定好了兩個引導線輪，每個都有五百米長，在複雜的地下暗河中，引導線是唯一能起作用的回家路線指引器。

這可不比在陸地上，陸地上可以使用指南針，畫暗記和使用通訊器，但在地下的暗河中，這些都沒辦法使用。地底下的磁場太大，指南針根本起不了作用，又因爲在陰河裏，暗記也沒地方劃，而通訊器在隔了彎道和阻礙物後，會嚴重減低通話品質，更嚴重的當然就是根本沒有信號了。

大家全部都下水後，安國清說道：

「通訊器檢測，大家聽到沒有?聽到請回答。」

「聽到。」

「聽到。」

……

所有人都回答了一聲，然後下潛。

這個天窗入口處與別的地下河不同，一般的地下河會是平行或者略有傾斜度，呈前後的河流狀，而這個入口，一下水就是往下，幾乎是九十度的直角下垂，而入口處只有兩米多寬的直徑，但下到五六米深後，地下就越來越寬，到十幾米深的地方，水下的寬度幾乎有七八米了。

到了二十米左右的深度，地下水洞就傾斜向前，但地勢仍然向下。

再過十多米，前方有五個水洞，有一個很明顯的是流水出來，而另外四個是流水去的洞。

安國清說道：「流水出來的那一個不用探，另外四個到八十多米後就會合了，所以這四條哪一條都能到同一個地方，只是會合的那個地方，有十幾條岔洞，以前我們每一條岔洞都探測過，只是都只能前進七八十米的距離，然後就再沒辦法前行了。每一條暗河在那個距離處都超過了兩百米的深度，以前沒辦法通過，現在呢，到了那裏再說吧。」

接下來，安國清又指了指一個稍大的洞口。大一點洞口比較適合人多經過，八個人的潛行速度不是很快，但也不算慢。對於氧氣瓶中的氧氣，高手們是會比普通潛水者的損耗小得多，這種新型的氧氣瓶，普通人可以支持四個半小時，但在這些高手手中，那就可以支持六個小時左右。

周宣在下水後，暗中先用異能替魏曉雨和傅盈改善體質，讓她們兩個心跳正常，絲毫不受到水下壓力的影響，這樣可以減少氧氣的損耗。在地下暗河中，也許多一分鐘的氧氣，也是能救命的。

周宣也特意注意著與魏曉雨和傅盈的距離，以防有什麼危險。傅盈倒是沒怎麼注意，但魏曉雨卻是隨時就緊挨著他。

周宣同時也把異能運到最極限，雖然會有損耗，但只是探測，相比轉化吞噬的損耗就可以忽略不計了。

在周宣初期得到冰氣異能的時候，僅僅用於探測都會損耗極重，但現在就不同了，探測對於他來說，損耗的程度很低，而且隨時可以恢復，和巨大的異能損耗相比，只用於探測的話，根本耗費不了什麼。

這地下水洞不僅深度越來越深，而且洞壁上有無數的石鐘乳凸出來，彷彿這水洞以前就是從溶洞轉變而來的。

到了入水洞六十米外，深度便不再往下了，基本上處在一百一十米的深度上，往前的方向只是略有一丁點傾斜，再前行二十米，果然與其他出口會合了，只是四下裏如迷宮一般，一共有十三個洞口。

安國清也不再指引要走哪一條了，因爲之前他們每次下到這兒後，從這些洞口前行都只能到達八十米處，到那兒後，因爲要前行的水下深度還要往下延伸，會超過兩百米的深度，也超過了人們潛水的極限，所以絕大多數人只能退回。

也有爲了賞金拼命一搏的，不過下去了就再沒有回來過。顯然，再下去不僅僅要戰勝潛水深度，恐怕還要戰勝暗流，結果，很多人就連屍體都被捲走了。

周宣從下水到現在，一直用異能探測著這裏的水分子，奇怪的是，這裏的水分子中卻沒有九星珠裏的那種太陽能轉化過後的能量分子，也就是說，這裏的水和坡心村裏那口井中的水不同，從這一點也可以估計到，這第七天窗的暗河與坡心村裏那口井的水並不相通。

這個探測是不會錯的，因爲周宣現在的異能，本身就包含了坡心村井水中所含的那種分子，也就是太陽烈焰能量轉化後的能量，所以他對這種物質非常敏感。當然，雖然擁有了這種能力，但周宣還是搞不懂，這種水究竟爲什麼能讓坡心村的人喝了長壽，而這個能量方式又與冰氣異能有著天壤之別。

以前，周宣的冰氣異能可以激發人體的機能，因此讓老年人身體恢復到十多年之前的地步，而這太陽能量分子的能力卻是直接讓老年人保持長壽，只是那井水中所含的分子極微弱，所以坡心村裏那些老人身上，周宣也探測不出來太多的異常之處。

周宣在潛水的同時，又發現安國清沒有再說別的話，心裏又想著，自己身上這個九龍鼎的來歷，安國清也說得不清不楚的，只說是從這三門海的天窗裏得到的，但到底是從哪個天窗裏得到的呢？

可爲什麼安國清又帶著他們從這第七天窗裏來？難道是從這個天窗裏得到的九龍鼎？想是想不明白的，除非是當年那個得到九龍鼎的劉子傑復生，否則誰也搞不清楚九龍鼎的真正來處。只是劉子傑死了快兩百年了，這個秘密只怕是跟著他也深埋地下了。

十三個人前行到洞口。安國清以前是帶人每個洞都探測過的，只是無論從哪個洞口出去，也都只能潛到八十米處，所以要選擇從哪個洞出去倒是無所謂。

以前的潛水設備是無法支撐人體承受到兩百米上以上的深度壓力的，而且氧氣瓶容量也只有兩個小時，現在的超濃縮氧氣瓶可以達到四個半小時的容量，這些都是以前的潛水設備所不能達到的程度。

但就算如此，安國清也不敢保證這次就能成功度過那個難關，因為那一邊對他來說始終是個謎，一個無法看破的謎。

這一次依然是選了一個較大的洞口，這時，壓力表上顯示的是一百三十五米深度。

眾人都是很小心地潛行著。在這個地下河中遠比在黑龍潭中更恐怖，雖然還沒有發現什麼怪異的東西跑出來，但在黑龍潭中，你只要潛上水面就算回到了人類世界，而在這裏，前後都是黑暗可怕的地下溝渠，一個不好，也許就埋葬在這陰森森的陰河中了。

因為有黑龍潭中那凶險的一幕，所以每個人都很小心，周宣更是探測著前面陰河的深度和去路。

在這兒，他的異能探測也有些受阻，不能像在陸地上那麼順暢，不能達到那麼遠。這時就算凝成束，也只能探測到六七十米，這些岩石洞壁會阻擋他的異能透入，能順暢的探測，就只能是在無阻擋的水中，但陰河洞彎來拐去，不是直行的，所以異能也被擋住了。

因為河流有彎度，所以周宣基本上只能探測到前面三十米的距離，似乎水深還在繼續增加。

再潛行三十多米後，水深達到了一百六十米，而安國清似乎也緊張起來。因為安國清以前潛過這一段水域，所以基本上沒耽擱時間，只花了一個小時多一點點，便到了以前他們不能再前行的地方了。

前面是斜斜往下的深水洞，水深度是兩百零九米。安國清停了停，然後沉沉地說道：「大家注意了，以前我曾經到達過這裏，再前面就是沒能越過的關卡了，大家都要小心一些。」

引導線差不多也放出了半個輪子，應該是兩百五十米，也就是說，離開他們下水的天窗洞已經有兩百五十米的距離了。

各人心裏雖然都緊張，但好在潛水服沒有異常，所以各人即使承受二百五十米的壓力，卻也沒有覺得不正常。而在黑龍潭中，大家潛到了兩百五十米的深度時，就覺得那是到了一個極限了。

再往前潛三十多米，水深差不多到了兩百四十五米的時候，連安國清都越發緊張起來。這裏是他以前未曾到達過的地方了，一種陌生的恐懼感在心頭裏蔓延。

周宣用異能保護著魏曉雨和傅盈兩個人，同時又探測到再下面十五米外，陰河到了底，而厚實又探測不透的岩石後面到底怎麼樣，他也不知道，但水流在那兒卻是有些詭異，現在所處的地方，水流是活動的，但並不湍急，燈光照在水中就可以看得出來。

在這個時候，沃夫和丹尼爾兄弟首先就感覺到支持不住了，心跳加劇，趕緊停下了潛行的動作，說道：

「安先生，不能再往下潛了。」

安國清猶豫了一下，他自己還是能支持的，而張鴨哥和羅傑明顯也還能再潛下一些深度，周宣和魏曉雨傅盈這三個人不動聲色，肯定是能再潛入更深的距離。

如果現在就要折返，那跟前十幾年前一樣，只會徒勞無功，安國清心裏是不甘的。停了停，安國清打算徵求一下其他人的意見，便問道：

「其他人還有什麼意見？」

安國清在來之前，與這些人是簽訂了合約的，如果在沒達到目的之前返回的話，每人只付三十萬元人民幣，如果達到目的，將付一百萬人民幣，任務成功，還有不定數目的獎金。他也保證過，獎金絕不少於報酬，也就是說，如果達到安國清需要的目的，那報酬加獎金，最少就有兩百萬元人民幣。

安國清雖然嘴裏說著徵求大家的意見，但周宣知道，他肯定不會折返，這一行人中，也只有他跟魏曉雨和傅盈才知道安國清真正的目的，其他人都只是跟他簽訂了合約拿一份酬金的，對於到底要達到什麼目的，他們其實是並不清楚的。

果然，安國清這樣一說，羅傑和張鴨哥首先表示了不同意。

「我看還是再潛一段吧，現在還在能承受的範圍中。」

「繼續。」

如果現在倒回去，那就只能拿到三十萬的酬金，張鴨哥和羅傑當然不願意，而且他們兩個的承受度還沒有到極限，所以不同意。

而周宣這邊三個人當然是不用問的了，只要安國清還繼續，他們就會繼續。

沃夫和丹尼爾兄弟當即沉吟起來，羅傑和張鴨哥的心思，他們不是不知道，就是他們自己也是一樣的想法，但關鍵是，現在他們已經到了潛水能承受的極限，在這麼深的水底中，強撐是很危險的事，於是，是拿三十萬保命，還是繼續搏命，這個念頭便在他們心頭打起轉來了。

不過，沃夫兄弟也明白到，在這次潛水能力的比試中，他們兄弟是落在了最後，連那個叫周宣的菜鳥和他帶著的兩個漂亮女孩子都比他們兄弟強，這讓他們臉上有些掛不住。

他們一直認爲，魏曉雨和傅盈這兩個花瓶會在中途就拿了三十萬走人，心裏本還有些不平，這個時候才知道，人家遠比他們強。

而且他們也並不知道，周宣和魏曉雨、傅盈這三個人，並沒有拿安國清一分錢。

安國清聽了羅傑和張鴨哥的回答，心頭一喜，然後又問周宣：

「小周，你們三個人呢，是什麼意思？」

周宣淡淡道：「你決定怎樣，我們就怎樣，大家全部撤退的時候，我們一樣會撤退，大家如果繼續往前，我們就往前。」

周宣說了這樣的話，魏曉雨和傅盈都沒答話，但意思很明顯，她們是跟周宣一樣的。到現在，她們兩個的身體還沒有半分不適應，似乎就跟在淺水中遊玩潛水差不多，水底的壓力簡直就像不存在。

她們兩個當然不知道，是周宣暗中幫了忙，她們還以為是潛水服的功勞呢。再加上她們兩個都是練武的，身體基礎極為強健，平時的耐力就要遠比普通人強。

安國清當即說道：「好，那我們就繼續前行。」然後，又對沃夫兄弟說道：「你們現在有兩個選擇，一是現在調頭回去，如果你們沒有跟我一起出去，我的秘書在上面，我已經安排好了，她會支付給你們每人三十萬元；第二個選擇就是，跟我們繼續前進。」

沃夫和丹尼爾兄弟立即沉吟起來，除了他們兄弟倆個，其他人都不回去，這是極丟面子的事，也會壞了他們的名聲，要是全部人都失敗回去，那倒無所謂，以後還能接到生意，但被主雇邀請後提前敗退，那以後就難接到生意了。

想了想，沃夫又與丹尼爾對視商量了一下，然後咬了咬牙，說道：

「安先生，那好，我們也繼續。」

沃夫兄弟是想，這些人潛水能力想必也不會比他們強太多，就再忍耐一下吧，等到大家都不能潛行的時候，再一起返回。那樣的話，起碼面子上不會太難堪。

周宣心裏卻想，沃夫和丹尼爾兄弟倆個在美國的時候，與他的關係也並不差，這時候暗中幫一下他們也不是不可以，反正自己也只是舉手之勞。

想到這兒，周宣便運起異能，將沃夫兄弟的身體改善了一下，雖不如對魏曉雨和傅盈那麼賣力，但讓他們兄弟再多潛五十米卻是一點難處都沒有，而周宣剛剛測過了下面的水深，只有十多米了。

當然，什麼事都有個極限。就跟跳遠跳高一樣，你可能跳過一米，但多加一公分卻可能就跳不過去了。這潛水尤其更甚，因爲本身就已經處在了超強的壓力中。

現在的深度差不多到了兩百六十米，再多十五米，就是兩百八十米，能不能超過，對安國清他們來說，都是個未知數。

但周宣卻知道，他跟魏曉雨和傅盈是肯定能過的。這個深度，別說還有這新式的潛水服，就是徒手，他也能潛過。而在異能的幫助下，沃夫和丹尼爾兄弟也肯定是能過得了的。

以安國清的超強氣場，如果是徒手，周宣估計他也能潛到一百三四十米深，有了這種新型的潛水服，周宣估計他能達到三百米的深度，比羅傑和張鴨哥那些人肯定是要強過不少。

周宣也探測了羅傑和張鴨哥的氣場，這兩個人如果到兩百八十米，肯定是極限了，要過底下那個深度，難度是肯定有的。不過，既然是一起來了，又沒有特別的利害關係，在最難的關口，周宣還是想著伸手幫一把，讓他們就此將命斷送在這陰河中，還是不忍心的。至少這兩個人從沒得罪過他，幫人一把，又不損自己，周宣還是會出手的。

再往下潛後，沃夫和丹尼爾兩個人忽然驚奇地發現，他們倆的心臟竟然奇蹟般恢復到了正常的狀態。深水的壓力已經感受不到了，身體的感受似乎跟在陸地上時差不多。這就很奇怪了，難道現在的水深度只有幾米了？

瞧了瞧深水表，上面顯示是兩百六十六米，沃夫和丹尼爾兄弟都嚇了一跳！

在這個深度中，他們怎麼可能會如此平常？太奇怪了，不會是只有幾十米深，而這深水表失去了效力吧？

第十九章

癡人說夢

周宣暗嘆著，這一下是真的糟了，
摔下這麼高的深淵，就算不被摔死，那也不可能回去了。
因為太高，超出了想像之外，他們的安全繩也已經被扯斷，
要想徒手爬上這麼高的懸崖，簡直就是癡人說夢。

沃夫和丹尼爾兄弟倆都很詫異地瞧了瞧其他人。安國清的動作還算正常，而周宣和兩個女孩子的動作則很自如，似乎完全沒有受到壓力的影響，再就是他們兄弟倆自己，幾乎可以用瀟灑自如來形容，心裏不禁很吃驚。這樣的狀態，應該是只有在幾十米的普通水位中才能辦得到。

這讓這兄弟倆人都鐵定認爲壓力水表壞了。

不過，又瞧到張鴨哥和羅傑兩人時，沃夫和丹尼爾兄弟就覺得又不正常了。這兩個人的動作和表情都是難受之極的樣子，就跟他們剛剛的狀態一樣，心跳如雷，喘不過氣來的感覺。

在之前，沃夫和丹尼爾就知道，羅傑和張鴨哥的潛水能力要比他們強上一分，但現在的情況是，他們輕鬆自如，而這兩個人卻似是到了撐不住的階段。

這讓沃夫兄弟倆又迷糊起來，這裏到底是深水還是淺水？這一切都讓他們難以想像起來。

到了暗河最底部的時候，水深到了可怕的兩百九十八米的深度，連安國清都感覺到有些活動不自如了。但瞧見剛才還鬧著到了極限的沃夫和丹尼爾兄弟倆，安國清忽然吃驚起來，這兩個人在他身邊像魚一樣渾然無事地跟著他，似乎再沒感覺到那驚人的壓力了。

而羅傑和張鴨哥卻是落後在最後面，在離底部四五米的地方很艱難地游動著，原來比沃夫兄弟要強一籌的人，現在卻變成了最差的。而周宣和兩個女孩子卻跟沃夫兄弟一般的輕鬆。

安國清這才真正地吃驚起來，在黑龍潭的時候，他是吃驚周宣這幾個人深藏不露，但絕不以爲他們三個能比他更厲害，但現在看起來，這三個人的真正實力肯定超過他了。

安國清幾乎可以估計到，如果再多十米，他絕對是過不了了，而現在看周宣這幾個人，跟在淺水中的動作沒什麼區別。雖然周宣潛水的動作依然有些笨拙，但顯然並不是壓力的問題，而是游泳技術不如他們的原因。

而此刻，周宣的異能察覺到，張鴨哥和羅傑不可能到最底部了，他們的極限深度只能到兩百九十五米，再深一米也不行了。其實，就算是這個深度，那也是極爲驚人了。

到了這裏，眼看就是最難過的一個關卡了，要是在這個地方大家就都無功而返，也太可惜了。

周宣當即運起冰氣，將張鴨哥和羅傑的身體過了一遍。這兩個人剎那間身體一鬆，似乎丟掉了千斤重擔一般，有些莫明其妙地就游了下來，然後輕輕鬆鬆到了底部。

這個時候，反而是安國清顯得最笨拙，最遲緩了。

安國清開始吃驚起來，今天這是怎麼了？每個人都是如此奇怪，明明是支撐不了的，卻在轉眼間又精神起來，難不成是這新式潛水服的威力？還是他自己沒搞清楚這潛水服中藏著的什麼機密？

安國清趕緊運起內氣到全身，把頭腦弄清醒了幾分。這時候，全體都潛到了最深的水流底部，也就在這個時候，大家都發現，引導線到了盡頭，一個輪子的線已拉光了。

這裏與天窗底部的距離已經有五百米了。時間差不多又過了三個小時，以他們的能耐，還能再支持三個小時，也就是說，這裏差不多就是一個分界線了。

如果現在返回去，以他們的氧氣瓶裏剩下的氧氣，剛好支持他們再回去。

現在，是繼續往前，還是返回？

安國清臉色冷峻起來，先檢查了一下氧氣瓶的氣餘量，不出意料，果然只剩下了一半，不過，他卻真不甘心就這樣回去。這一次確實翻過了以前不能越過的關卡，不管怎麼樣，這也算是一個極大的進步，或許再過去就是一片光明了呢？

羅傑和張鴨哥因爲興奮，倒是沒想到檢查氧氣瓶剩餘量，而是興沖沖地游到了前頭。身體中的沉重壓力沒有了，又沒有黑龍潭中那樣可怕的怪物，他們的心情開始放鬆起來，完全沒有了一開始的擔心。

其實，他們兩個的氧氣瓶餘量也只剩下一半了，沃夫兄弟稍好一些，他們是最先得到周宣暗中出手相助的。

魏曉雨和傅盈的更好，氧氣瓶量還只用到三分之一不到，這當然是周宣一開始就全力相助的原因，而周宣自己的氧氣瓶幾乎只用到了一成，還剩有十分之九的量，這是周宣故意的，因爲他擔心後面會遇到危險，得把氧氣省下來，爲魏曉雨和傅盈兩個人準備著。

八個人相互爲對方把第二個引導線輪上的線取下來，連接到第一個線輪上，然後再接著往前潛。

安國清有些猶豫，要不要提醒一下這些人。要是再往前行，或許就不能返回去了。因爲氧氣不夠，這地下河又完全是在封閉的水下，岔洞又多，再進一點點，那也是對生命極大的威脅。

但想了想，終究還是沒有開口說出來，因爲九星珠對他來說，魅力實在是太大了。如果這個時候就讓這張鴨哥和羅傑、沃夫兄弟四個人回去，那水下就只剩下四個人了，而周宣是對頭，居心叵測，前途又凶險，他著實不想讓這些人從身邊離開。

其實，無論是什麼人，在這深不可測、前途無比凶險的地下陰河流中都會害怕的。即使是像周宣這樣身有特殊異能的人，也同樣會感到害怕。

現在，支撐他的不過是得到九星珠的念頭，因爲得不到九星珠，他就根本沒有辦法回到以前的時空。

周宣的異能雖然強大，但在這樣的環境中，還是會超過他能承受的限度，一旦他沒能及時出去，一樣也會死掉的。擁有異能，也只不過是比普通人能撐更長一點的時間而已，卻不表示他是無敵的，萬能的。

把引導線接好後，八個人又往前行，好在這裏的水流卻是平行的，並未加深深度。安國清雖然有點吃力，但還是承受得住，只是這裏的水道彎來彎去的，周宣也探測不到更遠的地方，只能在沒有岩石擋著的水流中探測。一旦水流轉了彎，異能在岩石中只能穿透三四米的深度。

看來，這些岩石中還含有了一些其他的物質。而在普通的陸地上，甚至是在黑龍潭裏，周宣的異能就算是探測那些岩石，那也是可以輕易就探測過二十米的距離的。

這時候，周宣跟傅盈和魏曉雨三個人在最後，最前面的是羅傑和張鴨哥，緊接著是沃夫兄弟，然後才是安國清。

前邊又是一個大急彎，彎度比潛過的地方都要大，似乎有九十度。

看著前邊的羅傑和張鴨哥都轉過彎道過去了，然後沃夫兄弟也過去了，安國清想也沒想就跟著轉了過去，接著，傅盈也轉了過去。

就在這時，周宣游了過來，異能忽然探測到彎道後面是急流和懸崖，不由得大吃一驚，趕緊叫道：「盈盈，別過去！」

周宣在大叫的同時，身體也急急地跟著轉過去抓傅盈的身體，魏曉雨在周宣身邊緊跟著，想也不想地就隨著他轉過彎道。

因爲異能探測到了危險，周宣便預先行動，就在傅盈剛轉過彎道的時候，周宣就伸手摟住了她的小腿，而他自己的腿也被魏曉雨摟住了，三個人串連在一起。

彎道背後是另一條岔洞，洞有三米的直徑，這個洞裏是急速奔湧出來的急流，傅盈的身子根本穩不住，被急流一下子沖走了，而緊摟著她小腿的周宣，以及摟著周宣小腿的魏曉雨，三個人一起被捲進急流中。

這個時候，對講器裏才聽到各自的驚呼聲，而在前面轉彎過來的安國清五個人卻是已經消失得無影無蹤，不知道給急流捲到哪裡去了，對講器裏也沒有他們的聲音了。

周宣明白，如果安國清他們幾個人沒有半點聲音傳來，那就是給捲到通訊器能傳輸的距離以外了。在這裏，就連他的異能都不能穿透超過五米的岩石，那通訊器的電波就更不可能穿透了。

周宣雖然有強大的異能，但在這個時候卻是半點用處也沒有，只能用力把傅盈拖回來，右手緊摟著她，然後左手把魏曉雨拖到身前摟住，一手一個，再也不鬆開。

而在這麼湍急的洪流中，傅盈和魏曉雨都是驚得花容失色，同時只能和周宣緊緊摟在一起，三個人昏天黑地地在洪流中被捲走。

周宣感覺到，他們三個人被急流捲走沖擊著不到一分鐘，卻又陡然向下，彷彿從一處懸崖頂上的巨大瀑布上墜落下來，而在下墜的過程中，往下卻又是無邊無盡的，不知道有多高有多深。

這可是直線型的，周宣趕緊運起異能凝成束往下探測著，急墜的速度很快，在這樣的速度中，周宣竟然不能探測到底部。

周宣凝成束的異能可以探測到的距離至少達到兩百米以上，而且他們三個人的身體還在急速下墜，但無論怎麼下墜，周宣始終探測不到底部。

同時，周宣也感受到這地下暗流的龐大，在他們下墜的這個空間中，橫寬的面積至少超過了三百個平方，洪流沖下來的這個懸崖，居然還有空氣存在。

這是一個超大又深不可測的地下空間，這道瀑布不知道有多高，而且同時，周宣也忽然察覺到，這道瀑布的洪流中竟然包含了九星珠太陽烈焰能量的分子，跟坡心村井水中的分子一模一樣。

周宣當即明白到，這另一條急流的水源與坡心村那口井水肯定是相連的，而天窗入口那裏是上流，與這裏交匯的急流匯合在了一起。

雖然確定是找到了九星珠存在的源頭，但現在的情勢卻是危急萬分，背上的引導線也因爲到了盡頭，而被他們急墜的重力生生扯斷。

周宣三個人相擁著往無底深淵中急墜，同時，異能還測到兩百米之外仍然是深淵，似乎無窮無盡一般，下墜的速度很急，好在三個人都穿了潛水服，口鼻受不到急風撲灌的難受，只是無盡的黑暗深淵卻是讓他們三個人都止不住的心寒。

周宣雖然擁有強大的異能，但他畢竟沒有超人的能力，不能通天徹地，不能飛，不能鑽，如果下面是岩石，他一樣會摔成肉泥，以現在都還測不到底的高度，就算下面是水，那摔下去的巨大撞擊力，也不知道能不能承受得住。

在額頭的強光燈照射下，三個人在急沖而下的瀑布水流中急速下墜，而寬達十數米的瀑布外，則是數百平方的一個空間，也是瞧不到底。

從半空而降，長達數分鐘還沒到底，那心裏自然除了恐懼還是恐懼。

而安國清，沃夫兄弟，羅傑，張鴨哥等五個人，似乎就此消失了一般，既聽不到他們的叫聲，也探測不到他們的身影，在這深淵中，似乎就只有周宣、魏曉雨、傅盈三個人了。

周宣暗嘆著，這一下是真的糟了，摔下這麼高的深淵，就算不被摔死，那也不可能回去了。上次與魏曉雨在莫蔭山給馬樹設計掉進了那個深洞裏，還好有繩索，用異能在岩石上弄出些鉤子來爬了上去，但現在，想再用那種方法對付這個深淵卻是不可能了。

因為太高，超出了想像之外，而他們的安全繩也已經被扯斷，要想徒手爬上這麼高的懸崖，簡直就是癡人說夢。

這又不像在安全的地方，累了還可以歇一歇，吃完飯第二天再繼續，在這個地方，就算爬到吐血，還是要繼續往上爬。

就這麼又下墜了十來秒鐘，周宣忽然一怔，異能在下面兩百米處終於探測到了底部！下面是一個數千平方的大水潭！

而且，異能還測到了安國清那五個人還在水潭裏游動著，居然都活著。

周宣心裏一鬆，他們能活著，那就表示自己三個人也不一定就會摔死，趕緊摟緊了傅盈和魏曉雨，說道：「曉雨，盈盈，小心一點，把姿勢放正，下面要到底了，是個大水潭，就當是從高處跳水。」

話未說完，三個人便腳下頭上的隨著瀑布洪流墜落進了水中，巨大的衝擊力將他們三個人送進了二十米的深水中。

好在他們整個人都處在瀑布的流水中，絕大部分的衝擊力都被瀑布分擔了，因此，即使瀑布衝擊到水潭中深達數十米的地方，周宣三個人還是沒有受到太大的衝擊。

如果是憑空掉落到這麼高的水中，就算他們穿了這樣高級的潛水服，防止了頭和身體的氣流衝擊，但一樣會被衝擊力將身體內臟震碎。

而魏曉雨和傅盈兩個人，因爲被周宣暗中用異能護住了身體，除了摔進水潭中那一刻身體有點震動外，一點事都沒有。

隨著瀑布的流水沖進二十多米深的水中後，三個人很快又浮了起來，十多二十秒後，水面上有七八道強光燈橫七豎八地照射著。

周宣從頭套上的玻璃鏡看進去，安國清五個人的神色驚疑不定。

周宣首先瞧了瞧傅盈和魏曉雨，問道：

「曉雨，盈盈，你們沒事吧？」

「我沒事。」

「我很好。」

兩個女孩子都各自回答著，魏曉雨是讓周宣安心，而傅盈則是從在瀑布頂端摔落下來後，在周宣對她奮不顧身的照顧中，感覺到了周宣對她無以形容的情意。這跟對魏曉雨卻是不相同的，雖然周宣同樣也救著魏曉雨，但傅盈敏感的心思卻能察覺到兩者的不同。雖然她對周宣一直很冷淡，但心已在慢慢軟化了。

見到傅盈和魏曉雨都沒事，周宣這才又瞧著安國清那幾個人。

安國清幾個人都是驚疑不定地瞧著現在身處的地方。一個偌大的水潭，底下深不見底，而上面又是高不見頂，即使強燈照著也見不到頂端。

從剛才摔下來的時間估計，這個地底下的瀑布高度肯定超過了三千米，也就是說，他們現在身處的地方是三千米深的地底，這個深度，若非是從這麼複雜的天窗地下河摔下來，又怎麼可能會來到？

四周就如同是一個圓形的瓶子，轟隆隆作響的瀑布傾瀉到水潭中，但奇怪的是，水潭中的水卻不見升高，同時也不減低，看來地底下還有暗流通道，不過周宣卻探測不出來，這個水潭的直徑超過了他異能能探測達到的兩百米的距離，顯然是不止這個數字，而腳底下的水深度同樣也探測不到底，這水潭的深度顯然超過了兩百米的深度。

四面的岩石壁陡峭筆直，沒有另外的出口和洞孔，這個水潭邊上就連一個稍稍能落腳的地方都沒有。

好在雖然可怕，但水潭中除了衝擊下來的瀑布外，其他地方卻沒有漩渦激流等危險的水域，邊上的水面很平靜。

八個人都游向了離瀑布最遠的一面，到了岩壁邊上，瀑布的巨大衝擊聲才小了很多，說話聲也聽得見了。

安國清試了試，通訊器還能使用，大家都能通話，不過，要想與外界聯絡可就沒有可能了，一丁點的信號都沒有。

其實不用試，周宣也知道沒那個可能，他的異能是要比通訊器的電波強得多了，但異能都不能探測過這些岩石超過五米的距離，這時候，他們與天窗外的手下的距離又何止五米了？至少三四千米的距離都有了。

每個人都用眼光打探著這裏的地形，越瞧卻越是膽戰心驚，這兒沒有黑龍潭那裏曾經出現過的怪異生物，但地勢的險要卻遠超黑龍潭。

摔落進這麼深的地底深淵中，又沒有其他出路，如何能夠返回人間？

這時候，別說沃夫兄弟、羅傑、張鴨哥、安國清等人有些絕望，就連周宣也同樣覺得，這次是真的難以逃出生天了。

而安國清和周宣兩個人更是懊惱，雖然這水中含有九星珠的能量分子，顯然這個深淵與九星珠的存在是有關聯的，但到了這個地方，卻連九星珠的影子都不曾見到，從哪裡才能出去呢？

沃夫和丹尼爾兄弟情急之下，嘰嘰咕咕地說起了德語來，大家也聽不懂，不過從聲音中也猜想得到，這是惱怒和絕望地在說氣話。

羅傑和張鴨哥手扶著岩石壁只是顫抖，大家又不是瞎子，現在這個局面，就是個死境。

想了想，周宣嘆了口氣道：

「安先生，九星珠不見蹤影，也沒有出口，看來要想出去，往上是不可能，只能是往下了。」

周宣的意思大家都明白，往上去，剛摔下來的這個高度，別說是在地底中，就是裝備完好，在陸地上，要爬上這麼高的懸崖，也是不可能的，唯一的途徑，還真只有往水面下去找了。

這麼大的水流沖下來，這個水潭不見漲不見少，顯然下面是另有通道的。不過，想起再要鑽進不知深淺的地下暗河，膽寒是免不了，但這又是大家唯一的出路。

八個人互相對望了一陣，安國清點點頭道：

「好，就這樣吧，大家都到下面探測一下，為了節省人力和氧氣，我們八個人分成三組吧，小周同傅小姐和魏小姐一組，我跟羅傑一組，張鴨哥同沃夫丹尼爾兄弟一組。小周負責現在這個地方大約一百二十度的位置，我和羅傑負責右邊一百二十度的區域，張鴨哥和沃夫兄弟負責左面一百二十度的區域，大家隨時聯繫。」

在這水潭中，雖然距離頗大，但通訊器卻是無阻，八個人能隨時通過語聲聯繫。安排好後，安國清一組，張鴨哥一組，一左一右往兩邊散去。

周宣三個人負責的是就這個區域，這還是安國清瞧在魏曉雨和傅盈兩個是女孩子的份上，估計到體力肯定是要較男人差些，再說女孩子的心理承受能力也要差些，所以就安排周宣這一組負責就近的區域。

其實傅盈和魏曉雨雖然害怕，但卻不是安國清心裏所想的那個樣子。

魏曉雨跟周宣幾經生死險境，早將生死置之度外，只求能跟周宣在一起，險境算得了什麼，害怕的心理那是誰都有的，在這樣的環境中，又有誰不怕？

等到安國清和張鴨哥兩組人離開到各自的一邊，然後都潛下水中後，周宣才對魏曉雨和傅盈做了個噤聲的表情。

魏曉雨和傅盈不知道周宣是什麼意思，但顯然是不想說出聲，讓安國清那些人聽見，也就緊閉了嘴瞧著周宣。

周宣伸出手來，貼在岩石壁上，就在魏曉雨和傅盈的目視下，面前的陰濕堅硬的岩石壁忽然出現了一個七八米寬、兩米來高，深有三四米的一個洞孔來。

傅盈吃了一驚，腦子裏還沒反應過來，周宣已經爬了上去，然後把頭套和潛水服脫了下來，這才伸手把魏曉雨和傅盈拉了上去。

這個洞孔當然是周宣用異能轉化了岩石，並吞噬了弄出來的，離水面有兩尺高的距離，這個寬度剛好夠八九個人躺下休息睡覺。

魏曉雨怔了怔，隨即明白到，這是周宣用異能做出來的，也明白了周宣剛剛那個表情的意思。

周宣當然是不想安國清那五個人知道，傅盈是知道的，周宣說給她聽過，如今，周宣又毫不在乎地在她面前顯現了自己的異能，不論傅盈相不相信，周宣在她心底裏，都慢慢變成了自己最可信任的人。

周宣同時也測到，這個深淵中，氧氣的成分與陸地上相差不大，可以讓他們離開氧氣瓶自由呼吸，不過，脫了潛水服後，皮膚還是感到有些冷意。

潛水服下都是穿著特製的超薄型防寒衣，防寒的效果很好，魏曉雨和傅盈當即也把潛水服脫了下來，周宣早用異能改善過她們兩個的身體，在冰冷的岩石上也不會覺得冷。

取下潛水服和氧氣瓶，就可以節省氧氣瓶裏的氧氣。待會兒還要在深水中長時間的潛水，要從這兒逃出去，那就一定需要氧氣瓶。

現在，他們的氧氣瓶餘量，周宣還剩下八成左右，算得上是滿的，魏曉雨和傅盈的氧氣瓶也還剩有三分之二。若說從生存的意義上講，周宣他們三個人無疑都是處在最上風的地位。

等到把潛水服和氧氣瓶等都取下來後，周宣才低聲對魏曉雨和傅盈說道：

「你們現在就待在這兒別動，好好休息一下，把我們的氧氣瓶守好，我到下面去探測出路。」

魏曉雨臉色一變，馬上拉著周宣的手道：

「不行，我要跟你一起去，我不能讓你一個人到水下面去。」

周宣搖了搖頭，安慰著魏曉雨道：

「你別擔心，我可以探測到兩百米的距離，有異能護身，我是沒有什麼危險的。再說，這水中流水不急，沒有暗流，就更不用擔心了，我下去探測肯定是要比他們更有把握找到出路，你們下去也沒有更大的作用，反而是浪費氧氣瓶裏的氧氣，等我找到出路後，這些氧氣瓶就可以派上用場了，所以，現在能節省一分就是更多了一份保障。」

魏曉雨想了想，也的確是這樣，周宣的異能確實有那個能力，只要不是不可違抗的巨大自然力，怪物和水深壓力等等確實對他都造成不了傷害。

魏曉雨想了想，然後又說道：

「那你把潛水服穿上再下去，我們好跟你用語音通訊。」

這個倒是沒有問題，周宣點點頭，把潛水服又穿上了，只要不使用氧氣瓶就好，這個別人也瞧不出來，倒是無所謂。

穿好潛水服後，周宣又囑咐道：

「曉雨，盈盈，等一下安國清他們上來，看到這個洞後，你們就說是無意間看見的，在這麼深黑的地方，他們看不清楚也正常，反正無論如何也不要告訴他們，我有這樣的異能，你們只要應付他們就好。」

說完，周宣再戴上了頭套，又比了一個手勢，這才跳進了水中。

第二十章

危險邊緣

八個人的燈只留了一盞亮著，在這個地方，
要是沒有了燈光，那一樣是滅頂之災。
八個人都沉默著，現在無論是哪一項儲備，
都到了極危險的邊緣，望著滾滾而下的瀑布，
安國清狠狠地一掌拍在岩石上。

看著周宣在水面上消失，其他地方也不見人影了，巨大的水面上，除了瀑布洪水的轟鳴聲，就只剩下魏曉雨和傅盈兩個人了。

傅盈望著水面若有所思，怔怔地一聲不吭。

魏曉雨瞧著傅盈半面絕美的容顏，過了好一會兒才說道：

「傅小姐，你……你相信周宣和我的事情嗎？」

傅盈轉過頭來，盯著這個跟她一樣美麗驕傲的女孩子。

魏曉雨的眼神中包含了妒忌和悲傷等許多複雜的表情，一個女孩子，在她面前毫不掩飾地表露出這些，那就說明，她對周宣的愛意到了極頂處。

「你真那麼喜歡周宣麼？」傅盈靜了一陣才問道。

「是，我就是喜歡他。」魏曉雨眼神中儘是悲傷的表情，對傅盈說道：「說實話，我很恨你，又嫉妒你，因為無論我怎麼努力，即便是和他出生入死，周宣在心裏想的卻始終是你。」

可以說，到現在這個境地，傅盈對周宣說過的話已相信了九成，魏曉雨這般的天之驕女，在如此絕境還能說出這種話來，她相信魏曉雨說的絕對是真心話了。

而周宣的話，現在通過事實也一一說明了，他的話同樣是真的。雖然事實如此奇幻難以理解，卻讓她不得不相信。

可是，傅盈雖然相信周宣所說的事實，也相信這件事是真實的，但她的心裏就是轉不過那個彎來，難道說，從今以後，她真要跟這個陌生的男子像情侶般生活下去？這怎麼可能呢？

傅盈沒有回答魏曉雨的話，只是沉默著。對於周宣，她能感覺到周宣對她深切的愛意和關護，甚至可以說是不顧生死地相護。這種關切和愛護之情，周宣不用說出來，傅盈就能感覺得到，同時，她也能感覺到魏曉雨對她的強烈妒意。

可是她又能怎麼樣？要說讓周宣對她直接斷絕了思念，她於心不忍，但要說就此依著周宣的意思，讓她對一個陌生男人愛戀到男女之情，那現在也是絕不可能的。

魏曉雨瞧著傅盈的樣子，眼圈都紅了。

以她的性格，無論如何也想不到會有這樣的時刻，也更不可能在傅盈這樣的情敵面前露出軟弱的一面。只是，到了這樣的絕境中，要想再逃出去，恐怕是絕無可能了，可是就算是死，周宣心裏也只惦記著這個不可能再愛他的女人，她心裏越想越是委屈，可是她又能怎麼樣呢？

過了十來分鐘，魏曉雨這才默默轉過身來，拿起頭套中的對講器，說道：

「周宣，聽到嗎？」

過了幾秒鐘，耳麥裏傳來了周宣的聲音：

「聽到，我在兩百米深的水中，還沒見到底！」

魏曉雨當然能明白周宣所說的「還沒見到底」的意思，他說的沒見到底，那是在兩百米的基礎上，再以異能探測兩百米的深度，實際上就是四百米了。

這個水潭到四百米還沒有到底，而且還沒測到水下面有其他暗流出口，那就麻煩了。不說別的，四百米的深度以下，就算有出口有暗河，第一是不知道暗河有多深有多長，第二點更重要，那就是現下，他們能承受到四百米的超深度水下壓力嗎？

大約過了半個小時，安國清，羅傑和張鴨哥那一組三個人都相繼冒出水面來，魏曉雨用燈照著水面叫道：

「這邊……這邊有個岩洞，可以休息。」

安國清等五個人大是奇怪，開始就是從這兒分散開的，那時怎麼沒見到有這個岩洞？不過奇怪歸奇怪，還是各自往這邊游了過來。

十來分鐘後，游到岩洞邊紛紛爬上來，又見到魏曉雨和傅盈都脫了頭套和潛水服，想必是有空氣存在的，也就都把頭套取了下來，在有空氣的環境中，自然是要節省氧氣瓶中的氧氣。

脫下頭套後，張鴨哥首先問道：

「傅小姐，魏小姐，這是哪來的岩洞？我們過去之前，好像仔細看過了，這一帶都沒有岩洞可以立足的啊，怎麼忽然多出了這個洞來？」

魏曉雨搖搖頭回答道：

「我們也不知道，一開始誰都沒看到，可能是太黑了吧，後來才發現到的，這個岩洞離水面高了兩尺，裏面剛好夠我們休息！」

雖然是覺得奇怪，不過安國清五個人也沒做多想，紛紛竄上了岩洞中。

不過，幾個人看看這個密不透風的岩洞，都是皺著眉頭苦思著，這可真是一個絕境啊，怎麼才能出去呢？

過了一會兒，安國清倒是問道：

「小周還在水下嗎？」

魏曉雨點點頭說道：

「是，剛剛他說到了兩百米的深度。」

安國清和羅傑探測到了兩百八十多米的深度，而張鴨哥和沃夫兄弟也探測到了兩百九十米的深度，五個人各自探測著，但卻一無所獲，水深不見底，似乎就像沒有底一般。

到了兩百九十米的深度，也差不多到了他們的極限，而氧氣瓶裡的氧氣也所剩不多了，只能支持不到一個小時的時間，一時也不敢多待，眾人趕緊退了回來。

安國清喘了幾口氣，然後拿起對講器與周宣通了一下話。

「小周，聽到嗎？有什麼發現沒有？」

周宣幾秒鐘後回答道：「沒有，我現在三百八十米的深度，還在下潛中，沒有發現地下洞口或者水道。」

魏曉雨和傅盈對周宣的話不覺得有何驚訝，但安國清和羅傑，沃夫兄弟，張鴨哥等五個人卻是張大了嘴合不攏來。

三百八十米！而且還在下潛中！

不知道周宣說的是真還是假？三百八十度，就算是隱藏秘密的安國清，以他的超強能力也是達不到的。

羅傑那些人都懷疑周宣說的話不真實，但安國清心裏卻是相信的，一時間驚疑莫名，周宣幾個人不聲不響的，卻是屢屢給他意外。

周宣說已經潛到了三百八十米的深度，安國清是相信的，因爲在上面潛到接近三百米的深度時，周宣和兩個女孩子都顯得極是輕鬆，從那一點來看，他的話應是可信的。

在安國清幾個人的猜疑中，周宣已經潛到了四百二十米的深度，這個深度對他來說沒有壓力，而且他還穿有潛水服。在下潛的過程中，周宣同時還運起異能探測，水潭中的岩石壁上有沒有水下洞口。

只是潛到了四百二十米的深度，周宣居然還沒有探測到水潭的底部，心下也不禁駭然。以他探測的距離，兩百米左右的深度，再加上四百二十米的水深，一共差不多是六百三十米，這樣的深度，水潭還沒到底，而且也還沒測到水流的動向。

而周宣同時也在審視著自己潛水深度的極限，不過，在四百三十米的水深時，還是沒感覺到身體中有所不適，看來下潛的深度還有很大的空間，只是潛到了這個深度，就是他自己心裏也是惴惴不安了。

雖然身體能承受得住，但心裡卻不由自主地害怕起來，或許這只是人對大自然的敬畏心理，在這樣的環境中，人自然會覺得自己無比的渺小和無奈。

其間，周宣又與水面上的安國清等人語音交談著，但沒有再說自己潛水的深度。直到小心地潛到四百九十米的深度時，身體還是沒有覺得不適，看來自己的異能對深水的壓力很有效用，而且，他還沒有呼吸氧氣瓶的氧氣，只是屏住呼吸往下潛了這麼久，這個難度更大。

水底的深度依然探測不到，也沒有別的出路，周宣想了想，還是決定先返回去再說，又想到下水前，是沒有準備長期待在水下的，氧氣瓶只能堅持到六個小時，所以也沒有準備吃的物品，現在上去後，首先得解決吃的問題。

周宣運起異能，在水中探測著，水潭中漆黑一片，不過魚類卻是不少，大一些的魚類都在百來米的範圍中。

往回游到一百米的水深中，周宣探測到了無數的魚，這些魚小的只有寸來長，大的有一米左右，這些魚無一例外都是眼睛嚴重退化，因爲長期生活在黑暗中，又長期生存在瀑布巨流的巨大轟鳴聲中，沒有什麼強勁的天敵，所以敏感度也比較差。

自然界中一貫是強者生存，而這裏的環境有些不一樣，到現在還沒有發現什麼怪異的生物，這裏的魚類似乎也能輕鬆地生長。

周宣探測到離他比較近的地方，有兩條二十來斤重的大魚，當即用異能將這兩條魚的腦髓轉化吞噬掉，這兩條魚當即失去了對四周環境的敏感度，不過身體卻是沒死掉，還能游動。

周宣游過去，兩條魚不知道閃避，給他活活捉住，然後，他就拖著兩條魚往水面上游回去，再幾分鐘後，周宣就回到了那個岩洞口。

看到周宣的燈光在水中閃爍，魏曉雨欣喜著道：

「他回來了，周宣回來了！」

周宣露出水面後，眾人驚奇地發現，周宣的胳膊下一邊夾著一條大魚！

在水邊上的魏曉雨和張鴨哥一人接了一條魚，抓起來扔到岩洞裏面，兩條魚還在跳動不已。

傅盈猶豫了一下，伸出了手把周宣拉了上來，周宣上了岩洞後脫下頭套，然後再除了潛水服。

安國清和羅傑、沃夫兄弟四個人一眼就看到周宣潛水表上的深度顯示定格在四百九十七米，這個數字是不會作假的，一時間，眾人驚得說不出話來。

周宣的潛水能力遠遠超出了他們能想到的程度。這個深度，真是人類能到達的嗎？就算是安國清自己，以他超強的內力承受度，也只能潛到三百三十米的深度，拼死也不過三百五十米，要說周宣這個四百九十七米，差不多是五百米的程度，他是無論如何也潛不到的。人類的歷史上，除非是在潛水艇中，以潛水服或者是徒手，那是無論如何也達不到這個深度的。

周宣指了指兩條魚，然後嘆了口氣說道：

「我在水底下潛了很久，可惜還是找不到出路，而且連水的底深也摸不到，這個水潭，下面肯定是有水下河流暗道，只是我們潛不到那麼深，估計至少還要再下兩百米以上，才有可能有陰河暗洞。」

安國清和羅傑以及沃夫丹尼爾兄弟都是呆怔不已。

別說周宣估計的還要再下兩百米的深度，就是他所探測到的近五百米的深度，那也是他們都不可能達到的程度。

就算在五百米處有暗河水道，他們也沒辦法潛到那麼深，如今，大家的氧氣瓶僅僅能支持不到一個小時的時間，像這麼深的暗河中，一個小時能出去麼？

想想也明白，他們從瀑布頂端墜落下來，至少就有三千米的深度，在這兒就算有暗河出口，沿著暗河往下游走，到三千米以上也才能到地表面，這三千米的距離，在地底下的深水中，如果用走或者游，起碼都得要五個小時以上！

在他們八個人之中，張鴨哥一個人是唯一的捕魚高手，他在江中的深水裏能抓住幾十斤的大魚，但張鴨哥抓魚技術好歸好，卻不是徒手就能抓到的，還是需要用捕魚器具的，比如鋼叉等等。

誰都知道，一個人的游泳技術再好，在水中也是比不過魚的，要想徒手在水中抓到魚，那可不是一件簡單的事，要同時抓到兩條大魚，難度就更高。在水中的時候，張鴨哥也想到過抓條魚度過饑餓的難關，但要徒手卻是有難度。

張鴨哥一邊極其熟練的剖魚，一邊又想著，這個周宣年紀輕輕的，怎麼會這麼神秘？他有著超強的潛水能力，但在水中的潛水動作卻又顯得有些笨拙，以他那樣的動作，又怎麼可能在水中捕捉得到魚呢？

張鴨哥的手藝很高超，用匕首將魚骨剔除了，又把魚切成片，清洗得乾乾淨淨的，然後把魚片分給眾人。

周宣接過魚片，隨手塞了一片進嘴裏，一邊嚼著一邊想著，以他的能力都無法可施，那就真的難辦了，難道這一次真的到了他的絕境了嗎？

上是上不去了，下也太深了，當真是前後都無出路嗎，到底該怎麼辦呢？

每個人都一邊默默地吃著生魚片，一邊在苦思冥想。在這個當兒，有體力也是極重要的，可是要怎麼樣才能走出這個困境呢？

八個人的燈只留了一盞亮著，其他人全部都關掉了。保存電源跟保存體力和氧氣瓶一樣重要。在這個地方，要是沒有了燈光，那一樣是滅頂之災。

八個人都沉默著，現在無論是哪一項儲備，都到了極危險的邊緣，望著滾滾而下的瀑布，安國清狠狠地一掌拍在岩石上。

他在想，要是挨到照明燈的電源損耗盡了以後，那就沒辦法再挨下去了。這裏雖然找到了個岩洞，可以暫時休息，但沒有燈那就肯定逮不到魚，時間一長，餓都是要餓死。

周宣一直在忙著探測附近的環境，沒有注意到安國清的身上，這時才發現到，安國清的身上竟然藏有兩支手槍，看來，對他還要多加些小心。

魏曉雨不習慣吃生魚片，腥味太重，傅盈卻沒問題，周宣跟傅盈兩次的洞底都經歷過這樣的事，對生魚片還覺得不難接受。

周宣見到魏曉雨的難受樣，想了想，當即悄悄把魏曉雨手上的生魚片拿到手中，運起太陽烈焰在生魚片上過了一下，太陽烈焰的溫度讓周宣運到了一百五十度以上，只是幾秒鐘，生魚片就變成了熟魚片。

魏曉雨和傅盈坐在右邊的角落中，而周宣就坐在她們與安國清等人的中間。魏曉雨接過生魚片後，周宣就輕聲道：

「曉雨，別覺得難受，再難受也要吃一點，要保存體力才行。」

魏曉雨輕輕嗯了一聲，又接過魚片慢慢吃起來，不過再次放進嘴裏後，卻發覺味道忽然不同了。

怔了怔後，她又瞧了瞧周宣，周宣暗暗向她遞了個眼色，魏曉雨頓時明白了。這又是周宣用異能做的事，只是有些奇怪，周宣以前可沒有這樣的能力啊，不過奇怪歸奇怪，周宣的怪異她也不是第一次見到了，當即默不作聲地吃了起來。

其實魚片給周宣用太陽烈焰烤熟後，還是有略微的香味的，但水潭中潮氣很重，加之其他人都沒想到會有這麼奇特的事，所以也都沒有察覺。

兩條大魚剖腹剔骨後，剩下的還有三十多斤魚肉，八個人只吃到一半，然後又放到潛水服上，準備留著下頓吃。

安國清陰沉著臉，皺著眉頭苦惱了一陣，然後說道：

「大家都休息一下吧，抽空歇息恢復體力後再分工，我們的任務依然是找出路。」

安國清這個時候絲毫沒半句提到九星珠的事，只說起找路逃生的話題。

一心爲了九龍鼎和九星珠，也一直以爲天窗地下河那個越不過的三百米的深水處是最大的難關，以爲只要越過了那個難關，九星珠就能到手了，但現在，過了那個難關，但卻陷入了遠比那三百米水深更難的絕境中，而九星珠的影子都還沒見到。

人們常說，在危險的環境中，只要見到寶物的真身後，那也死而無憾了，但九星珠呢，這個樣子看來，就算是他們死了，只怕也見不到九星珠在哪兒。

周宣嘆了一聲，卻沒說話，這時候覺得人生真是一場玩笑啊，不過，又覺得心情反而放鬆了下來，雖然沒能回到原來的時間中，但能跟傅盈在一起，就算是死，那也是美好的。只是把魏曉雨也牽扯進了這個生死困境中，而魏曉雨又對他一往情深，心裏總覺得對不起她。

八個人此時的想法念頭都各不相同，但卻都明白一件事，那就是，這次極可能出不去這個地底深淵了。

安國清身上藏有武器，周宣也沒有把他的武器暗中轉化吞噬掉，在這種環境下，有武器也不一定是壞事，如果再發生黑龍潭中的事，有武器防身總比沒有好。再說了，安國清如果要對他不利，他也能保證在瞬間把安國清的武器解決掉。

時間進入到晚上九點半，離在天窗天坑底部入水的時間已經整整過了十二個小時。八個人在岩石洞中休息了三四個小時，在這裏，根本沒有白日黑夜的區別，每個人都是焦心憂慮的，哪裡又能睡得著。

周宣看了看傅盈和魏曉雨，兩個女孩子緊緊依偎在一起，雖然她們兩個以前一直相互瞧不順眼，但現在卻是親密無間，危險的環境還真是可以把人聚攏到一起。

看著傅盈眉頭輕皺的表情，周宣忽然一陣心痛。

他為什麼要同意讓傅盈跟著來？魏曉雨也就罷了，因為自己把她帶進了這個時間中，自己有義務把她帶回去，而傅盈，就不應該了。她本應是這個時空中的人，可自己因為愛她，就強行把所有的事和秘密對她說了出來，讓她好奇地跟著自己來到了這個地方……如果出了意外，自己最對不起的人就是她了。

傅盈似乎在作噩夢，嘴裏呻吟著：

「爺爺……不要逼我……爺爺……」

傅盈的夢語讓魏曉雨醒了過來，瞧見傅盈額頭上的汗珠，手也緊緊抓著她的手，捏得很緊，側過頭來又望了望周宣。

周宣的臉上痛心的表情很明顯。魏曉雨的眼圈一下子又紅了。周宣心疼的絕不是她，魏曉雨心裏是明白的。

安國清那邊，五個人都發著呆，望著頭上高不見頂的瀑布，上不見頂下不見底的，四面都是厚厚的岩石壁，就連最牢固、最嚴密的牢籠都沒這樣的。

周宣輕輕地對魏曉雨說道：

「曉雨，你看著盈盈，我到水下再去探測一下，與其這樣等死，那還不如看看有沒有別的出路，我再下去探探吧。」

周宣是有道理的，在這群人中間，只有他的潛水能力是最強的。其他人下去也是白搭，不超過那個深度，肯定是找不到出口的。不管是害怕還是擔憂，也都只能是他下去。

而且，別人的氧氣瓶裏只剩下一小時左右的氧氣量了，再到水下面探測，無疑是白白浪費氧氣瓶裏的氧氣而已。

安國清五個人也都在想這個問題，因爲他們的氧氣瓶裏只剩下五分之一的氣了，這個問題很嚴重，不得不考慮，周宣提出要獨自下水去探測，他們也沒有什麼可說的。

本來，安國清還考慮著準備八個人輪流下去探測，尋找出路，這樣一來可以節省氧氣，不浪費人力，二來也很公平，大家都不會有意見，但現在他還沒說出來，周宣就自告奮勇要下水潭去探測了，這正合大家的心意。

周宣自然沒準備與他們爭議，既然說了這個話，就一聲不響穿起潛水服來。

洞中的溫度大約只有六度左右，除了魏曉雨和傅盈兩個人有周宣用異能護持著，感覺不到冷外，其他五個人可是都凍得嘴唇都青了，又都將潛水服穿上了。

周宣穿好潛水服，又戴上了頭套，對著眾人伸了伸大拇指，又對魏曉雨微微點了點頭，然後到水潭邊上一步踏進水中。

周宣背著氧氣瓶也只是裝裝樣子，在這個時候，能節省就要節省，得把氧氣瓶中的氧氣省下來，照顧傅盈和魏曉雨兩個人，所以，他下水後就運起異能屏住了氣息。

從下水到墜入這個深潭中，人人都很焦慮憔悴，但周宣的異能卻沒有損耗多少，幾乎還有九成的能量存在。踏進水潭中後，他全力運起異能。

不過在五百米以上的範圍中，他已經全部探測過了，沒有任何水下洞口，而五百米以下的兩百米範圍中，人雖然沒到那個深度，但卻也在異能的探測中，知道沒有水下暗道。現在，如果要再探水下暗河通道的話，至少得再潛到七百米以下的深度。

這個深度，就是周宣也感到有些毛骨悚然，但也沒辦法。其他人沒有那個能力陪同他一起到那麼深的水中探測，而周宣也不想告訴他們自己的能力。如果能探測到的話，無非是讓他們覺得自己有超強的潛水能力，這也足夠了。

在水中下潛的過程中，周宣把自己身上的異能集中起來，想像著很重的分量，結果身體就像變成了一塊鋼鐵一般，直直向下墜去。

速度很快，比游泳潛水的速度要快得多，就跟一塊大石扔進水中一樣，石頭在水中的墜落速度是游泳潛水的速度遠比不上的。

周宣把異能又凝成束，全力向各個方向探測著。這一段距離其實已經探清楚了，再探測多一次也沒有妨害，疏而不漏嘛。

到水中兩百米的距離只花了三分鐘，如果用潛的話，最少得要十五分鐘以上，如果受不住壓力的話，估計會花一個小時以上才能潛到這個深度。

到了三百米的時候，周宣放緩了速度，把身體的重量減輕了一部分。下潛的速度太快的話，周宣也擔心忽然潛到了他承受不住壓力的地方就慘了。慢慢下潛能感受到身體承受壓力的程度，如果有不適的感覺，那就馬上停止下潛。

到了五百米，也就是前一次到達的深度時，周宣只花了二十來分鐘，這個時候就更注意了一些，再往下面也只是用異能探測過，身體還是沒有下去過。

這跟在陸地上一樣，你站在一條河流邊，眼睛可以看到河對面，但如果要過去，你的身體能不能游過河流，會不會淹死，或者給大水沖走，這又是另一碼事了。

在下潛的過程中，周宣把下潛的動作放得更慢，用身體感受著水中的壓力，同時異能也在探測著更深的地方，當然，水下探測燈也亮著，用肉眼瞧著這個深度，又是另一種感受。

越往下，水潭底部的面積就小了些，岩石壁在往中間斜斜延伸，從這個情況估計，應該快到底了吧。不過，周宣的異能探測下去，下面仍然探測不到底，再瞧瞧手腕上的深度表，電子數字顯示著：六百二十七米。

加上異能探測到的兩百米的距離，現在離水潭表面差不多是八百三十米的深度了，但竟然還沒到水的底部。

周宣又驚又詫，這個深淵中的水竟然有這麼深，真不知道已經深入地底有多深了。好在周宣對自己的身體還很滿意，雖然心裏又擔心又恐懼，但還沒有感覺到不舒適，心跳也很正常，沒有壓迫難受的感覺。

請續看《淘寶黃金手II》卷二 超級鑽石

淘寶黃金手II 卷一 第一桶金

作者：羅曉
出版者：風雲時代出版股份有限公司
出版所：風雲時代出版股份有限公司
地址：105台北市民生東路五段178號7樓之3
風雲書網：http://www.eastbooks.com.tw
官方部落格：http://eastbooks.pixnet.net/blog
Facebook：http://www.facebook.com/h7560949
信箱：h7560949@ms15.hinet.net
郵撥帳號：12043291
服務專線：(02)27560949
傳真專線：(02)27653799
執行主編：朱墨菲
美術編輯：許惠芳

法律顧問：永然法律事務所 李永然律師
　　　　　北辰著作權事務所 蕭雄淋律師

版權授權：蔡雷平
初版日期：2013年8月
初版二刷：2013年8月20日
ISBN：978-986-146-990-4

總 經 銷：成信文化事業股份有限公司
地　　址：新北市新店區中正路四維巷二弄2號4樓
電　　話：(02)2219-2080

行政院新聞局局版台業字第3595號 營利事業統一編號22759935

定價：280元　特價：199元

國家圖書館出版品預行編目資料

淘寶黃金手II／羅曉著. -- 初版-- 臺北市：風雲時代，
2013.07 -- 冊；公分

ISBN 978-986-146-990-4（第1冊；平裝）

857.7　　102010303